D1473893

LA LÍNEA DEL SOL

Judith Ortiz Cofer

LA LÍNEA DEL SOL

Traducción
Elena Olazagasti-Segovia

EDITORIAL DE LA UNIVERSIDAD DE PUERTO RICO

©1989 by Judith Ortiz Cofer
©1996, Edición en español, 1996 Universidad de Puerto Rico

Licensed by the University of Georgia Press, Athens, Georgia, U.S.A.

Catalogación de la Biblioteca del Congreso
Library of Congress Cataloging-in-Publication Data

Ortiz, Cofer, Judith, 1952-
    [Line of the sun. Spanish]
    La Línea del Sol / Judith Ortiz Cofer: traducción, Elena Olazagasti-
Segovia —1. ed.
        p. cm.
    ISBN 0-8477-0249-9 (paperback)
    1. Puerto Rican families — New Jersey — Paterson — Fiction.
2. Puerto Ricans — New Jersey — Paterson — Fiction 3. Family —Puerto Rico —
Fiction.   4. Paterson (N.J.) — Fiction. I. Olazagasti-Segovia, Elena. II. Title.
[PS3565. R7737L5618 1995B].
813 .54—dc20   95-34667
                                                                        CIP

Título original: *The Line of the Sun*

Tipografía: Marcos Pastrana Fuentes
Portada: José A. Peláez

Impreso en los Estados Unidos de América
Printed in the United States of America

EDITORIAL DE LA UNIVERSIDAD DE PUERTO RICO
PO Box 23322
San Juan, Puerto Rico 00931-3322

Administración: Tel. (787) 250-0550 Fax (787) 753-9116
Dpto. de Ventas: Tel. (787) 758-8345 Fax (787) 751-8785

Para John y para Tanya

RECONOCIMIENTOS

Muchas personas compartieron conmigo sus recuerdos, sus historias de familia y su conocimiento de los hechos durante los años en que trabajé en este libro. A todos les doy las gracias, especialmente a mi esposo, John Cofer, por su interés en la historia y por pasarla a máquina, capítulo a capítulo, hasta que estuvo contada. Le agradezco a Betty Jean Craige, que leyó el manuscrito, mientras yo lo iba escribiendo, para asegurarse de que empleaba con precisión mis dos idiomas, su entusiasmo por el trabajo nunca decayó. También deseo agradecerle a Stanley Lindberg por darle a un montón de papeles "una lectura con lápiz rojo" que confirmó que eran una novela; y a Edna Acosta-Belén, quien contestó mis preguntas relacionadas con la cultura y la literatura puertorriqueñas. A Berenice Hoffman y Liz Makowski, mi agente y mi editora, respectivamente, a Malcolm Call y a toda la gente talentosa de la Editorial de la Universidad de Georgia que se esforzaron para que se publicara la novela, mi gratitud eterna.

Deseo agradecerles a la Editorial de la Universidad de Puerto Rico y a Elena Olazagasti-Segovia el haberme dado la oportunidad de llegar a mis lectores más importantes que incluyen a mi familia en la Isla. Mi gratitud más profunda para Olazagasti-Segovia, mi compañera en el arte, por transformar mis palabras en puertorriqueño con cariño.

CAPÍTULO UNO

Dicen que Mamá Cielo había tenido dificultad con el embarazo de Guzmán. Tenía poca paciencia con la pelota que le brincaba en el vientre. Decía que el mono se le encaramaba por las costillas, que sentía dedos que le agarraban la vejiga y se la apretaban, de modo que tuvo que dejar de asistir a misa por temor a que la orina le bajara por las piernas. Se acostumbró a golpearse el abdomen rápidamente como si estuviera matando una condenada mosca. Su dócil marido, Papá Pepe, se preocupaba por el niño, pero no se atrevía a intervenir. Durante sus embarazos, Mamá Cielo siempre se tornaba arisca y ensimismada y ni siquiera le permitía compartir el lecho.

Muchos años más tarde, después de que Guzmán desapareció en el sistema de transportación subterránea de la ciudad de Nueva York, Papá Pepe se atrevió a decir a la hora de la cena que la violencia prenatal de su esposa había hecho que Guzmán fuera el fugitivo que siempre habría de ser. Por ese comentario, Papá fue desterrado permanentemente de la vida de su mujer. A partir de ese día Mamá Cielo nunca volvió a dirigirse al viejo directamente; en su lugar le hablaba por medio de un intermediario. "Pregúntale a tu abuelo si quiere comer ahora", ordenaba. "Ve y dile a tu abuelo que es la hora de su medicamento." Aun si él estaba en el mismo cuarto con ella, nunca volvió a hablarle ni a tocarlo de nuevo.

Guzmán se volvió su obsesión y Mamá Cielo usó la vara sin piedad. La hermana de Guzmán, mi madre, tiene cicatrices en las rodillas a causa de uno de los singulares métodos de castigo de su madre. Por hablar con un muchacho en el pueblo mientras hacía un mandado sola, la niña de doce años había estado arrodillada sobre un guayo por una hora. Se le hizo difícil quitarle la sangre seca a tiempo para guayar los plátanos de los pasteles de esa noche. También recuerda que, cuando se despertó al día siguiente, las piernas estaban pegajosas con la sábila que Mamá cultivaba en la cocina.

Pero parecía que Guzmán no sentía el dolor. Había que acompañarlo a la escuela todos los días o, de lo contrario, se iba al río a pescar renacuajos en la taza de lata que la madre le había dado para la leche de la escuela; o peor aún, se metía en las casas de la gente sin que lo invitaran, casi siempre eran ancianos o locos que le daban dulces y dinero. El cuarto de Franco el Loco era uno de sus lugares favoritos. Un matrimonio de ancianos le había dado a Franco el sótano de su casa para que viviera allí después de su "accidente". Franco había sido un hombre normal, un sepulturero exitoso, hasta que, en un baile, un hombre celoso le cercenó parte de su espina dorsal con un machete. Ahora era un ángulo de setenta y cinco grados que, al parecer, vivía únicamente para recoger objetos brillantes con los cuales llenar su oscura guarida. En las paredes de tierra, había incrustado cientos de pedazos de vidrio de botellas en un mosaico que a Guzmán le parecía fascinante. Franco, quien sólo hablaba en murmullos, le permitía al muchacho escarbar con una cuchara, sacar las piezas y volver a acomodarlas a la luz de una vela.

Dicen que la niñez frenética de Guzmán mantuvo a todos en la casa temerosos, tanto por el niño delgado y de pelo rizo, como por la salud mental de Mamá Cielo. Ella oscilaba entre la angustia por los descuidos de él y la furia amazónica que a menudo culminaba en palizas, después de las cuales se mortificaba con vigilias al pie de la cama de Guzmán. Una vez –después de que la correa, el guayo y las amenazas histéricas no habían surtido efecto– Mamá Cielo lo dejó completamente desnudo y escondió la ropa. Lo encerró en la casa y fue a visitar a un vecino enfermo. Cuando regresó, encontró que la ventana de la cocina estaba abierta de par en par. Guzmán había desaparecido. Empezó la búsqueda, a estas alturas ya casi un rito en el que participaban todos los vecinos que podían. Desde luego, buscaron primero en sus escondites habituales, pero ni los viejos lo habían visto, ni los locos lo estaban escondiendo. Se hizo de noche y la histeria de Mamá Cielo se le subió a la garganta en olas de náusea. Las mujeres vinieron a atenderla. Dicen que era como un funeral y un nacimiento a la vez, pues Mamá Cielo se agarraba su gran vientre estirado por su último embarazo y lloriqueaba por su niño del diablo.

Papá Pepe mantuvo vigilia sobre su Biblia. Era un espiritista en contacto con varios entes benévolos y ahora rezaba, con las manos apretadas sobre el mantel blanco de su altar. Cayó en un sueño profundo y soñó que Guzmán estaba cavando un hoyo en un huerto de árboles frutales con una palita de oro. Cuando se despertó, le dijo a su esposa: "La Granja". Entonces supieron dónde buscar.

La escuela secundaria había empezado una finca experimental cuyo territorio se extendía hasta pocas yardas de la casa de Mamá. Estaba rodeada de una alambrada. En ella los estudiantes sembraban y cultivaban guineos, papayas, panapenes y otras frutas y verduras. También había animales –algunas vacas lecheras, caballos y una puerca famosa por su mal genio. Pesaba más de doscientas libras y había matado tres de sus camadas sin ningún motivo.

Guzmán había comido plátanos y cuando lo encontraron estaba acurrucado y parecía una bola marrón, como un feto, en un rincón del establo de la yegua. El barro se le había emplegostado en el pelo y en la cara, y se había vomitado encima. Sostenía un cerdito en los brazos. Tuvieron que sujetar a Mamá Cielo. Los hombres lavaron al muchacho con baldes de agua pero no podían arrancarle de los brazos al animal medio muerto. Guzmán sólo repetía que la madre no quería al cerdo, que se iba a parar sobre él y a matarlo si lo ponían en el corral. Papá Pepe le dijo a Guzmán en susurros que podía conservar al cerdo, que él se lo compraría. Dicen que a Guzmán pronto se le olvidó el animal y que Mamá Cielo era la que mandaba una lata por el vecindario para que le echaran las sobras para alimentarlo. Con el tiempo, el cerdito creció y se puso tan grande y tan malo como su madre.

Para ganarse un dinerito adicional durante los años difíciles, Mamá Cielo vendía almuerzos calientes a los hombres que trabajaban en los cañaverales y en la Central, justo a la salida del pueblo. Por las mañanas, camino al trabajo, los hombres le dejaban las fiambreras que ella llenaba con arroz y habichuelas coloradas, y coronaba con tostones o algunas veces con bacalao. No podía entregarlas todas, así que el hijo mayor tenía que ayudarla. Éste era Carmelo, un muchacho de dieciséis años, lento y meláncolico –para desesperación de Mamá Cielo– que había heredado del padre su exasperante amor por los libros y por la soledad. Hasta que voló hecho mil pedazos en suelo coreano años después, Mamá Cielo trató inútilmente de metérsele por dentro, de revolverle la sangre con ambición. En secreto, sin embargo, admiraba sus manos largas y finas, tan a menudo sorprendidas en los placeres prohibidos de rasguear la guitarra de su padre o de rebuscar los libros que Papá Pepe tenía en una cobacha de pintor detrás de la casa. El pelo negro y abundante que le formaba un pico de viuda lo había heredado Carmelo de la madre. Era demasiado guapo, en realidad, con la maldición de la piel oliva claro de la familia del padre, por lo cual no podía hacer el trabajo de un hombre en un cañaveral. Mamá Cielo le había pedido que pasara las dos horas del receso escolar entregándoles los almuerzos a los cortadores de caña y Carmelo aceptó a regañadientes. Esas eran las horas que podía pasar a solas, para encontrar una arboleda detrás de la escuela y soñar o dormir, pero ni le pasó por la mente decirle que no a su madre.

Fue a Guzmán a quien se le ocurrió la solución. Un día, camino de los campos, Carmelo se había detenido para descansar un poco debajo de un mangó cuyas ramas estaban tan bajas y eran tan frondosas que casi formaban una chocita. Allí sacó su ejemplar de la poesía de Luis Lloréns Torres y empezó a leer el poema sobre Puerto Rico, "El Patito Feo", en el cual el poeta llama a la Isla cisne azul, hijo de raza hispánica. Acababa de empezar a leer cuando oyó risas más allá de las espigas de caña y una voz que le era conocida.

Carmelo caminó silenciosamente hasta la orilla de los arbustos y los separó para mirar. Para su asombro, allí estaba Guzmán con una amiga –ambos desnudos, sentados sobre la ropa al estilo indio, señalándose uno al otro el cuerpo y riéndose. La niñita era fascinante, hermosa y repulsiva a la vez: Angélica, la jorobada, la pobre hija lisiada de la prostituta más famosa del pueblo. La niña no iba a la escuela y muy pocas veces se le veía en el pueblo. Se decía que su madre había tratado de matarse bebiendo blanqueador cuanto estaba encinta. La piel de Angélica era de un blanco lechoso y el bulto en su espalda, la mitad de su cuerpo, le estiraba la piel como un tambor. Carmelo pensó que la niña rubia parecía una especie de caracol que cargaba su casa en la espalda.

–¡Guzmán! –gritó Carmelo, metiéndose entre los juncos. La niña salió corriendo en cuatro patas, arrastrando su bulto de ropa. Guzmán se estiró y agarró a su hermano por el cuello, anudándole las delgadas piernas morenas alrededor de la cintura. Los hermanos habían llegado a ser amigos íntimos a medida que Carmelo se convirtió más y más en mediador entre los corajes de su madre

5

y la inclinación de su hermano hacia los problemas. Carmelo trató de arrancarse al niño desnudo del pecho.

–Suéltame, Guzmán. Tienes que darme una explicación. Ponte la ropa, salvaje asqueroso–. Guzmán se rió y se bajó.

–¿No se lo dirás? –le dijo, sin suplicar. –Sólo estábamos jugando.

–Sabes muy bien que lo que estabas haciendo es pecado, Guzmán. Si Mamá se enterara, te caería a correazos. ¿Cómo te las arreglaste para traer a esa pobre niña hasta aquí?–. Carmelo ayudó al niño a abotonarse la camisa blanca de la escuela, monga por el sudor y el sucio. Se sintió conmovido por el pecho esquelético que se alzaba bajo sus manos. El asma de Guzmán había empeorado, al punto de que Mamá había llevado el catre de Guzmán a su cuarto para poder escuchar su respiración. Guzmán seguía escapándose por la noche para dormir con Carmelo, enroscado a él como un mono jadeante.

–Es mi amiga. No va a la escuela. Su mamá duerme todo el día. No tiene con quien jugar –dijo, con la misma rapidez que respiraba.

–No la traigas más aquí–. Carmelo sabía que el muchacho lo escucharía. Durante años había tratado de explicarle a Mamá que las palizas no tenían efecto en Guzmán porque él olvidaba el dolor más rápidamente que cualquier otro ser humano, niño o adulto. Pero Guzmán reaccionaba a mandatos cortos y sencillos, si tenían sentido para él, y si no violaban su peculiar código de lealtad a sus amigos, él obedecería.

–¿No se lo dirás?

Carmelo sabía que Guzmán no le tenía miedo a la paliza que con seguridad Mamá le daría, sino a la convulsión de rabia que se apoderaría de ella, al silencio y la auto-recriminación que vendrían luego. A todos los hijos les resultaba detestable ver a su madre pasar por este patrón de violencia y culpa. Carmelo estaba asombrado de que, aun a su edad, Guzmán ya entendiera esto.

–No se lo diré–. Sacó la peinilla del bolsillo del pantalón e intentó alisar la maraña de rizos apretados en la cabeza de Guzmán. –Ahora vete de prisa a la escuela, muchacho.

–Hoy no voy–. Guzmán se encaramó por los juncos y se fue al árbol de mangó.

–Espera. ¿Cómo que hoy no vas a la escuela? No te puedes quedar fuera y jugar todo el día. Ya estás metido en líos, ¿recuerdas? Tal vez cambie de parecer y le cuente a Mamá después de todo–. Carmelo agarró al hermano por la muñeca y lo forzó a que le diera la cara.

–Tú no le dirás nada. ¿Sabes por qué? He ido a la escuela toda la semana. Un viernes sí y otro no, voy a pescar–. Los ojos castaños que le miraban estaban tan serios, la voz tan sincera, que a Carmelo le dieron ganas de reír. Guzmán hablaba como un trabajador que justificaba un día de asueto, en lugar de un niño de once años que asistía a quinto grado. De repente, oyeron un ladrido fuerte. Dos perros flacos peleaban por la comida que habían olfateado en la carretilla que Carmelo había dejado junto al árbol de mangó. –¡Ay, Dios mío! Los almuerzos de los cortadores de caña. Se me habían olvidado por completo.

–Déjame que te ayude a entregarlos, Carmelo. Te ayudaré–. Guzmán corrió hasta la carretilla y empezó a empujarla hacia el camino sin embrear. Pesaba por las fiambreras y los músculos en sus brazos y en su cuello sobresalían como alambres gordos, pero él no iba a soltarla. Cuando los dos muchachos llegaron al campo, ya los hombres estaban sentados en el refugio que habían improvisado colgando sus camisas de las estacas clavadas en la tierra. Guzmán les cayó bien inmediatamente. Les gustaba la forma en que él corría de un lado para otro y les llenaba las tazas con café de un termo, y la habilidad con que les encendía los cigarrillos, como un camarero en miniatura. Él escuchaba sus chistes con atención y se reía en voz alta y con fuerza, como si entendiera las insinuaciones sexuales y las fanfarronerías de machos.

Cada vez más, Guzmán se encargaba del trabajo por encima de las protestas de Carmelo. Al ver lo mucho que se divertía el muchacho, el hermano mayor se permitía tomar un descanso para leer debajo del mangó. Pronto se acostumbró a la nueva rutina y dejó que su hábil hermanito entregara todos los almuerzos mientras él leía los poemarios prohibidos y soñaba.

Debido a que la piel de Guzmán se estaba poniendo más oscura y a que cuando le tocó las palmas de las manos por la noche estaban tan ásperas como la piel de un zapato viejo, Mamá Cielo supo que su hijo estaba haciendo algo que ella debía averiguar. Las manos de Carmelo no se habían endurecido ni se habían manchado por el trabajo. Cuando se acercaba un libro a la cara para leer por la noche, ella podía ver la perfecta redondez de sus uñas, limpias y suaves como las de una mujer mantenida o las de un vago. Por las conversaciones en susurros de los muchachos por la noche, cuando creían que ella estaba dormida, Mamá Cielo sospechó que los dos estaban metidos en lo que fuera que estaba pasando.

Por eso, un día, después de que Carmelo había venido al mediodía a buscar la carretilla de los almuerzos, ella cogió su sombrilla negra para protegerse del sol y los siguió de lejos. Observó al hijo mayor maniobrar la carretilla para salir del camino sin embrear y dirigirse hacia el bosquecillo de árboles de mangó. Allí estaba Guzmán, sentado como el hijo de un sultán, con su camisa blanca de la escuela envuelta alrededor de la cabeza, como si fuera un turbante. Estaba bebiendo a grandes tragos una Old Colony con sabor a uva. Mamá vio que Carmelo estacionó la carretilla debajo del árbol: ñangotada detrás de unas bambúas, podía ver bien a los muchachos, que estaban a menos de veinte pies de ella. Guzmán tiró la botella vacía en un arco ancho por encima de la cabeza. La botella aterrizó a los pies de Mamá, donde se rompió en fragmentos púrpura. Ella oyó que Carmelo le dijo a Guzmán:

–Te he dicho que no hagas eso, muchacho. Vas a ser tú el que se pare sobre el vidrio, tú o uno de tus amigos locos.

–Ya no me reúno con nadie aquí, Melo, es nuestro lugar secreto, ¿verdad?–. Al parecer, Guzmán tenía prisa por dejar a su hermano. Agarró los manubrios de la carretilla y empezó a empujarla con gran esfuerzo por el camino sin embrear. Carmelo lo agarró por el codo.

–Suéltame, hombre, los cortadores esperan. Déjame que me vaya–. Guzmán trató de zafársele a su hermano.

–Sólo quiero darte tu parte del dinero, muchacho –dijo Carmelo, rebuscándose el bolsillo de los pantalones. –O sea, si tú lo quieres–. Sostenía dos pesetas con la punta de los dedos, fuera del alcance de Guzmán: –Pero primero, esto –dijo, deshaciéndole el turbante. –Vas a coger una insolación si no te proteges.

–Déjame–. Guzmán intentó escapársele a su hermano pero al final se estuvo quieto mientras éste le abotonaba la camisa y se la metía dentro de los pantalones cortos de color caqui.

–Eres tan malo como Mamá–. Guzmán se rió mientras Carmelo escupió en un pañuelo y le limpió el bigote púrpura.

–Ha estado un poco rara últimamente –dijo Carmelo. –Si se entera de que te estoy dejando hacer mi trabajo, nos dará una paliza con una escoba o algo peor. Tú sabes, Guzmán, sería mejor que me hiciera cargo otra vez.

–No, hombre, por favor. ¿Y qué pasaría con tus libros? Estoy haciéndolo bien, ¿verdad?–. Guzmán estaba saltando de un pie al otro, como cuando estaba excitado. –Mamá no se enterará, Carmelo, te lo juro. Hasta iré a la escuela todos los días–. Ahora estaba llorando. Mamá había empezado a sentir calambre en las piernas, así que se puso de pie temblorosamente y se recostó en un tocón que estaba por allí cerca. Vio que los dos muchachos se abrazaron. Del mismo vientre y tan diferentes como una nube y un charco de fango. Vio a Carmelo, alto y delgado como una varilla de bambú, agacharse para poner su mejilla pálida contra la enmarañada cabeza de Guzmán. Entonces Guzmán se zafó retorciéndose y una vez más cogió los manubrios de su vagón de almuerzos. Carmelo le echó las monedas en el bolsillo. Mamá observó a su hijo mayor extender una bolsa de papel cuidadosamente bajo la sombra del mangó. Entonces se estiró, colocó su cabeza en un tocón redondo que era parte de las raíces del antiguo árbol, y, cruzando los brazos sobre la cara, se viró y cerró los ojos. Mamá se dirigió hacia el camino sin embrear. Adelante vio la nubecita de polvo que Guzmán levantaba con la carretilla; abrió la sombrilla negra y se preparó a seguirlo hasta los campos. Se mantuvo a la orilla del camino, andando detrás del hijo bajo el sol abrasador del mediodía. El sudor le bajaba por la cara y los brazos mientras sostenía su sombrilla abierta sobre la cabeza. Guzmán caminaba por el medio del camino. Dos veces se detuvo y le lanzó golpes a su sombra como un boxeador para estirar los músculos. Un perro flaco blanco salió de una sección tupida del cañaveral y le olfateó las manos. Guzmán le dijo algo y el perro se quedó rezagado varios pies y lo siguió.

Cuando estaban muy cerca del terreno que los cortadores estaban talando, Mamá Cielo dio la vuelta al cuadrante, y después de dejar los zapatos y la sombrilla a la orilla del camino, se internó en el cañaveral y se detuvo donde los cortadores habían parado antes del receso. Se ñangotó detrás de unas varas altas de caña. Podía oír al grupo de hombres hablando y riéndose. Saludaron a Guzmán con gritos de bienvenida y palmadas afectuosas en el hombro y la cabeza. Uno de los hombres mencionó el nombre de Leticia, lo cual hizo que Mamá Cielo se sobresaltara, aplastando algunas ramas con los pies. Hubo una pausa pero el hombre continuó.

—Detrás de la escuela —dijo un joven de bigote negro y grande y un pañuelo rojo atado al cuello.

—No lo creo, hombre —dijo otro. —Su madre es como un halcón. No la dejaría salir sola nunca.

—Fue el sábado pasado. Ella le dijo a la mamá que iba a confesarse. Y era verdad, hombre. Vació todos sus pecaditos en mi oído.

Mamá dijo después que por poco se desmaya allí mismo al escuchar el nombre de su ahijada pasar como una pelota en un juego repugnante que estos hombres estaban jugando.

Los hombres se burlaban de su afortunado compañero y le pedían detalles. Mamá Cielo estaba horrorizada de ver que Guzmán se les unía riéndose, aunque parecía más absorto en darle a cada hombre su fiambrera y servirles con tanta diligencia que hizo que la sangre de Mamá Cielo hirviera. Después de comer, los hombres encendieron un cigarrillo y discutieron su trabajo. Alguien llamado Jesús se había desmayado en el trabajo esa mañana. Cuando le quitaron la camisa para que se refrescara, habían visto horribles llagas en carne viva por toda la espalda. En seguida supieron que las habían causado las filtraciones en el tanque que había llevado atado a los hombros para fumigar manualmente el campo el día anterior. El americano había introducido este nuevo y económico sistema. Usar un avión para rociar los cultivos costaba un dineral y malgastaba químicos sobre tierra baldía. Los hombres mismos podían turnarse para rociar manualmente y no se desperdiciaba nada.

—El mismo don Juan Santacruz lo llevó a la clínica en el camión de la compañía —dijo uno de los cortadores.

11

—Probablemente le descontará la gasolina a Jesús del cheque —dijo el del pañuelo rojo.

En ese momento Guzmán se dirigió hacia ellos para recoger las tazas. Varias voces insistieron en que se sentara en el círculo con ellos. Un hombre bajito, con un tic nervioso en un lado de la cara que lo hacía verse como un conejo negro, sacó un cigarrillo de la cajetilla que tenía en el bolsillo de la camisa y se lo metió en la boca a Guzmán.

—Bueno, hombrecito, es hora de otra lección—. Guzmán se rió y trató de zafarse de un par de brazos que lo sujetaban por la espalda.

—Oye, ¿eres macho o no? Estate quieto —le dijo el hombre a su espalda.

Guzmán cruzó las piernas delgadas debajo del cuerpo, como un indio, y aceptó el cigarrillo riéndose. El Hombre Conejo Negro lo encendió con el suyo. El muchacho lo fumó como un experto, sujetándolo entre el índice y el dedo del corazón, y exhalando nubecitas de humo blanco.

Con gran esfuerzo, Mamá Cielo se levantó de su dolorosa posición y regresó al camino. Allí se dio cuenta de que había dejado los zapatos y la sombrilla en una posición de mala suerte: formaban una cruz invertida.

Cuando Mamá Cielo pasó por la casa de su comadre Julia y no le pidió la bendición, como se acostumbraba saludar a la madrina de los hijos, la anciana dejó las ollas a fuego lento y siguió a la perturbada amiga hasta su casa. Se sentó en el balcón a mecerse en silencio esperando que Mamá Cielo le indicara que estaba lista para hablar. Mamá Cielo salió de la cocina con dos tazas de café con leche hirviendo que se le derramó en las manos temblorosas. Sin pensarlo dos veces, doña Julia rompió la punta de una sábila que Mamá tenía sembrada en una lata de café en el balcón y, ayudando a Mamá a colocar las tazas en la mesa, le tomó las manos y aplicó la secreción pegajosa en la piel irritada. Los niños estaban en la escuela, Papá Pepe en el trabajo. La casa estaba en silencio. Mamá Cielo habló por fin:

–Comadre, no sé qué hacer con él. Ahora está llevando al mayor a andar perdiendo el tiempo y a meterse en líos.

–¿Guzmán?–. En realidad doña Julia no tenía que preguntar. Muchas veces había tenido que consolar a Mamá después de una de las escapadas del muchacho. Era la madrina de Carmelo y lo consideraba como hijo suyo. Había sido bendecida con tres hijas, todas bien casadas ahora. Se persignó rápidamente, como para no atraer al Diablo a su casa.

–¿Qué ha hecho ahora? ¿Y cómo es que Carmelo está metido? Aunque debo decir, Cielo, tú debes saber que él siempre trata de proteger al sinvergüenza de Guzmán, aun a expensas suyas, así que no lo juzgues muy rápidamente.

–No sé. Esta vez no, comadre, escuche–. Mamá Cielo le contó a su amiga todo lo que había visto esa tarde, bajo el árbol de mangó y en el cañaveral.

Julia dijo: "No es propio de Carmelo esquivar sus responsabilidades. Guzmán evidentemente está bajo el hechizo de los vicios de esos hombres". Julia era varios años mayor que Mamá Cielo y en la comunidad se le respetaba por su sabiduría de madre y esposa. Había sobrevivido a su esposo alcohólico. Había resistido una vida de estrecheces para criar tres hijas, y todo esto sin la ayuda de un hombre. Mamá se sintió más tranquila escuchando la voz ronca de su comadre. Sabía que Julia le daría buenos consejos en esta difícil situación.

–Cielo, ¿has llevado a estos muchachos a una espiritista?–La pregunta sorprendió a Mamá Cielo. Julia sabía que Papá era médium Mesa Blanca. Ella misma lo había consultado muchas veces acerca del espíritu intranquilo de su difunto esposo, quien la molestaba de vez en cuando.

–¿Por qué debo llevarlo a ningún sitio, comadre? Pepe lo sabría si algo anduviera mal–. Pero la anciana cruzó los brazos sobre su gran abdomen y movió la cabeza.

–No necesariamente. ¿No sabes que a un médico no se le permite tratar a los miembros de su propia familia? Es posible que tu esposo pueda ver fantasmas pero no pueda ver el mal en su propio hogar.

–¿Usted cree que uno de los muchachos necesita ayuda?– Mamá Cielo no podía decir la palabra temida, *poseído*. Julia se incorporó y se golpeó los muslos con ambas palmas para hacer hincapié en lo segura que estaba.

–Guzmán es un muchacho salvaje. No te da tregua. Ahora está haciendo que nuestro dócil Carmelo te desobedezca y sabe Dios qué más. Esto es una prueba, si alguna vez oí hablar de una. Te están haciendo pagar por algo, mujer. ¿No te das cuenta?– Ambas mujeres se persignaron.

–Tal vez tenga razón, comadre. No puedo controlar a ese niño. Cuando le pego, yo siento el dolor. No me siento bien desde que quedé encinta de Guzmán. Necesito hacer algo ahora, antes de que nos mate a los dos.

–Hay una mujer a quien llaman La Cabra. ¿Has oído hablar de ella?

–¡Es una bruja!

–Tonterías. Esos son chismes maliciosos–. Doña Julia tenía a Mamá Cielo bajo el hechizo de su sabiduría.

–He oído decir que vende hechizos–. Mamá Cielo sintió que un escalofrío le bajaba por la espina dorsal.

–Hierbas y pociones medicinales, para curar estreñimiento y mal de amores. Nada fuera de lo común –dijo doña Julia, yendo al grano como era su costumbre. –Ahora, Cielo, ¿vas a escuchar lo que tengo que decirte o vas a creer en rumores malvados?.

A decir verdad, al principio Mamá Cielo se resistió a la idea de que era un espíritu problemático lo que había hecho de Guzmán una cruz para que ella la llevara. Después de su conversación con doña Julia se sintió más tranquila, como cuando se llega a una decisión, pero no hizo planes inmediatos para llevar al muchacho a ver a La Cabra. Lo que se decía de la mujer le molestaba demasiado. No castigó a los muchachos –al principio, y entonces no en la forma habitual. En su lugar, hizo un aparte con Carmelo y le explicó que iba a dejar el negocio de los almuerzos por un tiempo. Le dijo que se cansaba demasiado de cocinar durante toda la mañana. Había hecho arreglos para que Santita, el ama de llaves del americano, se hiciera cargo por un rato. Era viuda y necesitaba el dinero.

–Pero Mamá, nosotros también–. Carmelo protestó débilmente. –Además –añadió– ya me estaba acostumbrando.

Mamá Cielo tuvo que hacer un esfuerzo para no desenmascararlo y llamarlo mentiroso. Qué fácilmente su mejor hijo había caído en las garras del engaño. Verdaderamente Guzmán tenía que tener al diablo de su lado. –No te preocupes por dinero ahora mismo, hijo. He pedido más guantes a la fábrica de Mayagüez para cortar y bordar. Nos las arreglaremos. Tú sólo concéntrate en acabar tus estudios para que no tengas que terminar en los cañaverales. No durarías un mes al sol con la piel tan delicada que te gastas.

Esa noche, mientras estaban acostados, Carmelo le dio a Guzmán la noticia. Mamá Cielo se había propuesto dejar abierta la puerta de su cuarto y pudo oír claramente los sollozos del hijo menor, aunque sofocados por una almohada y por los brazos de su hermano.

Una tarde, doña Julia le trajo a Mamá Cielo una canasta con varias hierbas que había recogido en el campo; entre ellas había hierbabuena, geranio, ajo silvestre, ramas de la enredadera de la flor de la pasión y ruda. También trajo una botella de agua florida, en la cual ya había mezclado varias hojas. Como era martes –buen día para una limpieza espiritual de la casa– y como la anciana había pasado tanto trabajo por ella, Mamá Cielo y su comadre pasaron la mañana fumigando la casa con el cocimiento de las hierbas que habían hervido en una lata sobre carbón encendido. Así el vapor podría penetrar por todos los rincones de la casa, que habían sellado cubriendo puertas y ventanas con sábanas y tachuelas. Echaron la mezcla en el suelo y lo estregaron. Esto sacaría las malas influencias que todavía estuvieran en la casa. Por último, se rociaron a sí mismas y los muebles con agua florida, lo cual atraería a los espíritus protectores. Mamá le quitó el polvo a la pintura de Nuestra Señora de los Milagros, su patrona, la colocó en su mesa de noche, y luego prendió una vela blanca y otra azul en su honor. Después de sus quehaceres, las mujeres se sentaron en el balcón a beber una taza de café.

Sinceramente, hacer algo físico siempre hacía que Mamá Cielo se sintiera mejor. –Gracias, comadre, puedo pensar con más claridad ahora.

–Todavía no me des las gracias, hija –la anciana replicó. –Tu trabajo no ha terminado.

–Doña Julia, le estoy muy agradecida por su ayuda y su preocupación, pero si yo hiciera lo que me ha sugerido, mi esposo se molestaría.

–¿Qué saben los hombres de los problemas de una mujer?–Doña Julia se levantó abruptamente de la mecedora y se puso a recoger los sobrantes de sus ofrendas en la canasta de paja. Estaba ofendida. –Que Dios me perdone por decirte la verdad, pero me alegro de que mi Jaime esté muerto.

Escandalizada, Mamá se persignó. –No hablemos mal de los muertos –dijo bajito, por temor a molestar a la anciana aún más.

–Es la verdad: el hombre estaba poseído por un demonio. Si entonces hubiera sabido lo que ahora sé, habría hecho algo por salvar su alma. Me han dicho que su espíritu no descansará. He gastado un dineral en velas y novenas.

A Mamá le pareció que de alguna manera había defraudado a esta sufrida mujer. Doña Julia estaba parada frente a la puerta de la entrada cuando Mamá tomó la decisión que pondría fin a la niñez de Guzmán.

–Doña Julia, perdone a una mujer ignorante. Hágame una cita con... La Cabra–. Se sintió rara diciendo este nombre –un epíteto más apropiado para una prostituta que para una médium.

–Yo voy contigo, Cielo. No te pesará. Esta mujer puede obrar milagros.

Como Cielo se lo temía, Guzmán siguió desolado por la noticia de que no podría llevarles el almuerzo a los cortadores de caña. En unos cuantos meses estos hombres le habían enseñado mucho sobre el trabajo duro y la risa: cómo darle al machete para que la caña cayera con elegancia lejos de uno y cómo enrollar un cigarro perfecto. También habían hablado de mujeres. Su conversación había sido en términos vagos, de modo que el lugar verdadero de su placer nunca se mencionó, pero a Guzmán le parecía que el conocimiento le subía por la piel. Las palabras de los hombres eran la vara divinatoria que apuntaba al pozo subterráneo con círculos emocionantes. Había crecido mucho en esa temporada. Ya las lágrimas no le venían fácilmente y el cuerpo le ordenaba salir del sueño, llamándolo con un lenguaje que todavía no comprendía del todo.

Carmelo ya no pasaba mucho tiempo con su hermano menor. Había encontrado un amigo que compartía su amor por los libros –un cura joven, el Padre César, quien había venido a Salud directamente desde el seminario en la capital para ayudar al párroco envejeciente, don Gonzalo. Tímido cuando estaba rodeado de gente, había venido provisto de baúles llenos de libros que había comprado en San Juan y en España. Un joven delgado y cetrino, tenía la apariencia de alguien que había pasado la mayor parte de su vida encerrado. Las viejas lo adoraban y le enviaban comida a la casa parroquial, las jóvenes no le prestaban atención y los hombres lo evitaban. Su hablar refinado y la manera en que se llevaba un pañuelo perfumado a la nariz los hacía sentirse incómodos. En el pueblo se le llegó a conocer como El Padrecito.

Cada domingo, después de la misa, Carmelo y César caminaban por el atrio de la iglesia mientras el cura saludaba a los feligreses. Como era su deber, escuchaba las quejas de los viejos: achaques, dolamas, descripciones vívidas de la última operación. Aceptaba sobres de las matronas encopetadas con donativos para la iglesia, bendecía a los bebés y por lo general le hacía la vida un poco más fácil al cura anciano, quien había escuchado las mismas quejas y había bendecido a estas matronas cuando eran niñas. Ahora don Gonzalo se apresuraba a regresar a su cuarto inmediatamente después de su misa, dizque a rezar, pero, como todos sabían, el anciano tomaba su ponche medicinal con más frecuencia de la recomendada y se la pasaba durmiendo la mayor parte del tiempo. Pronto Carmelo se volvió el confidente de César y así ganó acceso a su magnífica biblioteca. A Mamá Cielo no le gustaba la idea de que Carmelo pasara sus ratos libres escondido con otro ratón de biblioteca, pero Papá Pepe intercedió por su hijo y, por lo menos los domingos, los dos jóvenes solitarios podían pasar tiempo juntos en la casa parroquial. Allí pasaban tardes enteras aprovechándose de la intimidad y la paz de los cuartos del joven cura.

Mientras tanto, Mamá Cielo observaba a Guzmán con cuidado. Esperaba su reacción ante la decisión de no vender más almuerzos. Escuchaba a los muchachos cuando hablaban por la noche, como de costumbre, pero sus conversaciones eran breves y carecían de su antigua urgencia. Por el tono, ella no podía sospechar nada. Guzmán la despertaba a menudo con su caminar de un lado para otro. Una noche, la despertó el crujir de la mecedora que tenía en el balcón. No despierta del todo, pensó que podía ser el espíritu intranquilo de su antigua dueña, su suegra, una mujer dominante que nunca había estado de acuerdo con que Pepe se casara con Cielo. Afortunadamente, había fallecido poco después de la boda. Le había dejado la mecedora en el testamento a Cielo y todos los otros muebles a los otros hijos. Como desconfiaba de sus motivos aun en la muerte, Mamá Cielo siempre había dejado la mecedora afuera en el balcón.

Escuchando con más atención, Mamá Cielo se percató de que la mecedora estaba ocupada por una persona de carne y hueso, pues también podía oír el golpeteo de los pies descalzos cuando tocaban el suelo al compás de la mecedora. Silenciosamente caminó hasta la sala y miró a través de las cortinas de la ventana del frente. Vio a Guzmán sentado en la mecedora en calzoncillos. Estaba mirando el cielo con profunda concentración. ¿Mirando qué? Sabía que era cuarto creciente esa noche; el cielo estaba tan oscuro por las nubes que la única manera en que podía ver a su hijo tan claramente era por la luz en el piso de arriba de la casa de la vecina, en el cuarto de la buhardilla que a veces alquilaba a mujeres solteras. Miró detenidamente a su hijo. Había engordado. Estaba más alto. ¿Cuántos años tenía ahora? ¿Doce, trece? Sí, Carmelo cumpliría diecisiete en julio, así que Guzmán tendría catorce. Su piel era oscura como cuero curtido, su pelo abundante y de rizos apretados, y su cuerpo delgado dejaba entrever músculos anudados por debajo, como si los huesos estuvieran unidos con alambres.

Mamá Cielo siguió la mirada de Guzmán hasta la ventana iluminada. Una figura se movía contra el telón de fondo de una luz amarilla. Una mujer se peinaba el pelo largo muy despacio. Se llevaba el cepillo a la parte superior de la cabeza y entonces, con un movimiento gracioso del codo, lo deslizaba por la espalda hasta la cintura. Guzmán se mecía lentamente, llevando el compás del movimiento del brazo de la mujer. Sus ojos estaban fijos en la figura, sus manos enlazadas fuertemente sobre el pecho, como si estuviera rezando. Mamá volvió a la cama. Al día siguiente lo llevó a ver a La Cabra.

La Cabra vivía en una casa montada en zocos a orillas del Río Rojo. La mayor parte del año, el río no era más que un rastro serpenteante de fango espeso, pero durante la temporada de las lluvias se inundaba, así que mantenía debajo de su casa un botecito, cubierto con un encerado. Aquí las gallinas hacían su nido y ponían los huevos. La madre de La Cabra les había dejado esta casa a sus hijos al morir hacía dos años. Los tres, dos hijos y una hija, vivían en la ciudad de Nueva York. Se habían mudado para allá cuando eran adolescentes y no habían regresado más a la Isla. La anciana, doña Lupe, recibía cartas de sus hijos con poca frecuencia, pero hasta el día de su muerte había ido a pie al pueblo para buscar el correo. El cartero se negaba a llevárselo. Suponía una caminata de tres millas, atravesar un sembrado de café donde se decía que los indios taínos habían tenido su cementerio, y cruzar el impredecible Río Rojo. Él fue el primero que notó la ausencia de doña Lupe y mandó a las autoridades a su casa, donde la encontraron muerta en su hamaca, con un montón de cartas de hacía veinte o treinta años en la falda. De ellas obtuvieron la dirección de los hijos. La única que respondió fue la hija, Pura Rosa, quien se apareció una semana después de que la anciana hubiera recibido cristiana sepultura, con los gastos pagados por el pueblo. Pura Rosa presentó una carta firmada por su madre en la cual decía que, a su muerte, la casa debía ser propiedad de los hijos.

Rosa, como la llamaban hasta que las malas lenguas de Salud la rebautizaron La Cabra, había llegado con su hija de dieciocho años, a quien inmediatamente matriculó de interna en un colegio católico de Mayagüez. De ahí en adelante, a la niña se le vio muy poco en el pueblo con la madre. Muy rápidamente La Cabra se estableció como la médium más cotizada del barrio. Las mujeres acudían a ella para que les leyera el futuro y para que les vendiera las pociones que curaban casi todos los males femeninos, incluyendo los celos y la infertilidad. Dicen que ella también atendía hombres, pero con tal discreción que pocas personas lo supieron hasta que desapareció de Salud años después y la leyenda de La Cabra creció.

La caminata hasta el "centro espiritual", como La Cabra insistía en que sus clientes lo llamaran, no era desagradable cuando era temprano y no estaba lloviendo. Mamá Cielo preparó un *termo* de café y, con él en una funda de papel debajo del brazo y su inmensa sombrilla negra abierta sobre la cabeza, salió con Guzmán para el campo. Cuando su madre lo hizo salir de la cama al amanecer y le sacó sus mejores galas, Guzmán pensó primero que lo llevaba a la clínica para las vacunas. Pero le pareció extraño que le diera un par de sandalias viejas y que envolviera los zapatos y las medias en un periódico viejo para que él lo llevara. Estaba aún más intrigado cuando salieron de Salud por el camino sin embrear en lugar de dirigirse a la carretera para coger la guagua para Mayagüez. Mamá parecía de mal humor y Guzmán no se atrevió a romper el silencio. Precisamente en la intersección donde los caminos se dividían y el de la izquierda llevaba a los cañaverales y el de la derecha al río, doña Julia se les unió. Las dos mujeres caminaban al frente, hablando bajito bajo la sombrilla de Mamá Cielo. Sólo una vez Mamá se dirigió a él. Esto fue cuando él salió del camino por un minuto para orinar detrás de unos arbustos.

–No te ensucies con el fango –le gritó ella, haciéndolo sentir que se moría de la vergüenza. Doña Julia se rió con fuerza y se le quedó mirando con marcado interés a la entrepierna cuando salió de detrás de los arbustos.

–No tienes que preocuparte por un charco de fango con éste todavía, Cielo –le dijo a Mamá Cielo, quien no miró a su hijo, sino que se mantuvo dándole la espalda.

El Río Rojo no era más que un arroyo poco profundo de fango, pero todavía era difícil cruzarlo. Todos se quitaron las sandalias en la orilla. Las mujeres se levantaron el vestido hasta las rodillas y se agarraban una a otra por la cintura para mantener el equilibrio. Guzmán lo cruzó dando saltos y accidentalmente le salpicó un poco de agua enfangada a doña Julia cuando le pasó por el lado.

–Hijo del Diablo –le dijo entre dientes.

Al otro lado, se secaron con papel que Mamá Cielo tenía en la funda y se sentaron a la sombra de un árbol para tomar el café con leche hirviendo que Mamá había preparado. Guzmán se excusó y subió la colinita cubierta de arbustos de café silvestre para inspeccionar el área. Vio la casa de La Cabra, donde las gallinas blancas picoteaban alrededor del patio y el bote viejo descansaba sobre su barriga debajo de la casa. Entonces vio una figura salir del río que daba la curva alrededor del vallecito. Una pared de cemento de unos cuatro pies de alto había sido construida para contener una charca de agua. Sólo tenía tres lados y el otro estaba abierto hacia la corriente de modo que el agua se movía constantemente, vaciándose y llenándose, aunque el río estaba bajo. Primero vio la cabeza, mechones de pelo negro amontonados sobre un rostro pálido. No podía distinguir las facciones, pero le pareció excesivamente pálido. Debía haber estado sentada o ñangotada, porque se puso de pie abruptamente, desnuda hasta la cintura. Los grandes senos fueron una sorpresa después de la pequeñez y la delicadeza de la cabeza y la espalda. Guzmán cerró los ojos con fuerza por un momento y se recostó en el árbol más cercano. Se sintió mareado y temeroso de repente, aunque incapaz de levantar los pies, como si estuvieran atascados en fango espeso. Cuando volvió a mirar, la mujer se había envuelto en una toalla negra y caminaba descalza hacia la casa.

El niño volvió sobre sus pasos hasta donde estaban las mujeres recogiendo sus pertenencias.

–Bueno, aquí estás, muchacho –dijo doña Julia tirando molesta del vestido. –Estábamos pensando que te habías perdido.

—¿Adónde vamos, Mamá? –Guzmán tenía que saber si se dirigían a la casa en zocos.

—Ya lo verás cuando lleguemos –respondió Mamá Cielo, evitando mirarlo a los ojos. –Pero te advierto ahora mismo, Guzmán, vas a hacer lo que te diga. No hables con nadie a menos que se te diga que puedes hacerlo. Y –aquí su voz se suavizó un poco– no te asustes, hijo. No tienes que preocuparte por nada. Luego lo entenderás mejor.

—No sé por qué te molestas en explicarle nada a éste, Cielo. Mírale la cara tan fresca. Actúa como si hubiera inventado la pólvora.

Esta vez Guzmán caminaba al frente de las mujeres, dirigiéndolas por el caminito aplanado por las pisadas en una de las laderas. Caminaba despacio y pausadamente, quitando a patadas las piedras del camino de las mujeres, recogiendo guayabas maduras para los tres. Los granos de café silvestre estaban rojos y al niño le parecían los ojos de muchos animalitos que los observaban desde todos lados. Un olor dulce los rodeaba y las ramas de los árboles de mangó que sobresalían les daban sombra. Guzmán se sintió alegre, como se había sentido entre los cortadores de caña. Una sensación de expectativa les puso alas a los pies. Se les adelantó a las mujeres corriendo, lanzando golpes a las sombras como un boxeador. Doña Julia movió la cabeza y chasqueó.

—Es lo que te dije, comadre. Un espíritu maligno se ha apoderado del niño –dijo. Mamá Cielo se hizo la señal de la cruz en la frente.

Cuando los tres salieron del bosque, la luz del mediodía bañaba el claro donde estaba la casa de La Cabra. Guzmán pensó que el cajón cuadrado de una casa en zocos con un bote blanco debajo se parecía a una gallina marrón echada sobre un huevo. En lo alto de la escalera de cemento, en la base, estaba parada una mujer vestida de blanco. Tenía el pelo negro peinado hacia atrás, recogido en un moño apretado en la nuca. Hasta las sandalias eran blancas, así que su palidez se acentuaba. Casi parecía un espíritu, su sustancia perdida en un vestido como de monja.

—¿Es ésa La Cabra? —Mamá Cielo tomó a doña Julia por el brazo.

—Le gusta que la llamen Hermana Rosa, Cielo—. Doña Julia inclinó la cabeza hacia la figura que todavía permanecía inmóvil, permitiendo que la brisa le levantara la falda del traje, haciendo que se viera como si estuviera flotando sobre ellos.

—Sólo aquellas mujeres celosas que les temen a su belleza y a sus poderes en asuntos de amor la llaman La Cabra. Han esparcido rumores de que Rosa recibe hombres aquí. Mentiras... todo mentiras. Es un ángel de la caridad.

Mamá buscó a Guzmán a su alrededor. El muchacho ya estaba al pie de los escalones y la Hermana Rosa, con un dramático gesto de bienvenida, le había abierto los brazos cubiertos por las mangas largas.

—¡Guzmán! —la llamada de Mamá Cielo resonó en la colina. —¡Guzmán! —en el agua. —¡Guzmán! —en las mismas paredes de la casa. —¡Guzmán! —El niño continuó subiendo los escalones hacia la mujer de blanco.

—Si quieres ayudar a tu hijo— dijo doña Julia —no debes entrometerte. ¿Acaso no ves que la Hermana Rosa ya sabe que él es el que necesita su atención? Debes tener paciencia.

—Tiene razón, comadre. Usted ha sido tan amable con nosotros. Haré lo que usted diga. Sólo espero que Guzmán no esté tramando alguna travesura. Ha estado raro desde que paramos para beber café.

—A mí me parece tan salvaje como de costumbre.

Doña Julia se puso el dedo en los labios según se acercaban a la casa. La Hermana Rosa y Guzmán ya habían desaparecido en el interior a oscuras. Las mujeres se detuvieron ante la puerta. Después de adaptar los ojos a la repentina oscuridad, vieron un cuarto pelado, con la excepción de varias sillas dispuestas alrededor de una mesa cubierta con un paño rojo y artefactos religiosos. Encima había estatuillas de santos de cerámica, una vara de caoba con punta de oro, una palangana con agua y varios cigarros. Mamá Cielo sintió que el corazón le daba un vuelco. La mesa de Papá era blanca y sólo tenía sobre ella una Biblia cuando practicaba el espiritismo. Pero ella había oído decir que esta mujer había aprendido nuevos métodos en Nueva York, y su comadre confiaba en ella.

–Entren y siéntense, por favor–. La Hermana Rosa salió de otro cuarto separado por una cortina negra del *centro*, como ella llamaba el cuarto donde "trabajaba las causas". Su súbita aparición sorprendió a las mujeres, porque en la oscuridad las cortinas negras no se podían distinguir con facilidad. Con un elegante gesto de la mano, las condujo a las sillas. –Guzmán me ayudará a preparar el cuarto para nuestra sesión–. Las mujeres se sentaron y, para su sorpresa, Guzmán se les arrodilló a los pies y les quitó los zapatos. Les puso pequeñas palanganas de porcelana debajo de los pies y las llenó con alcohol perfumado de una botella que decía agua florida en la etiqueta.

–Debemos hacernos receptivos a los espíritus por medio de la purificación –dijo bajito la Hermana Rosa. Encendió un cigarro y empezó a fumar al tiempo que cerraba la puerta. El cuarto estaba prácticamente oscuro como boca de lobo, pero, sorprendentemente, una vela se encendió en el medio del altar. Guzmán les secó los pies a las mujeres con un paño y se metió para adentro por las cortinas negras. A Mamá Cielo le parecía que se había esfumado como un fantasma.

–Ahora introduzcan las yemas de los dedos en la palangana frente a ustedes y frótense el agua florida en las sienes y en la nuca –instruyó la Hermana Rosa mientras hacía dibujos extraños con el humo del cigarro frente a ellas.

–Las malas influencias que puedan haber traído aquí del mundo exterior pasarán de sus dedos a la palangana –dijo.

Guzmán había regresado y se había sentado en silencio en un asiento frente a la mujer. Todavía fumando el cigarro, la Hermana Rosa introdujo las manos en el líquido y empezó a frotarle el cuello y los hombros a Guzmán. Con cada golpe decía algo ininteligible para las dos mujeres, mientras se sacudía el agua de los dedos en la palangana. Le dio un masaje en los brazos y le metió las manos en la palangana. Lo haló para que se pusiera de pie, se arrodilló detrás de él para frotarle el cuerpo hasta los tobillos y luego repitió el movimiento de sacudirse las manos sobre la palangana.

–La limpieza está completa –anunció con un suspiro fuerte que le salió de lo profundo del pecho. –Hemos exorcizado los espíritus malignos que se pegan, de nuestro cuerpo han pasado al agua. Podemos empezar a trabajar esta causa ahora.

Las lágrimas causadas por el humo del cigarro se desbordaban de los ojos de Mamá Cielo. Observó a su hijo tomar la palangana y esfumarse nuevamente detrás de la cortina negra.

Cuando todos estuvieron sentados alrededor de la mesa, la Hermana Rosa sacó cuatro copas para vino. A la luz de la vela, brillaban con colores hipnóticos. Ella sostenía cada una en lo alto, decía unas palabras, la llenaba con un líquido negro de una botella y se la daba a cada uno de ellos. Todo esto lo sacaba de debajo de la mesa. Mamá Cielo contuvo el impulso de levantar el paño rojo y mirar.

–Beban esto despacio y con fe, mis queridos amigos –susurró la Hermana Rosa, haciendo una pequeña ceremonia sobre cada copa. –Es café de las matas que me cuidan mis guardianes espirituales. Ellos lo reconocerán en el cuerpo de ustedes mientras respondan a mi llamado hoy.

Mamá Cielo sorbió el líquido amargo y sintió que le quemaba mientras bajaba por la garganta. Había guarapo de caña en él y mucho más.

–Tal vez el muchacho no debiera beber esto –se atrevió a decir. –Tiene un estómago débil.

–No le hará daño, hermana–. La mano de la Hermana Rosa estaba sobre la cabeza de Guzmán. –Su espíritu me pide ayuda. Ahora soy su madre espiritual. Hermana, si quiere que lo ayude antes de que sea demasiado tarde, debe confiar en mí. Beba ahora y medite. Decida si puede darme su completa confianza. Si no puede, entonces debe irse y que Dios la perdone–. Apagó el cigarro en la falda de una estatua de un Buda negro que estaba sobre el altar y encendió uno nuevo. El aire estaba cargado y las lágrimas les bajaban por las mejillas a todos. Guzmán hizo ruido al tragar. Estaba sollozando.

Mamá Cielo sintió que se estaba asfixiando. Quería coger al hijo de la mano y salir del cuarto lleno de humo, pero se sentía débil y desorientada. Las palabras de la mujer la habían estremecido. Tenía que ayudar a Guzmán y encontrar ella misma la paz. La Hermana Rosa le seguía frotando los hombros y la cabeza a Guzmán. Él tenía los ojos cerrados y estaba temblando.

–Sí, sí –dijo ella con una voz ronca. –Siento la presencia de un espíritu rebelde, un espíritu intranquilo dentro de este muchacho... –Fumaba el cigarro incesantemente mientras hablaba sobre la cabeza del muchacho. Él se sintió mareado, como si estuviera a punto de desmayarse. La imagen de una mujer que salía del agua se formó en las nubes de humo ante sus ojos, y él se estiró hacia sus brazos de humo.

–Este espíritu quiere luz –susurró la Hermana Rosa a través de los labios apretados. –¡Denme luz, denme luz! –gritó, dejando caer el cigarro de la boca e inclinándose sobre el muchacho en medio de la posesión del espíritu. Mamá Cielo se puso de pie, pero doña Julia la haló con la mano y la sentó. La Hermana Rosa estaba de rodillas frente al muchacho que sollozaba en voz baja.

–No me tengas miedo, muchacho –habló con una voz profunda, bajando la barbilla y levantando los brazos sobre la cabeza. –Soy el alma de un gran guerrero asesinado por los curas porque no quise jurar fidelidad a la cruz española. Fui asesinado por la espalda con un cuchillo, así que no pude verle la cara al enemigo. No puedo respirar... no puedo respirar –la mujer gritó y se desplomó. Guzmán se cubrió la cara con las manos y empezó a hacer esfuerzos para respirar. Sintió que le venía uno de sus ataques de asma. El diafragma se le estaba comprimiendo dolorosamente alrededor de los pulmones.

–Este es mío –dijo la Hermana Rosa poniéndose de pie y señalando a Guzmán. –A través de sus ojos veo la cara de mis enemigos. Con sus manos encontraré mi venganza–. En este momento hizo dos pases con los brazos sobre su cabeza, para quitarse el espíritu. Se puso de pie y se acercó el muchacho lloroso al pecho. Sujetándolo por la cintura, lo llevó a la puerta, que abrió de par en par. Guzmán tragó el aire fresco con desesperación. Mamá Cielo sacudió la cabeza como si se despertara de un sueño. Se apresuró a ir al balcón, donde la Hermana Rosa estaba sentada en un banco con el muchacho y él tenía la cabeza en la falda de ella. Ya no estaba luchando por respirar. Tenía los ojos cerrados y ella le frotaba las sienes.

–Queda mucho por hacer para ayudar a éste, hermana –le dijo a Mamá Cielo.

–¿Qué puedo hacer?– Mamá Cielo quería recibir las instrucciones de la mujer y salir de allí lo más pronto posible.

–Primero, tiene que creer. ¿Usted cree?

–Sí.

–Tiene que prender una vela roja y otra blanca todas las noches para darle luz a este espíritu intranquilo.

–Así lo haré–. Mamá tomó a Guzmán por el brazo y

trató suavemente de levantarlo, pero el muchacho parecía estar profundamente dormido. –Guzmán –le dijo bajito colocando la cara cerca de la de él. –Es hora de volver a casa, hijo.

–No–. La Hermana Rosa mecía la cabeza del muchacho en la falda. –Guzmán tiene que quedarse conmigo por un tiempo. Necesita mi protección del gran mal que tiene por dentro.

–¿Qué está usted diciendo? ¡No puedo dejar a mi hijo aquí!– Mamá se puso de pie.

–No ve, hermana –dijo la Hermana Rosa– que usted misma le está atrayendo el mal. El espíritu que se ha apoderado de su hijo era para usted. Su rabia y la sensibilidad del muchacho lo atraen. ¡Él es su demonio!

–¡No! ¡Miente! No dejaré a mi hijo con una bruja–. Mamá le arrancó a Guzmán y el muchacho se levantó tambaleante, apoyándose en el hombro de la Hermana Rosa.

–Quiero quedarme aquí, Mamá –dijo.

–Tú vienes conmigo–. Mamá lo agarró por el codo y lo haló. Guzmán se resistió.

–Quiero quedarme.

Ella lo abofeteó con fuerza. Grandes sollozos le salieron del pecho y agitó los brazos como alguien que se está ahogando. Se desmayó. Cuando se despertó, se encontró en la cama más grande que había visto, con la cabeza reclinada en almohadas olorosas. Era de noche, pero a través de la ventana abierta, vio la luna en su cuarto creciente y oyó el agua gorgoteando río abajo.

Guzmán vio televisión por primera vez en casa de La Cabra. Era uno de los primeros televisores en Salud; los otros eran el del americano y el del cura. La recepción no era muy buena. La única estación era la del gobierno, en la distante capital de San Juan, y era en inglés, pero para Guzmán parecía un milagro. La Cabra le puso la televisión la segunda noche que pasó en su casa. Estaba en el cuarto de ella, donde él se había despertado esa mañana. Ese primer día había tenido ganas de regresar a su casa, especialmente debido a que ella le había prestado muy poca atención, nada más que prepararle un plato de arroz, habichuelas, tostones cuando tuvo tanta hambre que había ido a la cocina a verla cocinar.

–¿Tienes hambre? –por fin le había preguntado cuando el estómago de él ya estaba aprendiendo a hablar por sí mismo.

–Sí –dijo él, sorprendido por la pregunta. Mamá Cielo casi siempre le servía la comida a las horas oportunas.

–Por aquí sólo vas a recibir lo que pidas, Guzmán. También tienes que ayudarme con mi trabajo, ya que vivo sola–. Le tocó el brazo mientras hablaba y Guzmán sintió la debilidad que le era familiar y el pecho apretado, provocado por la cercanía de la mujer. Siempre detrás de sus ojos estaba la imagen de una mujer pálida, como la luna, que se levantaba del río.

–Cuando acabes de comer –dijo al salir de la cocina– ven a mi cuarto y te enseñaré algo.

Miraron las imágenes temblorosas en el televisor, como si fuera una bola de cristal, y la mujer le explicó a Guzmán lo que la gente decía en inglés. Cuando él le preguntó dónde había aprendido la lengua, ella le contó de los muchos años que había vivido en Nueva York. La habían mandado a la casa de su hermano a los catorce años para separarla de un hombre casado del cual ella se había enamorado. Él le había prometido en secreto que la seguiría, tan pronto como pudiera deshacerse de su pegajosa mujer y de cinco hijos. Ella había dado a luz una hija mientras lo esperaba. Cansada de esperarlo, de las cartas de su madre que eran sermones de condenación, de la vigilancia de su hermano, había aceptado un trabajo en la fábrica de galletas Nabisco, donde el jefe, un hombre alto e impetuoso, de nombre Jackson, se enamoró de ella. Todo esto se lo había vaticinado una espiritista que ella había visitado en el Bronx antes de aceptar el trabajo. Con su hija, Sarita, se mudó al apartamento que el jefe le buscó. Dejó de recibir asistencia pública y vivía bastante bien, gracias a que Jackson le compraba comestibles y le daba algún dinero. Al principio había permanecido en la fábrica, pero las otras mujeres que trabajaban con ella empacando y enlatando galletas surtidas se pusieron tan hostiles que finalmente tuvo que renunciar. Estaba acostumbrada a sobrevivir con poco dinero; su gasto más grande era la niña, quien era enfermiza, y las cuentas del médico hacían que Jackson se enfureciera. Él tenía hijos propios y una mujer exigente. Aunque lo habían pasado muy bien al principio, Jackson se quejaba de que estaba gastando su dinero en la mocosa de otro. Siempre terminaban gritando y Sarita se les unía, llorando como una histérica. Aunque no quería hacerlo, Rosa empezó a buscar trabajo e hizo planes para mudarse por su cuenta.

–¿Te estoy aburriendo, Guzmán?– Ella lo había hecho sentar en el piso con ella y le frotaba los hombros mientras hablaba. Él no entendía todo lo que ella decía, particularmente porque mencionaba nombres de extraños como si se supusiera que Guzmán los conociera. Pero los detalles no eran importantes: sólo las manos de ella, la forma en que olían a incienso, y su voz, que le contaba de gente y lugares que él sólo podía imaginarse.

–Me gusta oírla hablar, señora.

Ella lo besó suavemente sobre su abundante cabellera, así que en realidad él no sintió sus labios, sino que se los imaginó.

–Bueno. Llámame Rosa –dijo. Le contó que Jackson la había seguido hasta la casa de su hermano y había golpeado la puerta hasta que un vecino llamó a la policía; que su hermano la había insultado y le había dicho barbaridades que ella no podía repetir. En su desesperación, le había escrito a su madre. La anciana le había contestado con un testamento de recriminaciones y le decía que podía regresar si daba a su hija bastarda en adopción. En Puerto Rico, según le había escrito la anciana, se despreciaba a un hijo sin padre, particularmente si era una niña. Entonces fue que conoció a El Indio, un espiritista conocido en toda la ciudad, que tenía un centro floreciente. Ella había asistido a una reunión en la cual él la había escogido en un trance. Él había rodado por el suelo y había bailado, poseído por el espíritu de Santa Bárbara, un espíritu atrevido y hablador, atraído por el color rojo y los líquidos ardientes como el vino. El Indio, un hombre de piel color caoba y de ojos achinados, le había cubierto los hombros con un paño rojo y se había puesto a saltar con una vela en la mano por la sala del sótano que servía de apartamento. De repente le agarró la mano y la arrastró con él hasta que ella se sintió mareada. Entonces la abrazó y le dijo: "Hija, hija, no hay nada que temer. Has encontrado a tu hermano y a tu guía espiritual. Dame tu fe, prométeme que me servirás toda la vida y nunca estarás sola otra vez". Bueno, Madre de Dios, ella se había desplomado y se había echado a llorar. Todos la abrazaron y le dieron la bienvenida como miembro del grupo.

El Indio le había pedido que se quedara después de que los otros se hubieran ido, y mientras tomaban una taza de café negro fortificado con ron, ella le había contado la historia de su vida, la cual en ese momento no era más que una catástrofe en progreso. Él la había mirado con compasión en la cara, un óvalo tirante como una nuez. En ese momento le pareció un santo. Le dijo que lo considerara su única familia. La puso en un taxi, que pagó de su propio bolsillo, para que se fuera a su casa. Ella nunca había cogido un taxi y en el asiento trasero, sólo para ella, se sintió como una reina. A los pocos días recibió una carta de El Indio en la que le decía que le había encontrado un apartamentito en su edificio. Ella se apresuró a ir al centro con Sarita. Cuando llegó, se encontró a El Indio jugando al dominó con otros hombres. Le pidió que esperara en la cocina mientras terminaban la partida. Sarita había empezado a llorar y El Indio le gritó para que se callara. Rosa escuchó que los hombres se reían y decían malas palabras. Se le hizo difícil creer que El Indio, quien le había parecido tan santo hacía sólo unas noches, podía participar en tal desbarajuste. Pero no hizo caso. Los hombres son los hombres y necesitan sus diversiones. Ella había oído esto tantas veces en su vida que era parte de su subconsciente.

Después de lo que parecieron horas, oyó que El Indio cerraba la puerta tras el último de los visitantes. Los había oído planear una fiesta. Cuando El Indio entró en la cocina, Sarita estaba dormida en los brazos de Rosa. Antes de sentarse a la mesa con ella le dijo: "Sería muchísimo más sencillo si tú no tuvieras a ésa". A Rosa le pareció que todo el mundo siempre le estaba diciendo que se deshiciera de su hija.

—Usted dijo que tenía un cuarto para mí —se atrevió a decir.

—Sí, hija. Es en el tercer piso de este edificio y el alquiler es barato. El súper aquí es mi compadre—. El Indio encendió un cigarro y Sarita empezó a lloriquear en los brazos de Rosa. Rosa le rogó a Dios que la niña no se despertara gritando y le echara a perder su oportunidad.

—Es una buena noticia, señor, pero no tengo dinero. Ni siquiera trabajo. ¿Cómo voy a pagar el alquiler?

—Ya había pensado en eso también—. El Indio puso los codos en la mesa y acercó su cara de mono a la de ella. El humo del cigarro hizo que se le humedecieran los ojos. —Trabajarás para mí.

—¿Trabajar para usted? ¿En qué? ¿Quiere decir en el centro?

—En el centro para empezar, sí. Necesito una ayudante. Una mujer guapa como tú atraerá más hombres.

—No lo entiendo, señor. No soy espiritista. No he tenido preparación. Se lleva años desarrollar facultades de médium, ¿verdad?– Cada vez se sentía más confundida y atemorizada. El Indio se debió dar cuenta de su nerviosismo porque le tomó una mano. Apagó el cigarro en el piso de linóleo de la cocina.

–Hija mía –dijo dulcemente– desde el momento en que entraste en mi centro supe que tenías fuertes guías espirituales que necesitaban luz. Eres como yo y te enviaron para que te pudiera ayudar a desarrollar tus facultades de espiritista.

–No sé si puedo. En realidad no sé si puedo hacer lo que me pide–. Estaba viendo desmoronarse ante sus ojos su última oportunidad de escapar del tiránico hogar de su hermano y del miedo del castigo de Jackson.

–Te estoy ofreciendo un hogar para ti y para tu hijita, así como la oportunidad de desarrollar tus talentos, y sólo eres capaz de echarte a llorar. Tal vez me dejé llevar por un demonio en lugar de un espíritu benéfico. Quizás –El Indio se había puesto de pie y la acusaba con el dedo –eres un alma perdida que quiere permanecer perdida.

–No, no, quiero que me ayude, por eso estoy aquí. Dígame lo que tengo que hacer.

–Por ahora no tienes que hacer nada. Sólo trae tus cosas por la mañana y te ayudaré a mudarte.

–Ese fue el primer paso en mi descenso al infierno, Guzmán. La Cabra hizo que el muchacho le diera la cara. –El Indio era un hombre malo, Guzmán. Aunque cumplió su promesa de dejarme trabajar en el centro, pronto empezó a mandarme hombres al apartamento después de las sesiones. Las sesiones, tú sabes, eran una fachada para su verdadero negocio. Era un alcahuete. ¿Tú sabes lo que es un alcahuete, Guzmán?

–No, señora–. El niño estaba muy soñoliento y hacía un esfuerzo por que no se le cerraran los ojos y no herir sus sentimientos.

–Es un hombre que solicita almas desesperadas para el Diablo.

–¿Ah?

–Nada. Nada, mi dulce Guzmán. Ven, vas a dormir esta noche en mi cama. Voy a nadar al río. Hay luna llena. ¿Ves? Es la mejor hora para nadar. Así–. Le colocó una sábana olorosa encima y apagó el televisor.

Mientras Guzmán estuvo en casa de La Cabra, la ayudó a cultivar el huerto. Ella le enseñó el nombre de cada planta y para qué se utilizaba. La salvia negra se hierve en un té y se toma como purgante. Las hojas de geranio se secan y se queman como incienso para alejar los mosquitos y (se rió entre dientes) a los malos espíritus. La menta se usaba para disipar las influencias del Diablo que se esconden en el cuerpo en forma de gases. Las semillas de la papaya remojadas en agua hirviendo ponen la sangre espesa y roja, y vuelven a encender pasiones que se han debilitado. Y la flor de la pasión –una enredadera que trepa a cualquier árbol y se enlaza como amante pegajoso, con las minúsculas frutas anaranjadas como besos por toda la corteza– era un tónico para curar la histeria, capaz de convertir a una arpía en un dócil ángel y a un bribón en un marido solícito.

El niño iba detrás de ella, por la parcelita de tierra cultivada detrás de la casa, donde había un bosquecito natural de árboles de mangó, papaya y panapén. La ayudaba a arrancar las hierbas malas escuchando su descripción de cada planta y riéndose cuando ella lo hacía. Dejó de importarle todo lo que no fuera la sensación de bienestar que sentía con esta mujer que hablaba casi constantemente, como si estuviera hambrienta de palabras, como si acabara de salir de la cárcel después de estar incomunicada. Comían papaya que ella arrancaba del árbol y su jugosa pulpa amarilla se les escurría por la barbilla. Guzmán le preguntó: "¿Por qué quiso que me quedara con usted, Rosa?".

–Había oído hablar de tus... ¿podemos llamarlas aventuras? Tu vecina, doña Julia, viene aquí con frecuencia y me contó de ti y de tu madre. ¿Sabías que esa anciana está tratando de conseguir un hombre? Me ha hecho preparar pociones y hechizos como si yo fuera una bruja. Por el dinero, le he dado bastantes purgantes mezclados con un poco de ron. Dice que se siente más joven cuando los toma–. Se rieron de imaginarse a doña Julia encontrando placer en las "pociones de amor" de Rosa.

–¿Qué te dijo de mí?– Guzmán tenía curiosidad por conocer los cuentos de doña Julia. Sabía que no le caía bien.

–Dijo que eras un niño salvaje que estaba matando a su madre con preocupaciones y frustraciones. Quería que te diera una poción para apagar tu espíritu rebelde.

Guzmán pensó en todas las bebidas deliciosas que ella le había preparado en los últimos días. No se había sentido distinto, excepto que ese día estaba más feliz.

–¿Me ha curado, Rosa?

–¿Te sientes curado, Guzmán?

–Soy feliz aquí. No quiero volver a Salud nunca más. Me quedaré aquí y la ayudaré con el jardín–. Puso la cabeza en su falda y ella le acarició la sien.

–Me gusta que estés aquí, Guzmán. Me recuerdas a mi hija cuando tenía tu edad. Tanta energía, tan susceptible a los demás. Pero todo eso cambió abruptamente para mí–. Bajó la voz y se puso de pie abruptamente.

–Tu mamá querrá que regreses pronto. Pero seremos amigos, ¿verdad? Puedes venir a visitarme en cualquier momento. Ahora, tengo visita esta noche y necesito que me ayudes a poner un catre para ti en la cocina y a hacer unas cuantas cosas–. Lo levantó.

–¿Quién viene a verla? ¿Doña Julia?

–No, mi amor, es un hombre del pueblo. Un buen amigo–. Ella se dio cuenta de su decepción y en seguida añadió: "¿Qué te parece si nadamos? Ven, te echo una carrera hasta el agua". Se quitó el vestido y lo lanzó al aire. Cayó flotando sobre un arbusto de café, donde ondulaba como una bandera blanca.

Esa noche, después de la cena que habían preparado juntos con las verduras que habían recogido del huerto, Guzmán le había cepillado el largo pelo negro mientras ella se pintaba las uñas en forma de corazones. Primero se untó el esmalte blanco, sopló cada una de las uñas hasta que estuvo seca, entonces se dibujó un corazón carmesí en la punta. Se empolvó la cara y la piel le brilló como porcelana blanca. Se roció colonia en los hombros y los muslos, y le puso un poco a Guzmán. El muchacho estaba fascinado por el ritual de belleza. Era casi como una ceremonia religiosa, con incienso, colores brillantes y los movimientos hipnóticos de la celebrante, donde todo se mezclaba para hacerlo sentir un poco borracho. Él deseaba que ella estuviera haciendo todo esto por él, pero ya había recibido las instrucciones para esa noche. Mientras la "visita" estaba en la casa, Guzmán debía quedarse en la cocina. Ella había mudado el televisor para allá. Él debía estarse callado y fuera de la vista. Cuando le había preguntado por qué no podía conocer al visitante, Rosa le había contestado que la persona era un cliente suyo muy importante que no quería que la gente chismosa del pueblo supiera que estaba consultando a una espiritista. Guzmán lo entendió. Estaba bien que las mujeres buscaran la ayuda de un espiritista para sí mismas y para su familia, pero para un hombre era un poco diferente, a menos, claro está, que él fuera un médium, como Papá.

—¿Conoce usted a mi papá, Rosa?— le preguntó después de cepillarle el pelo desde la coronilla hasta la cintura.

—Lo conozco, querido. Ha ayudado a muchas personas.

—¿Por qué no lo visita? Ustedes tendrían mucho de qué hablar. Él tiene libros y usted podría enseñarle de plantas.

La Cabra se rió. Se reía como Guzmán nunca había oído reírse a una mujer, fuerte y desde bien adentro, por lo que todo su cuerpo se estremecía y tuvo que dejar de cepillarle el pelo hasta que ella terminó.

–¿De qué se ríe? –le preguntó, esbozando una amplia sonrisa y fascinado por el reflejo de la cara en el espejo del tocador.

–Mi querido Guzmán. No creo que tu Papá apruebe mis métodos. No, no pongas esa cara, no se trata de que yo haga nada malo... no es eso. Sólo me gano la vida en la única forma que conozco. Pero tú sabes, represento un estilo nuevo. No soy de Salud. Aunque nací aquí, estuve lejos por muchos años y aprendí cosas nuevas en Nueva York, cosas que tu padre no entendería–. Se dio vuelta y lo abrazó. –Pero nosotros siempre seremos amigos, ¿verdad, mi monito?

Su "sí" quedó sofocado por sus brazos perfumados, donde deseó permanecer por toda la eternidad. En ese momento escucharon un estruendo fuerte, como de un motor. Guzmán iba a salir corriendo hacia la ventana, pero la mujer lo sujetó.

–Es la motocicleta de mi amigo. Tiene que dejarla al otro lado del río–. Las noches en este valle solitario eran tan silenciosas que cuando un sapo saltaba al agua se podía escuchar en la casa.

–Ven, dame un beso y vete a ver televisión hasta que te dé sueño.

En casa de Mamá no había habido paz desde que Guzmán se había quedado en casa de La Cabra. Papá Pepe, un hombre por lo regular reservado, especialmente con su mujer, había acusado a La Cabra de ser una impostora que se ganaba la vida engañando a mujeres bobas y que tal vez practicaba la brujería. Hacía tres días que él y Mamá Cielo venían discutiendo, al punto que Carmelo pensó que debía intervenir, desempeñando el papel de mediador que ya le era familiar.

–Mamá –le dijo a la madre mientras ella meneaba una olla inmensa de sopa de pollo para la comida de esa noche, tras cuatro días de ausencia de Guzmán. –Me parece que hiciste bien al buscar la ayuda de esa mujer.

Sé que estabas preocupada por el bienestar espiritual de Guzmán.

–Ojalá que tu padre lo entendiera, hijo. Como todo lo que sabe viene de libros, no tiene sentido común. No sabe nada de resolver problemas de forma práctica. Le gustaría poder comer palabras para no tener que dejar de leer para comer. De veras, a veces me pregunto lo que les pasaría a mis hijos y a mi casa si yo me pusiera a leer poesía y dejara de cocinar y limpiar...

Al ver que su madre estaba a punto de empezar una perorata contra su padre, Carmelo interrumpió: "Mamá, como te dije, hiciste bien en buscar ayuda para Guzmán, pero estoy un poco preocupado por él".

Esto le llamó la atención. Dejó de menear los fideos y se secó las manos en el delantal.

–¿Por qué estás preocupado por Guzmán, hijo? ¿Has oído decir algo?

–Es su asma, Mamá. Tú sabes que su medicamento está aquí y si tiene un ataque por allá por el campo... bueno, tal vez esa señora no sepa qué hacer.

–Por lo que yo pude ver, parecía que lo entendía de lo más bien. Pero para serte franca, ya había pensado en eso. Habría ido a buscarlo ayer si tu padre no me hubiera dado el disgusto que me dio–. Se veía muy preocupada y Carmelo pensó que era el momento de hacer su jugada.

–Iré a buscarlo esta noche.

–¿Esta noche?– Mamá Cielo parecía tener sus dudas. Carmelo sabía que ella no iba a estar de acuerdo con que él saliera en la oscuridad y él le había prometido a César que iría a la casa parroquial esa noche. El joven cura le había mandado una nota en la que le decía que le urgía hablar con él. Carmelo había construido la mentira para Mamá Cielo con mucho cuidado.

–Mamá –dijo Carmelo con una voz dramática y seria– no te lo iba a decir para no alarmarte, pero anoche soñé con Guzmán.

—¿Soñaste con Guzmán?— Mamá le dio la espalda a la estufa para poder mirar al hijo a los ojos. —¿Qué soñaste?

—Soñé que veía a Guzmán en una cama, rodeado de personas vestidas de blanco. Estaban rezando por él—. Carmelo bajó los ojos a sabiendas que el miedo que la madre sentiría por Guzmán la llevaría a darle permiso para salir.

Mamá se persignó y rezó bajito un Ave María rápidamente. —Pronto oscurecerá. ¿Cómo vas encontrar el camino para llegar allá?

—Déjame enseñarte —dijo Carmelo y fue rápidamente al cuarto a buscar una linterna, regalo de su amigo César para que pudiera leer en la cama por la noche.

—¿Qué es eso?

—Es un quinqué moderno. De Nueva York. Hice un trabajito en el patio de la iglesia y el Padre me lo dio—. No era del todo una mentira, pensó. No quería que ella empezara con su cantaleta sobre César.

—De la forma en que a la gente se le ocurren milagros en Nueva York, lo próximo será que van a divisar allí al Señor—. Entonces se apresuró a persignarse por la blasfemia. —Ve a buscar a tu hermano, Carmelo. Quizás haya aprendido un poco de responsabilidad. Eso sería un verdadero milagro, de los que no se pueden comprar en Nueva York.

Carmelo se dirigió a la casa parroquial primero, prometiéndose que no se tardaría mucho. César, César. ¿Qué habría pasado? En la casa parroquial, Leonarda, el ama de llaves, le negó la entrada. César nunca le había caído bien y ellos la habían cogido más de una vez escuchando detrás de la puerta mientras Carmelo estaba de visita. Parecida a un buitre, con su chal negro, lo detuvo a la puerta.

—No hay visitas esta noche, jovencito. Órdenes del Padre Gonzalo.

—Pero, señora —protestó Carmelo— tengo una cita con el Padre César.

–El Padrecito César no puede ver a nadie esta noche–. Hizo una mueca con la mitad de la boca llena de dientes renegridos. Carmelo tuvo la seguridad de que Leonarda sabía más de lo que estaba diciendo. –Cero visitas –repitió. –Órdenes del Padre Gonzalo.

Antes de que le cerrara la pesada puerta de roble en la cara, Carmelo escuchó algo parecido al lamento dolorido de una mujer. Conmovido, reconoció la voz histérica de su amigo. Mañana por la mañana trataría de ver a César después de la primera misa.

Cuando Carmelo llegó a la colina desde donde se divisaba el valle de La Cabra, vio la casa brillantemente iluminada. Hizo una pausa para ajustar los ojos a la brillantez repentina después de su larga caminata por el bosque. También necesitaba algún tiempo para disipar la confusión y la rabia que todavía sentía de su visita a la casa parroquial. Además, ¿qué podría decirle a esta mujer, La Cabra, como excusa por aparecerse inesperadamente y llevarse a Guzmán? Ahora que sus oídos habían dejado de oír los murmullos de los sapos y los grillos, escuchó gritos. Alarmado, se puso de pie y se inclinó a la orilla del barranco. Dos figuras corrían hacia el río. Una corría como un grácil animal y tiraba un vestido blanco sobre su cabeza; Carmelo podía ver ahora que era una mujer. A la luz de la luna, se veía pálida como un fantasma. Se detuvo a la orilla del agua para recogerse el pelo y estaba desnuda. Por un momento, a Carmelo le pareció una estatua de mármol como las que había visto en los libros que César le prestaba. La otra persona que corría era un hombre gordo. Para cuando llegó a la orilla, la mujer ya estaba en el agua. Carmelo perdió de vista la cabeza oscura de ella en el agua negra. El hombre se sentó en la tierra y empezó a quitarse la ropa. Era un hombre grande, de abundante pelo blanco. Inmediatamente, Carmelo lo reconoció: era el americano, Mr. Clement. Los dos se gritaban en inglés. La mujer le hacía señas para que entrara en el agua. César le había estado enseñando inglés a Carmelo y podía entender algunas frases.

¿Pero dónde estaba su hermano? ¿Le había hecho algo horrible esta loca? ¿Era realmente una bruja, como decía la gente del pueblo, o simplemente una puta más, tal como parecía ahora? Como fuera, Guzmán estaba metido en problemas. Carmelo le dio la vuelta a la colina y subió a la casa por la parte de atrás. A través de lo que pensó que era la ventana de la cocina pudo ver otro tipo de luz que parpadeaba en la pared. Escuchó varias voces que hablaban inglés. ¿Cómo era posible que en esta casa tan pequeña cupieran tantas personas? Colocándose la linterna por dentro del cinturón, se subió por uno de los zocos y llegó a la ventana con facilidad. Esta casa había sido construida pensando en las inundaciones. Con cuidado, se asomó y vio a su hermano sentado en un catre, como hipnotizado, mirando las figuras que se movían en un televisor. El programa era en inglés. Carmelo estaba sorprendido de ver un televisor por allá tan lejos. César y él habían usado el de la casa parroquial para practicar su inglés. Carmelo dio un brinco y cayó dentro del cuarto. Guzmán corrió hacia él como una locomotora y lo tumbó.

–Espera, aguanta, idiota. Soy yo, tu hermano–. Carmelo cayó debajo de Guzmán, quien prácticamente estaba sentado sobre su cabeza, así que la voz salió sofocada. Por el rabo del ojo pudo ver la cuchilla que Guzmán retenía en la mano.

–¡No, no! ¡Guzmán!

Como si se acabara de despertar, Guzmán sacudió la cabeza y soltó a Carmelo de su torniquete. –¿Eres tú, Carmelo?

–Ibas a matarme, salvaje. Mamá tiene razón. No tienes remedio. ¿Dónde conseguiste esa cuchilla?– Carmelo se frotaba los riñones donde Guzmán lo había pateado para poder derribarlo.

–¿Qué haces aquí a estas horas, Carmelo? ¿Está enferma Mamá? ¿Por qué entraste por la ventana?

Carmelo se sentó en el borde del catre. La cabeza le daba vueltas. Todo el mundo se estaba volviendo loco esa noche. –Mira, Guzmán. Mamá quiere que regreses. Recoge tus cosas y vámonos antes de que la dueña de la casa regrese de su baño de medianoche.

Guzmán pensó que todavía estaba dormido y que tenía una pesadilla. No quería regresar ahora. Rosa dijo que podían recoger café silvestre mañana por la mañana. Iba a enseñarle a leer el futuro de una persona con las barajas. Fue al lavamanos y se echó agua en la cara. Cuando se dio vuelta, Carmelo todavía estaba sentado en el catre y parecía que iba a vomitar en cualquier momento.

–No me voy, Carmelo. No sin hablar primero con Rosa.

–Te equivocas, hermanito. Tú regresas así tenga que atarte con una soga y llevarte al hombro como un lechón–. Carmelo se puso de pie con una mueca de dolor. Guzmán nunca antes había visto a su hermano mayor tan amenazador. Las cejas juntas como una línea negra y los ojos brillantes con lágrimas de dolor lo hacían parecerse a Mamá antes de uno sus arrebatos.

–¿Pero por qué, Carmelo? ¿Qué he hecho?– Guzmán trató de acercarse a su hermano, pero él lo retiró con un empujón.

–Dejaré que le confieses a Mamá lo que hayas hecho. Lo único que sé es que ella quiere que regreses. Ahora–. Ambos se volvieron a la ventana al escuchar risas desde el río.

–Un amigo del pueblo la está visitando –dijo Guzmán.

–Los dos somos grandecitos para cuentos de hadas, hermano–dijo Carmelo. –Bajaré primero y te esperaré. ¿Crees que puedes hacerlo a oscuras? No queremos molestar a tu amiga y echarle a perder su visita.

Guzmán estaba sorprendido por el sarcasmo en la voz de Carmelo. Había cambiado mucho en unos cuantos meses.

–Y por cierto, hermanito. No me hagas una de las tuyas tan pronto como yo salga. Después de todo, si no vienes conmigo esta noche, Mamá vendrá mañana por la mañana. Escoge.

–Ella ha sido tan buena conmigo, Carmelo. Debería decirle que me voy.

–Es una puta, Guzmán. ¿Sabes lo que es una puta, Guzmán?

Guzmán fue a la ventana y miró hacia el río. Todavía no se veía más que la cuarta parte de la luna: parecía que alguien se estaba cubriendo la cara con la mano. Pero había luz suficiente para ver la espalda pálida de una mujer, un cuello blanco largo coronado por una masa de pelo negro, que a veces le caía sobre los hombros y le bajaba a la cintura como un pesado velo de luto.

–Yo iré primero, Carmelo.

Cuando iban por el camino sin embrear, los dos muchachos podían escuchar que la televisión se estaba despidiendo hasta el día siguiente, así como los primeros acordes del himno nacional de los Estados Unidos. Guzmán, descalzo, tropezó con una piedra grande. Carmelo prendió la linterna y vio que el dedo gordo del pie le estaba sangrando.

–Iré al frente con la linterna, Guzmán. ¿Se te olvidaron los zapatos?– Carmelo le amarró su pañuelo en el dedo gordo.

–No te separes –dijo. Cuando llegaron a la orilla del Río Rojo, Carmelo se ñangotó para que su hermano pudiera subirse a su espalda. Aunque era apenas unas pulgadas más bajito que él, Guzmán era delgado y de huesos livianos. Le echó los brazos al cuello y las piernas alrededor de la cintura. Parecían un gigante de dos cabezas cuando cruzaron la corriente. Mientras Carmelo luchaba contra el halón del fango blando en sus tobillos, que trataba de chuparlo hacia el fondo como una boca hambrienta, Guzmán cerró los ojos resistiendo el llamado de las aguas. El río daba una curva alrededor de la colina y llegaba a la casa donde la mujer nadaba y jugaba en el agua. Si se le pudiera escurrir silenciosamente de los hombros a su hermano, la corriente que se movía en dirección a su valle lo llevaría de regreso hasta ella.

¡SALUD!

El pueblo de Salud era el resultado de un milagro. Se dice que hace cuatro siglos, en el lugar donde está la iglesia, un toro enloquecido había embestido a un leñador. Los cuernos del animal habían penetrado el costado izquierdo del hombre, de la misma manera que una lanza romana había herido a Cristo. Hombre piadoso al fin, el leñador interpretó esto como un mensaje divino: inmediatamente le pidió ayuda a la Santísima Virgen. La Señora apareció en la copa del árbol que Lorenzo Aguilar, el humilde leñador, había estado a punto de derribar con su afilada hacha. Se dice que tanto el hombre como el toro cayeron de rodillas ante la aparición celestial. Ella había pronunciado una palabra, "Salud", y la herida se había curado sin dejar huella. El toro se había vuelto tan manso como un cordero. Y Lorenzo Aguilar se convirtió en el fundador espiritual del pueblo de Salud. Se dice que murió de pulmonía a temprana edad, después de recibir el llamado del cielo para que fuera a ocupar su lugar entre los santos.

La noticia del milagro viajó por toda la Isla, y pronto personas de todas partes de Puerto Rico vinieron a visitar el Santuario de Nuestra Señora de Salud. Muchas personas se mudaron al área para estar cerca de este saludable lugar, para rezar por la recuperación de la salud, ya fuera para sí mismos o para algún ser querido. Y con el tiempo se reportaron algunas recuperaciones milagrosas y otras casi milagrosas. La fama de la aldea creció. Pronto el obispo de San Juan, un español pragmático que había sido enviado a la Isla por la corona para dirigir a los sacerdotes misioneros en la conversión de los indios taínos, se interesó por el popular santuario. Convertir a los indios era un asunto lento y aburrido, y algunos sacerdotes informaban la pérdida de rebaños completos de salvajes recién bautizados debido a enfermedades; era imposible mantener registros exactos. Edificar iglesias era la clase de empresa constructiva que Su Eminencia verdaderamente disfrutaba. Una iglesia era prueba concreta de la presencia de Dios, aun entre paganos. Mientras hubiera indios, la mano de obra era barata, incluso gratis. En una década, la magnífica iglesia cuasi catedral de Nuestra Señora de Salud estuvo completa. Desgraciadamente, el obispo se había adelantado a buscar su recompensa —víctima de la fiebre tifoidea, que había contraído durante una visita a un poblado remoto— pero la labor continuó en su memoria. El famoso santuario atrajo a los mejores escultores y pintores de la época, porque se consideraba trabajo bendito. Uno de esos pintores lo fue Don Gustavo de La Lama, quien más adelante se hizo famoso en la corte como pintor oficial de los Infantes. De joven había ido a Salud a pintar la renombrada escena del leñador, Lorenzo Aguilar, y del toro arrodillado ante la Señora, quien está suspendida en la copa de un árbol en un círculo de luz. El fresco está localizado sobre el altar mayor. Hasta el día de hoy, los fieles pueden mirar hacia arriba y presenciar el milagro en cada misa. La adorable Señora está toda vestida de azul, con los labios ligeramente entreabiertos porque está diciendo: "Salud".

Y por eso Salud creció alrededor de la iglesia: las casitas dan hacia la Colina Sagrada, donde la iglesia se posa como una gran gallina blanca que esparce sus alas de mármol sobre el pueblo.

CAPÍTULO DOS

Los pueblos pequeños son vengativos, y cuando se supo que el Padrecito César había sido enviado a un retiro en la montaña por razones de salud, empezó a circular un rumor de que el ama de llaves, Leonarda, lo había cogido in fraganti, tras lo cual había ido a despertar a don Gonzalo de su profundo sueño. Durante días las mujeres del pueblo estuvieron detrás de Leonarda para que fuera a tomar el café de la tarde, y hasta de las casas más ricas del pueblo la invitaron, a pesar de que la anciana nunca había traspasado el umbral a no ser para lavar los pisos. La interrogaron sin tregua sobre el escándalo en la casa parroquial, pero ella se hacía la tonta y lo único que decía era que el curita tenía demasiados amigos salvajes que lo visitaban a su cuarto; que se quedaba hasta altas horas de la noche leyendo poesía con uno de ellos en particular; que no le parecía natural que dos jóvenes pasaran tanto tiempo juntos, leyéndose poemas de amor el uno al otro. ¿Y quiénes eran sus amigos especiales? Todas querían saber. Uno o dos nombres serían suficientes. Cero nombres, cero nombres, insistía Leonarda sosteniendo una taza de café de porcelana, con el meñique levantado hacia la boca desdentada. Algunas de sus anfitrionas luego marcarían la misma taza con una X y sólo la usarían cuando los mendigos o los peregrinos pidieran algo de beber por la puerta de atrás. Pronto se olvidaron de Leonarda, pero no pasó mucho tiempo antes de que se trajera otro nombre para especulación.

Había una jovencita que velaba la puerta de la casa parroquial con gran interés. Se llamaba Isabel y era una beata. Como era inteligente, a menudo Carmelo y ella se habían prestado libros. Ella valoraba la sensibilidad de Carmelo y su amor por la buena literatura. Antes de que Carmelo empezara a dedicar todo su tiempo libre al Padre César, ella había obtenido permiso de su padre para invitar a Carmelo a la casa para estudiar con ella. Una tía joven los hubiera chaperoneado. Habría sido divino. Pero Carmelo la rechazó. Fue Isabel la que había visto a Carmelo tocar a la puerta de la casa parroquial. Desde la terraza del segundo piso de su casa había una vista magnífica de la iglesia y de los cuartos de los curas. Ella había oído los gritos y el lamento agudo del curita. Antes de que amaneciera al día siguiente, había escuchado que un carro subía hasta la casa parroquial. Subió a la terraza a tiempo para ver que tiraban cajas y maletas apresuradamente en el asiento trasero del vehículo negro que parecía un coche fúnebre. Entonces la cabeza rubia del Padre César se asomó brevemente por la ventana del frente cuando el carro daba la vuelta y bajaba por una de las calles pavimentadas de Salud. Ese día un tambaleante Padre Gonzalo dio la misa de las siete.

Isabel se encontró con Carmelo en el correo, adonde él iba a buscar la correspondencia todas las mañanas. Ella le iba a enviar una carta a su hermana casada en Nueva York.

–Carmelo–. Le hizo señas para que fuera a verla. Tenía que hablar con él rápidamente o alguien podía verla hablando con un muchacho sin chaperona y decírselo a su padre.

–Isabel. ¿Cómo estás? –Carmelo miró a su alrededor. Se sentía incómodo ante ella. Ella podía darse cuenta.

–Bien. He echado de menos hablar contigo. Desde que empezó el verano apenas te he visto.

–He estado ocupado. Hablaremos de nuevo cuando empiecen las clases. Nuestro último año de escuela superior, ¿puedes creerlo?

–Sí, el tiempo ha volado, ¿verdad? Pero, oye, Carmelo, tengo algunos libros nuevos que mi hermana me mandó de Nueva York. ¿Te gustaría venir a mi casa y practicar el inglés conmigo? Papá dijo que podías venir una vez a la semana–. Se atrevió y le puso la delicada mano en el antebrazo.

Carmelo retrocedió instintivamente. Otra vez miró a su alrededor nerviosamente. –Te lo agradezco, Isabel. Pero no puedo. Tengo que ayudar en casa. Mamá está enferma nuevamente y es posible que yo tenga que coger un trabajo en los cañaverales. No tengo tiempo para leer. Tú entiendes.

Isabel palideció. Quería gritarle que lo había visto tocar a la puerta de la casa parroquial a la hora en que otros muchachos estaban visitando a la novia, y que a través de las cortinas, las cortinas de encaje blanco de la ventana del cuarto del Padrecito, había visto las siluetas de dos cabezas acercarse sobre un libro. Bajito le dijo: "Claro que entiendo, Carmelo". Y fingió una dulce sonrisa. –Tú sabes, tú eres tan buen cristiano que tal vez termines haciendo los votos.

–¿Qué quieres decir? –Carmelo se puso sumamente rojo.

–Tú sabes. Hacerte sacerdote. Pobreza, castidad y obediencia–. Dejándolo en un estado de confusión, Isabel se apresuró a salir a la calle, donde varias de sus amigas la esperaban riéndose tontamente.

Carmelo y su hermano Guzmán se volvieron inseparables en los meses que siguieron a la apresurada partida de César. Mamá supo que estaba encinta otra vez poco después de que Guzmán cumplió quince años. Se volvió introvertida y pasaba la mayor parte del tiempo en tareas solitarias como el cuidado de las gallinas y la jardinería. Dejó encargada de cuidar y alimentar a la familia a la hija de catorce años, Ramona, y les aconsejó a los muchachos que buscaran trabajo para el verano. Papá Pepe se quejaba otra vez de insomnio y dolores de cabeza, que Mamá achacaba a todos los libros que leía.

Una vez que los dos hermanos habían ido a pie al pueblo para buscar a Ramona después de una misa por la noche, poco después de haber recuperado a Guzmán del campo, vieron a La Cabra entrar en un salón de dominó. Era un bar donde los hombres bebían ron y jugaban por dinero. Muy pocas mujeres entraban al lugar. Guzmán apenas la reconoció. Se veía tan diferente con un vestido rojo apretado, zapatos de taco y el pelo recogido en lo alto. Varios hombres se asomaron en los negocios de la acera opuesta y le pitaron, diciéndole piropos, esos elogios exaltados que bordean en la histeria, provocados por la hermosura de una mujer. Guzmán corrió hacia ella llamándola: "Rosa, Rosa".

Los hombres repitieron el cántico. –Rosa, Rosa, Rosita–. La mujer se internó en el salón de dominó y Guzmán la siguió. Carmelo llamó a su hermano, y los hombres, muchos de ellos borrachos, añadieron "Guzmán, Guzmán" a su canto.

–Rosa –Guzmán alcanzó a la mujer en el bar.–¿Por qué me huyes?

–Este es un poco joven para ti, Cabra–. Uno de los hombres que estaba jugando se volvió hacia ella.

–Eh, si está dando clases gratis, puedo aprovechar unas cuantas–. Otro hombre, arrugado como un mono y con un gran pañuelo rojo alrededor del cuello, gritó: "He oído decir que ella aprendió un montón de trucos en Nueva York".

Guzmán trató de hablar otra vez pero la mujer se volvió hacia el camarero: "¿Permiten ustedes a menores de edad en este lugar?", preguntó dándole la espalda a Guzmán por completo. Se sentó en un taburete y el hombre colocó una bebida frente a ella sin preguntarle lo que quería.

Guzmán se abrió paso hasta la puerta. El hombre del pañuelo rojo le gritó: "Mejor suerte la próxima vez, muchacho. No olvides la cartera la próxima vez". Carmelo lo estaba esperando afuera. Cuando encontraron a la hermana, hacía ya un rato que la misa se había acabado, pero en lugar de caminar alrededor del atrio con sus amigas, como solía hacer, Ramona estaba sentada en la iglesia apagada.

—¿Qué pasa, Ramonita? —preguntó Carmelo al ver que la niña había estado llorando y empapaba su pañuelo.

—No puedo decirte.

Guzmán la levantó del banco donde estaba desplomada. —¿Se puso fresco alguien contigo? Hay muchos borrachos en el pueblo esta noche–. Tenía ganas de golpear a alguien. ¿Por qué Rosa no le había hecho caso?

—Me haces daño, Guzmán. Déjame.

—Ramona, dinos por qué estás llorando–. Carmelo tomó el pañuelo de las manos y le secó los ojos suavemente. El cansancio de tener la responsabilidad de la casa ahora que Mamá estaba "indispuesta" la estaba afectando.

—Fue horrible, Carmelo. Fue Isabel... Tú la conoces.

—Estamos juntos en la escuela. ¿Qué pasa?– Carmelo sintió pavor al oír el nombre de la muchacha.

—Ella no lo explicó en realidad, pero tenía que ver contigo —dijo Ramona. —Cuando me le acerqué y a mis otras amigas después de misa para preguntarles por el grupo de costura que debíamos de organizar —tú sabes, para hacer vendajes para los soldados, es un proyecto de la escuela— bueno, dejaron de hablar, entonces Isabel dijo algo verdaderamente extraño.

—¿Qué dijo, Ramona?– Carmelo sintió una ola de náusea acumulándosele en la garganta.

–Dijo que como ahora tú no tenías con quién leer poemas de amor, tal vez podrías unirte al grupo de costura también–. Ramona estaba llorando nuevamente.

Guzmán escupió en el suelo y dijo: "Putas". Esto molestó a Ramona aún más, pues estaban en un lugar sagrado.

–Vámonos para casa. Mamá no se siente bien. Tal vez te necesite, Ramona–. Carmelo fue el primero en salir.

–¿Pero qué quiso decir Isabel, Carmelo?– Ramona preguntó. –Yo creía que ustedes se caían bien.

–No te preocupes por esto, Ramona. Y no le digas nada a Mamá. Isabel y yo hemos tenido una discusión, es todo.

Pero el pueblo era bastante pequeño en esos días y se preocupaba de los asuntos pequeños. Dicen que Carmelo no podía caminar por la calle sin que algún vago le gritara que llevaba los pantalones muy apretados en la entrepierna o que se podía oler su colonia a varias millas y que si no se cuidaba los perros lo confundirían con una perra en celo. En una ocasión, un hombre echó un vellón en una vellonera mientras los dos hermanos iban pasando por una tienda y le gritó a Carmelo que la canción era para él. Era una canción de amor popular entonces sobre un hombre que se había hecho cura cuando la mujer que amaba lo había dejado por otro. Guzmán se le había arrebatado a Carmelo y había agarrado al hombre por el cuello. Se necesitó la ayuda de dos hombres y la de Carmelo para arrancárselo de encima. Dicen que hasta el día de su muerte, el hombre había llevado un collar de marcas de uñas, cortesía de mi salvaje tío.

En 1951 Carmelo mintió acerca de su edad y se alistó en el ejército. Había sido un año terrible para la familia. Mamá Cielo había tenido otro hijo, una prueba dura que la mantuvo en cama por semanas, dejando a Ramona, a los catorce años, encargada de la casa. Papá Pepe tenía dos trabajos, uno pintando casas y el otro por la noche, llevando los libros de la Central. Los niños se cuidaban unos a otros lo mejor que podían, pero no siempre se acordaban de asistir a la escuela ni siempre regresaban cuando debían. Mamá Cielo se hundió aún más en el agujero negro que había descubierto dentro de sí después del nacimiento de Luz, la nueva niñita.

La mañana que Carmelo debía coger pon en un camión de caña que lo llevaría hasta Mayagüez, donde cogería una guagua para San Juan, Mamá Cielo lo llamó.

–Hijo –dijo– no debes irte–. Su largo pelo negro estaba esparcido sobre la almohada detrás de ella y su cara delgada tenía un brillo verde enfermizo. A Carmelo le parecía que era una mujer que se hundía en un charco de agua negra. Ésta era la imagen que tenía en los ojos cuando un año y tres meses después voló en mil pedazos en suelo coreano.

–Tengo que ir, Mamá–. Carmelo besó su mano flácida. –Otro año y me habrían llamado de todos modos. Así podré ayudarte y sin dejar que se me queme la piel en el cañaveral, como siempre dices–. Le había dado la espalda porque no quería que lo viera llorando. Cuando volvió a darle la cara vio que ella se había incorporado apoyándose en los codos. Parecía un pájaro castaño flacucho preparándose para emprender vuelo.

–¿Qué haces, Mamá?–. Carmelo trató de recostarla otra vez en las almohadas.

–No –dijo respirando con dificultad por el esfuerzo de hacer girar las piernas hacia un lado de la cama de pilares. –Te haré el desayuno antes de que te vayas. Ve a buscar a tu hermana para que me ayude a vestir. Y dile a Guzmán que busque huevos frescos–. Levantó la cabeza para mirar al hijo, cuya bonita cara estaba triste por la preocupación.

–Carmelo.

–Sí, Mamá.

–Sin ti por aquí para ayudarme a estar al tanto de Guzmán, se matará uno de estos días.

–Guzmán sobrevivirá, Mamá–. Carmelo le dio un beso a su madre en la frente fría y húmeda, y fue a reunir a los muchachos para el desayuno.

Dicen que Mamá lloró todo lo que iba a llorar por su hijo mayor el día que él se fue; que no lloró cuando recibió el telegrama donde decían que era un buen soldado que había dado su vida por la patria. Hijo del alma.

En el cuarto de Mamá Cielo había una fotografía grande del tío Carmelo vestido de uniforme. Era de las que se pusieron de moda en los cincuenta, una foto ampliada y pintada con colores pastel. Tenía las mejillas gorditas y rosadas, y un bigotito sobre una boca sensual parcialmente abierta en una sonrisa. Llevaba la gorra torcida. Años después le pregunté a Mamá: "¿Ese es el hijo que murió en la guerra?".

Ella no contestó entonces. Miró la fotografía ovalada en su marco excesivamente elaborado como si estuviera tratando de encontrar un rasgo conocido en esa cara demasiado rosada.

–No le queda bien el bigote –dijo –y parece que ha aprendido a beber–. Entonces se acordó de que me estaba hablando: –Sí, niña, ésa es la fotografía de tu tío Carmelo.

Después de la muerte de Carmelo, Guzmán se encontró un trabajo con los cortadores, como niño de mandados entre la oficina de la refinería y el campo. Fue entonces que conoció a Rafael, el hijo del capataz. El capataz era don Juan Santacruz, un hombre con historia y un carácter violento. Era un hombre rubio y musculoso, cuyo padre había venido a Puerto Rico de Cataluña, como agente especial de la corona española, y se había quedado para fundar una fortuna en la tierra y una dinastía de hijos que se peleaban sin cesar por la herencia. Dicen que don Juan había mutilado a uno de sus hermanos en una pelea con un machete y su padre lo había desheredado. Nadie sabe a ciencia cierta cómo sucedió, ni siquiera si sucedió. Cuando Guzmán lo conoció, él, su esposa y sus cuatro hijos ya llevaban varios años en Salud. Don Juan no hacía amistad con nadie, sólo hablaba con el americano cuando éste lo llamaba a la Casa Grande, y tenía fama de ser un hombre que podía beber sin emborracharse y que se enojaba con facilidad.

A Rafael y a sus hermanos y hermanas se les conocía como los "Angeles Tristes". Se distinguían dondequiera que iban en Salud por tener la piel clara y el pelo rubio. Sólo se les veía en compañía de uno de sus padres –los muchachos iban arrastrándose detrás del padre, llevándole el almuerzo o el machete, o iban a la tienda mientras la madre los esperaba afuera. La madre era una mujer tímida, de apariencia trágica, que había perdido uno de cada dos hijos, por lo que de todos los embarazos sólo había rescatado cuatro hijos.

Cuando Rafael tenía diecisiete años, su padre le dijo que le tenía un trabajo. La esposa se opuso porque Rafael estaba en la escuela secundaria y era el mejor estudiante de su clase. Don Juan dijo que era hora de que su hijo creciera y empezara a ayudar en la casa. Hubo lágrimas y violencia, todo lo cual llevó a don Juan a sus bebelatas. La casa estuvo cerrada al día siguiente y la gente que pasaba por allí estaba preocupada de que hubiera habido una tragedia. Cuando la primera cabeza rubia se asomó a la puerta de la casa, se habían prometido dos cosas: que Rafael trabajaría en los campos y que la próxima vez que don Juan golpeara a su esposa, Rafael lo mataría.

Un día Guzmán se estaba lavando en el recodo del riachuelo que corre detrás del cañaveral. Estaba atardeciendo y él había trabajado mucho llevándoles los cheques a los cortadores desde la oficina. Había recibido dos dólares de propinas y mientras se quitaba la ropa, escuchó las monedas tintinear en los bolsillos de los pantalones y se sintió bien. Todavía estaba flacucho pero no le importaba su tamaño. Había una corriente que pasaba por alambres debajo de su piel y le hacía sentir que podía brincar más alto que cualquier otro muchacho, hasta volar. Corría las tres millas de la Central al campo varias veces todos los días, y todavía, cuando se acostaba, tenía que agarrarse por temor a saltar y salir disparado por el techo. Todas las mañanas se enfrentaba al día como un buceador que salta desde el precipicio más alto.

Con un "¡epa!" Guzmán se zambulló en la parte más profunda y chocó de cabeza con otro cuerpo. Si no hubiera sentido carne, lo habría llamado un fantasma: un muchacho pálido y desnudo, a quien le bajaba la sangre por la cara de una herida sobre el ojo donde el codo puntiagudo de Guzmán había aterrizado como un hacha. Ciego, el muchacho rubio le lanzó un golpe a su atacante, gritando "¿quién eres tú?" a todo pulmón. Guzmán se zambulló otra vez y salió por detrás del muchacho herido sujetándole los brazos en la espalda.

–Oye, cálmate. Fue un accidente–. Le estaba costando trabajo evitar que el otro lo pateara en la ingle.

–¿Quién eres tú y por qué me brincaste encima?

–Soy Guzmán. Fue un accidente. Salté y tú estabas allí. ¿Vas a golpearme si te suelto?

Lo dejó en libertad y el muchacho nadó inmediatamente hacia la orilla y se limpió la cara con una camisa.

Guzmán lo siguió. –¿Estás bien?

–Viviré, supongo –contestó. Había visto a ese muchacho delgadito antes, rondando la oficina de la Central. El padre de Rafael lo llamaba "perro sato" porque si no estaba durmiendo en la sombra, estaba yendo y viniendo entre la oficina y el campo.

A pesar de las protestas de Rafael, Guzmán hizo tiras su camisa y le vendó la cabeza al joven.

–¿Eres el mandadero de la Central? –le preguntó. Siempre tenía dificultad para hacer amigos pues su atención durante la niñez había estado dirigida a la supervivencia de su familia.

–Sí –dijo Guzmán, sacudiéndole la mano a Rafael con energía –¿y tú eres el hijo del jefe?.

–Soy Rafael Santacruz. Trabajo en los campos –dijo.

–El hijo de don Juan –dijo Guzmán. –¿Por qué tu viejo no te encontró trabajo en la oficina? No vas a durar mucho en los campos–. Guzmán miraba la piel del cuello y los hombros de Rafael, irritada y despellejándose por el sol.

–¿Qué quieres decir? –Rafael se sintió insultado por el comentario de Guzmán. Sabía que los otros cortadores lo resentían por ser el hijo del jefe, y para ganarse el respeto de ellos había estado cortando en las áreas más difíciles, a menudo hasta durante el descanso para el almuerzo. Era verdad que todavía vomitaba por el esfuerzo y el calor, pero se estaba acostumbrando.

–No era mi intención ofenderte, hombre. Sólo quise decir que eres tan blanco como un gringo. Mi hermano es casi tan blanco como tú y mi madre nunca lo dejó ir a los campos. Está muerto. Murió en Corea.

Guzmán no sabía por qué le hacía esta confidencia a Rafael. No había hablado con nadie sobre Carmelo y ya había pasado casi un año desde que recibieron el telegrama. No pudieron encontrar suficientes pedazos de su hermano para enviar a su casa. Mandaron sus libros y sus placas de identificación. Mamá Cielo había quemado los libros, muchos de ellos dedicados por su amigo César. Rafael y Guzmán se vistieron en silencio.

–Oí hablar de tu hermano. Fuimos a la misa que dieron por él. Tu madre es una mujer fuerte. No la vi llorar. Mi madre es lo contrario. Llora por todos y por todo.

Guzmán tampoco había visto llorar a su madre. Desde el nacimiento del último bebé, la linda Luz, Mamá Cielo había perdido algo de su persona. Perdió tanta sangre que Guzmán y Ramona habían tenido que ayudar a la comadrona a sacarla en palanganas. Mamá Cielo no se levantó de la cama por varias semanas. Y después de que el muchacho del telégrafo estacionó su bicicleta fuera de la casa, se había sumido casi completamente en el silencio. Papá Pepe también se había retirado a su propio mundo: pasaba noches enteras sentado ante su altar de Mesa Blanca tratando de comunicarse con el espíritu de Carmelo.

–Oye, ¿adónde vas ahora? –Rafael sacó a Guzmán de sus pensamientos.

–Iba al pueblo. Pero eso era antes de encontrarme contigo. Mira mi mejor camisa–. Guzmán señaló el trapo ensangrentado que Rafael se había quitado de la herida. No era más que una cortadura superficial y había dejado de sangrar rápidamente.

–Ven conmigo a casa. Mi madre te encontrará otra y tal vez podamos hacer algo juntos –dijo Rafael.

–No sé, hombre. Puede que a tu papá no le guste que yo vaya a tu casa–. Guzmán había visto una vez a don Juan Santacruz durante uno de sus ataques de furia. Hacía tiempo que había decidido mantenerse fuera de su camino.

–Es la noche en que mi padre se va de bebelata y a jugar al dominó, Guzmán –dijo Rafael. –No lo veremos por casa hasta mañana por la mañana.

–¿Y tu madre?

–Mamá está más a salvo que nunca cuando el viejo no está. Está tan ocupada con los niños que ni siquiera se dará cuenta de que hay una persona más en la casa. Vamos.

Los Santacruz vivían en la cabaña del capataz, a la entrada de los terrenos del americano. No era una casa grande, pero era una de las mejores de Salud, con plomería y tela metálica en las ventanas y las puertas para los mosquitos. Como la Casa Grande, había sido construida siguiendo las especificaciones del americano. Una vez adentro, Guzmán vio que también estaba bien amueblada con preciosos muebles de caoba, pero que todo parecía estar fuera de sitio. El sofá no estaba en el centro del cuarto, una silla estaba volcada, y sobre una hermosa lámpara de cristal colgaban varios pañales. Una a una, cabezas rubias se fueron asomando por detrás de las cortinas y los muebles.

–Tendrás que perdonar a mis hermanos y hermanas, Guzmán. Tenemos tan pocas visitas que son muy tímidos–. Una niñita de unos ocho años salió de uno de los cuartos con una cafetera. Sorprendida al ver un extraño en el cuarto, tropezó con un zapato y dejó caer la cafetera, que se rompió en el piso de losetas y el líquido caliente se derramó. La niñita alzó la vista, aterrorizada. Se arrodilló en el piso y los hombros empezaron a temblarle con sollozos inaudibles.

–¿Qué pasó?–una débil voz de mujer gritó desde el cuarto.

–Nada, Mamá, sólo un pequeño accidente. Yo me encargo.

Rafael se arrodilló al lado de su hermana y le levantó la cara con los dedos. –Soy yo, Inés. No te preocupes. Nadie va a hacerte daño–. La niñita por fin alzó la vista, pero Guzmán vio que estaba casi paralizada del miedo. Había visto esa misma mirada en conejos y cerdos a punto de ser sacrificados.

Rafael ayudó a su hermana a recoger los pedazos y a limpiar. Mientras tanto, Guzmán había conocido a los otros niños: otro muchacho de unos diez años y la bebé que gateó hasta donde estaba Guzmán y se levantó en las rodillas. Se acercaba a la idea que Guzmán tenía de lo que era un ángel, con sus hermosos ojos castaños y un halo de suave pelo amarillo.

–¿Cuántos años tiene? –le preguntó a Rafael, quien acababa de salir del cuarto de su madre.

–Dieciocho meses.

–Tus padres deben estar locos con ella. Es preciosa.

Guzmán vio que la niñita levantaba los brazos hacia él, así que la levantó. Todavía no le había dedicado mucho tiempo a su nueva hermana. Decidió hacerlo. Qué confiados eran los niños.

–Mi padre ni siquiera la ha inscrito.

–¿Cómo? –Guzmán estaba sorprendido. –¿Que todavía no ha firmado su certificado de nacimiento? ¿Por qué?

–Tal vez no debiera decirte esto, pero voy a matar a ese hijo de la gran puta uno de estos días.

Guzmán vio el brillo furioso de los ojos de Rafael que había entrevisto en el riachuelo.

–No tienes que decir nada, hombre. Todos tenemos problemas. ¿Puedes darme la camisa ahora?– Guzmán sintió un deseo repentino de salir de esa casa.

–Te buscaré una. Mamá no se siente bien. Y no en balde: ¿sabes lo que ese viejo canalla le dijo anoche antes de salir a emborracharse?.

–Rafael. No tienes que decir nada.

–Ha regalado a la bebé. Así porque sí. La regaló.

–¿De qué hablas?

–Mi padre le dio a Josefa al americano.

–Es una locura, Rafael. No se puede regalar a un niño a un extraño así porque sí.

–Si conocieras a mi padre, sabrías que es posible. Le dijo a Mamá que debido a que Mrs. Clement no puede tener hijos y nosotros dependemos de Mr. Clement para la comida y la vivienda, él había estado de acuerdo con darles a Josefa.

–No lo creo–. Guzmán puso a la niña suavemente en el piso y ella se dirigió bamboleándose con sus piernas gorditas hacia su hermano, quien estaba leyendo tranquilamente en un rincón del cuarto. Inés seguía entrando y saliendo del cuarto de la madre llevando palanganas de agua hirviendo y toallas.

–¿Está mejor? –preguntó Rafael.

–Todavía está sangrando y tengo miedo.

–No te preocupes, Inés. Tú sabes que esto le pasa a Mamá a menudo. Tiene los órganos internos débiles–. Rafael se volvió a Guzmán, quien no sabía qué decir.

–Te buscaré una de mis camisas, pero vas a tener que irte solo. Voy a quedarme por aquí en caso de que Mamá se ponga peor. A veces la hemorragia se para después de un rato pero esta noche está alterada, así que no sé.

–Yo entiendo, hombre.

Rafael trajo una guayabera muy elegante, blanca con bordados azules.

–No puedo aceptarla, ni siquiera cogerla prestada. Con la suerte que tengo, sé que se me va a manchar.

–Es para ti. Mamá misma las hace con la tela que le sobra de la costura que le hace a Mrs. Clement. Tengo más camisas elegantes que razones para ponérmelas.

Guzmán volvió a ver a Rosa otra vez durante la semana de la verbena de Nuestra Señora de Salud. Durante los nueve días de servicios religiosos en honor a la patrona del pueblo, se montaron las picas en el parque de pelota y los juegos justo en la calle frente a la iglesia. Se colgaron guirnaldas de luces de Navidad entre las casas y la iglesia, y las calles se volvieron una tierra de fantasía con la música y el color. Peregrinos de todas partes de la Isla vinieron a visitar el santuario y muchos se quedaron para la celebración. Durante nueve noches Salud se transformó de una aldea monótona y polvorienta en una colorida verbena que seducía a los fieles, como la bruja del cuento de hadas que se vuelve una hermosa mujer el tiempo necesario para hacer que un príncipe se enamore de ella.

Guzmán le había pedido a Rafael que se encontrara con él en la escalera de la iglesia. Como hay doscientos escalones esculpidos en la colina donde está la iglesia, es posible escoger un lugar privilegiado desde donde se pueda observar la verbena. Sentado allí, con su camisa negra y los pantalones blancos que Mamá Cielo le había planchado meticulosamente, Guzmán parecía un enamorado que espera impacientemente a su novia. Sus gestos nerviosos eran síntomas de impaciencia –pero por qué, todavía no lo sabía. Tenía dieciséis años y estaba cansado de la escuela, cansado de la vida en la casa, donde sus padres todavía guardaban luto cerrado por Carmelo. Su hermana Ramona no lo pasaba bien tampoco. Mamá Cielo la mantenía ocupada con la bebé y las otras tareas que ella decía le correspondían a Ramona. A la pobre niña le costaba trabajo mantenerse al día en la escuela después de permanecer despierta por las noches con la bebé, quien había resultado ser una niña inquieta.

Guzmán trataba de ayudar a Ramona, pero él mismo era inquieto. Cada vez más pasaba el tiempo en el trabajo en la Central o con su amigo Rafael. Rafael no se parecía en nada a Guzmán, y no sólo en el físico. Era, y por mucho, la persona más inteligente que Guzmán jamás había conocido. Igualito que su hermano Carmelo, Rafael se ponía a leer en cualquier momento que podía, pero no poesía. Rafael leía libros de ciencia. Soñaba con ser médico algún día. Le mostró a Guzmán unos libros que había pedido a los Estados Unidos y que tenían unas páginas plásticas que mostraban los órganos internos de los seres humanos. Guzmán, a pesar de que no lo dijo, pensó que las entrañas azules, rosadas y rojas que

Rafael miraba maravillado y sorprendido no se distinguían de las masas temblorosas de los perros muertos que a menudo se veían en las carreteras por donde los camiones les habían pasado por encima. Los planes de Rafael eran graduarse de escuela superior el próximo año y alistarse a la marina. El gobierno de los Estados Unidos le pagaría los estudios universitarios. "Si sales vivo", por poco le dice Guzmán, pero el sueño de Rafael era demasiado importante para molestarlo con el pensamiento de una muerte poco probable en combate.

Rafael llegó casi media hora tarde. Guzmán recorrió con la mirada la muchedumbre en la calle para ver si divisaba la cabeza rubia de su amigo, tan fácil de distinguir. Entonces fue que vio a Rosa. Era la espalda conocida, los hombros pálidos, el cuello largo y la masa de pelo negro; pero cuando la mujer se dio vuelta vio que llevaba un velo. Estaba vestida de gitana, con un vestido rojo y delantal negro. La gente de la verbena acostumbraba llevar disfraces. Estos tenían dos propósitos: identificar a los que participaban en la verbena mientras caminaban en medio del público invitando a la gente a jugar y a entrar en las casetas y, como viajaban de pueblo en pueblo, se hacía difícil rastrearlos en caso de que se metieran en líos. Mientras más observaba Guzmán a la gitana de pie frente a una caseta verde chillón con letras blancas en el costado que decían TAROT, más pensaba que era Rosa. Hacía casi dos años que no la veía. Se había sentido humillado por su rechazo, sin embargo soñaba con ella constantemente. Desde que pasó aquella semana con ella, todas las otras mujeres le parecían ordinarias. Todas las muchachas que conocía parecían renacuajos en comparación con la sirena radiante que guardaba en su memoria. Muchas veces había tomado la salida de Salud, pero sólo una se había atrevido a acercarse a la casa. El valle mismo le parecía un paraíso terrenal, y a menudo pensaba lo que sería vivir allí con ella. Un día que se suponía que estuviera en la escuela, había caminado hasta el Río Rojo. Allí había flotado en el agua clara. Como era la temporada de las lluvias, el río estaba lleno a capacidad, una verdadera corriente, no un riachuelo crecido, como la última vez que lo había visto cuando lo cruzó sobre los hombros de Carmelo. Después de un rato, había subido a la colina desde donde se veía la casa. Se había sentido animado por su osadía pero también temeroso de la reacción de ella cuando se le presentara inesperadamente. No había llegado a la puerta. Desde donde estaba había visto a dos figuras que trabajaban en el jardín. La otra persona era una niñita. Llevaba un sombrero de paja, así que Guzmán no pudo verle la cara, y arrancaba las hierbas malas mientras la mujer daba palmaditas en la tierra, afirmando las matitas con sus largas manos pálidas –manos mágicas que olían a las hierbas que cultivaba, con las cuales cocinaba y curaba. Guzmán había escuchado truenos a la distancia. Las dos figuras que estaban arrodilladas se habían puesto de pie y miraban al cielo. Iba a llover.

Para cuando llegó a la casa estaba empapado. Por el placer de verla de lejos, Guzmán pagó con dos semanas de fiebre alta y una tos que le sacudía el cuerpo, que le dejó el pecho adolorido y el cuerpo exhausto.

Era ella. Tenía que ser ella. Olvidando a Rafael y todo lo demás en su vida, Guzmán bajó los escalones y entró en la caseta verde. La gitana estaba adentro con un cliente. Guzmán sintió que los huesos se le hacían polvo. Desde adentro salió una voz conocida que decía: "La Reina de las Monedas es un signo de suerte". Guzmán se reclinó contra un poste tratando de recuperar la fuerza y de tranquilizarse.

Cuando se abrió el toldo y salió el hombre, cuya buenaventura incluía dinero inesperado, para incorporarse al río de gente que llenaba la calle como muchos peces de colores, Guzmán entró en la oscuridad de la caseta. Rosa lanzó un grito de asombro por la fiereza de su abrazo. Sin decir una palabra, trató de apartarlo. Había gente afuera, alrededor de la caseta, ajenos a la lucha que había adentro. En un susurro le prometió que se reuniría con él, pronto, en su casa, si la soltaba. Pero el hambre que había sentido por ella durante todo este tiempo, la necesidad que tenía de escuchar su voz, de sentir sus manos sobre el cuerpo consolándolo y curándolo, pudieron más que Guzmán. Desorientado y ansioso, la apretó, enterrando la cara en su cuello, en su pelo que olía a flores silvestres y a incienso. La fuerza de los brazos y las piernas que le sujetaban el cuerpo como tenazas desmentía la delgadez del cuerpo de Guzmán.

—Aquí no. Aquí no—. Ella seguía suplicando, pero él la tenía sobre la paja que cubría el piso de la caseta. Entonces se agachó sobre ella haciendo que todo su cuerpo dejara escapar un lamento mientras se suavizaba bajo su mano. Ella lo guió hacia adentro, y con el vago olor a paja fresca en la nariz Guzmán se hundió en la perfecta oscuridad de ese cuerpo. Ella se movía debajo de él como la corriente del río y lo atrajo más hacia sí con un grito profundo sofocado en su abrazo. Deshecho, quiso que ella lo acunara en sus brazos y dormir. Ella le acarició la cara.

—Quiero estar contigo, Rosa —le dijo, todavía de rodillas, mientras ella le quitaba paja de la ropa y del pelo. Ella no trató de disuadirlo, sino que lo besó en plena boca.

—Regresaré a casa el domingo —le dijo.

Escucharon unas pisadas que se acercaban a la caseta y una voz que gritaba: "Oye, adivina, ¿ya abriste?".

Guzmán y Rosa se abrazaron en silencio y él salió a la bien alumbrada escena de verbena y miró hacia los escalones de la iglesia. Vio a Rafael de pie debajo de una luz, y más que nunca parecía un ángel con sus pantalones blancos y una guayabera, y el pelo amarillo iluminado por los faroles. Guzmán subió los escalones de dos en dos corriendo para encontrarse con él.

—¿Hace mucho que esperas, amigo?

—No, acabo de llegar. Hubo problemas en casa con el viejo y tuve que esperar a que se quedara dormido, atontado por la borrachera.

—Vamos a probar la suerte en el bingo, hombre. Me siento con suerte esta noche –dijo Guzmán.

Probaron todos los juegos de azar que estaban alineados a lo largo de la calle. Rafael tenía buena puntería y ganó un payaso de trapo al reventar tres bombas consecutivamente con dardos. Él y Guzmán probaron las carreras de caballos en las que doce caballos mecánicos llegaban a la meta dando saltos. El número de Guzmán llegó tercero y ganó una cigarrera de plástico. Era chillona y tenía diamantes falsos. Usaron los últimos vellones en la estrella. Dando vueltas despacio, tenían una vista panorámica de la verbena que eclipsaba el campo y hasta la iglesia, una estructura blanca maciza que descansaba en su colina como una matrona criticona, torpe y desaliñada. Parados en lo alto por un momento, mientras la otra gente se montaba, Guzmán divisó la casetita verde; se había encendido una vela adentro porque podía distinguir las siluetas temblorosas de dos personas frente a frente y una mesa; Rosa le estaba adivinando el futuro a alguien con las cartas.

—¿Alguna vez te han leído la mano?

—¿Qué?– la voz de Rafael había asustado a Guzmán.

—La adivina, hombre. Que si has ido a verla –dijo Rafael.

—Sí, ¿por qué? ¿Tú no? –Guzmán sintió que lo habían descubierto. ¿Lo había visto Rafael entrar en la caseta de Rosa?

–No. No desperdiciaría mi dinero. Pero sé que tú eres un verdadero creyente –dijo Rafael y le guiñó un ojo.

Guzmán le había contado a Rafael de su visita al valle de Rosa. No todo. Nadie sería capaz de entenderlo todo, pero le explicó lo suficiente como para defender la reputación de Rosa ante su amigo, quien, como tantas personas en el pueblo, pensaban que Rosa llevaba una vida cuestionable. Había habido muchas habladurías sobre ella el año pasado. Si él no se hubiera desvivido por la mención de su nombre, lo habría lamentado, o incluso habría tratado de defenderla, como acababa de hacerlo ahora con Rafael. Pero nadie lo escuchaba.

A las nueve las campanas de la iglesia empezaron a doblar anunciando la primera misa de la novena a Nuestra Señora de Salud. En cuestión de minutos las picas se cerraron y se acabó la música. Los juegos y las exposiciones se cubrieron con toldos. El acuerdo entre la iglesia y la gente de la verbena, que databa de tiempos inmemoriales, era que las actividades podían continuar hasta la hora de la misa. Si la gente no estaba distraída, y ya que estaba en el pueblo para la verbena, podría ir a la iglesia. Siempre había muchos asistentes a las novenas y el cepillo se llenaba de monedas que habían pasado de bolsillo en bolsillo por motivos diferentes temprano en la noche.

Rafael sugirió que fueran a misa. Guzmán protestó, pero, sintiéndose generoso todavía, acabó aceptando. Cuando entraron buscaron un banco en la parte de atrás de la iglesia. En la última fila, al lado de la puerta, Guzmán vio a Ramona. Llevaba una mantilla blanca larga y tenía a Luz dormida en los brazos. Las estuvo mirando hasta que se acabó la misa y entonces se apresuró a llegar hasta donde estaban.

–Ramona, ¿qué haces aquí?– Guzmán estaba sorprendido de ver a su hermana en el pueblo. Por todas las exigencias de Mamá Cielo, la pobrecita ni siquiera había asistido mucho a la iglesia últimamente.

Ramona no le contestó en seguida. Estaba mirando a Rafael, quien estaba sentado en un banco al otro lado, mirándola tímidamente.

–En la escuela le decían el Arcángel Rafael –le susurró a Guzmán.

–Ramona –insistió Guzmán ligeramente malhumorado por el comportamiento de su hermana– ¿me puedes hacer el favor de decirme qué estás haciendo aquí tan tarde con Luz? ¿No debería de estar acostada?

–Vine con doña Julia, Guzmán. No tienes que preocuparte. Luz estaba muy inquieta esta noche, así que Mamá me dijo que la trajera también. Ahora está dormida. Como un ángel–. Ramona no le quitaba los ojos de encima a Rafael. Para Guzmán, su hermana estaba actuando como una boba, retardada o algo por el estilo.

–¿Dónde está la vieja bruja? –preguntó.

–¿Cómo?

–Doña Julia. Tu chaperona, que dónde está. Si Mamá supiera lo mal que te está cuidando.

–No seas tan ofensivo en la casa de Dios, Guzmán. Doña Julia sabía que yo estaría perfectamente a salvo aquí mientras ella iba a que le leyeran la suerte.

–Asegúrate de que te vas a quedar aquí mismo. ¿Entiendes, Ramona? Te acompañaré a casa.

–¿Vendrá con nosotros Rafael? –Ramona preguntó mientras le volvía a poner el bobo a Luz en la boca. Se parecía a la pintura de una madona y el niño en la pared de la iglesia. Guzmán sintió una ola de ternura hacia ella. Ramona había sido privada de casi todo placer porque sus padres no levantaban la sábana de luto que había caído sobre la casa después de la muerte de Carmelo.

–¿Tú crees que dos hombres valientes serán suficientes para defender a la encantadora doña Julia? –preguntó Guzmán sarcásticamente.

Ramona sonrió pero sus ojos no estaban enfocados en él. Guzmán se sentó al lado de Rafael.

–¿Conoces a mi hermana Ramona? –le preguntó a su amigo, quien estaba sentado muy tieso, mirando hacia el frente.

–La veía en la escuela. Hablé con ella una vez en el pueblo pero oí decir que tu Mamá la castigó por eso, así que nunca más la paré para hablar con ella. Sólo estábamos hablando de las tareas, tú sabes. Tu madre es una mujer estricta, Guzmán.

–Ramona es una niña buena. No queremos que se meta en líos –dijo Guzmán, sorprendiéndose a sí mismo por la seriedad de su tono.

–Lo sé, Guzmán, siento lo mismo por mis hermanas.

Doña Julia regresó como un pájaro de mal agüero con su chal negro y su mantilla. En la mano tenía una botellita llena con un líquido verdoso que trató de ocultar cuando vio que Guzmán y Rafael estaban flanqueando a Ramona fuera de la iglesia.

–¿Qué hace el hijo del diablo en la casa de Dios? –le dijo a Guzmán.

–Voy a acompañar a mi hermana a casa, doña Julia. Es decir, si ya usted terminó de comprar pociones esta noche.

–Ramona va más segura conmigo que con dos vagos como ustedes. Y por cierto, ¿no fuiste tú el que salió de la caseta de la gitana hace un rato?. ¿Te pica la curiosidad sobre tu futuro, muchacho? Bueno, no tienes por qué. No tienes futuro.

Guzmán decidió no hacer caso a las provocaciones de la vieja. Se quedó rezagado a unos cuantos pasos detrás de las mujeres y le ofreció un cigarrillo a Rafael.

–No, gracias–. Rafael mantenía los ojos fijos en Ramona, quien caminaba despacio por el peso de su hermanita en los brazos.

Pronto salieron de los terrenos de la verbena, por el camino vecinal hasta la casa de Mamá. Hacía fresco y todavía no eran las diez. Guzmán no quería ir a la casa, pero sabía que no podía volver al pueblo. Doña Julia lo había visto salir de la caseta de Rosa. No podía arriesgarse a que otros lo vieran con ella. Mientras se acercaban a la casa, pudieron distinguir a Mamá sentada en una hamaca en el balcón. Guzmán besó a su hermana en la coronilla y le dijo que se fuera con doña Julia. La vieja había ido refunfuñando por todo el camino y con seguridad le iba a causar problemas con Mamá.

–¿Adónde vas, Guzmán?– Parecía que Ramona estaba poco dispuesta a separarse de ellos.

–Regresamos al pueblo–. Guzmán sintió la corriente de la atracción como si fuera un remolino de polvo que se agitaba entre Rafael y Ramona. –Dile a Mamá que volveré tarde. Dile que no me espere despierta.

De repente Rafael colocó el payaso de trapo que había ganado sobre la bebé dormida en los brazos de Ramona. La niña le sonrió y se alejó despacio. Todavía llevaba la mantilla blanca sobre el largo pelo negro. En la profundidad de la noche se veía hermosa y frágil.

Como si se acabara de despertar, Rafael dijo de pronto: "No puedo volver al pueblo, Guzmán. Tengo que hacer algo esta noche".

–Fue sólo una excusa que le di a mi hermana, hombre. No tengo nada planeado.

–Si es así, tal vez quieras venir conmigo en una expedición secreta.

Guzmán miró sorprendido a su amigo. Rafael era una de las personas más honradas que conocía. Nunca había podido convencerlo de participar en nada que tuviera que ver con riesgo.

–¿Qué tipo de expedición secreta, hermano? No importa lo que sea, cuenta conmigo. Pero dime pronto.

–Una visita a la casa del americano.

–¿Estás loco, Rafael? Tú sabes que tienen perros asesinos allí. He oído decir que hasta tiene un guardián las veinticuatro horas del día. Nos pueden matar, ¿no has pensado en eso?

—Bueno, si no quieres venir conmigo... –dijo Rafael con una voz suave –no te culpo, pero yo voy... tengo que ir.

—No voy a dejar que vayas solo. Moriremos juntos–. Guzmán se rió. Ya se sentía excitado por la idea de la aventura. –¿Pero por qué tienes que ir? ¿Acaso tiene el americano a tu viejo secuestrado o algo así?

—Si lo estuviera, se resolverían todos los problemas. No, mi viejo está enfermo. El hígado por fin se le está dando por vencido.

—Lo siento, hombre.

—No tienes por qué –dijo Rafael con la acostumbrada amargura en la voz cada vez que hablaba de su padre. –Por fin Mamá está durmiendo por la noche.

—¿Entonces por qué esta urgencia de visitar la Casa Grande?

—Es mi hermanita, Josefa, ¿te acuerdas de ella? La viste en mi casa. La bebé.

—Es verdad. Tu viejo la regaló. Ya veo. Quieres asegurarte de que la tratan bien.

—Al ver a Ramona con la bebé me acordé. En casa no se permite que nadie ni tan siquiera mencione a Josefa. Es como si nunca la hubiéramos tenido. ¿Entiendes?

—¿Qué estamos esperando? –Guzmán ya estaba enfocando los ojos en la luz distante en la colina.

Para llegar a la Casa Grande tenían que pasar por la casa de Rafael. Silenciosamente Rafael se acercó a la ventana del cuarto de sus padres. Los gemidos duros de don Juan en su lecho de enfermo se podían oír a través de la ventana abierta. Había pisadas ligeras y los murmullos suaves de una mujer.

—Lo cuida como si fuera un niño día y noche –le susurró Rafael a Guzmán. –Y ella misma está enferma.

—¿Qué le pasa a él? –preguntó Guzmán.

—Los pecados del viejo por fin lo han alcanzado. Es el

hígado y el estómago sobre todo. Vomita todo lo que come. Pero todavía me manda a comprarle ron. ¿Puedes creerlo?

–¿Lo odias tanto, Rafael?

–No deseo que se muera, si te refieres a eso. Mamá lo quiere. Trabaja como un caballo. Es la bebida lo que no soporto. Lo hace actuar como un loco.

Guzmán le puso la mano en el hombro a su amigo. –Tal vez el dolor por el cual está pasando le enseñe una lección.

–El americano, Mr. Clement, mandó a su propio doctor a verlo esta semana. Nos dijo que a menos que el viejo vaya a un sanatorio y deje de beber, se morirá en un año.

–¿Qué dijo tu padre entonces?

–Que no iba.

Hubo un grito sofocado dentro del cuarto y el sonido de pisadas que corrían.

–¿Podemos hacer algo? –preguntó Guzmán, alarmado.

–No, así pasarán la noche. Vamos hasta la Casa Grande ahora. Le prometí a Mamá que le traería noticias de Josefa.

Para no alborotar a los perros, Rafael dirigió a Guzmán por el camino sin embrear que los trabajadores usaban, en vez de ir por la entrada pavimentada bien iluminada que conducía a la Casa Grande. El lugar brillaba con las luces. Aun desde lo más lejos de la grama podían detectar a varias personas que se movían detrás de las cortinas. Era evidente que Mr. y Mrs. Clement tenían visita. Dieron la vuelta a la casa, donde si alguien los veía sería la cocinera, Santa, u otro de los criados de la cocina. Con cautela, se acercaron a la ventana grande, desde donde podían ver a través de la puerta de la cocina hacia el comedor. La sirvienta estaba poniendo platos blancos relucientes y cubiertos de plata en una mesa larga. Había dos velas largas a cada extremo. Un candelabro de cristal colgaba sobre la mesa. Guzmán nunca había visto nada parecido. Sintió el impulso de subirse por la ventana para mirar de cerca las hileras de cristal que brillaban como diamantes.

–No te levantes, Guzmán. Creo que están a punto de entrar al comedor –murmuró Rafael.

En ese momento la sirvienta sonó una campanita de oro y abrió de par en par las puertas dobles que conectaban el comedor con la sala. Entraron más o menos unas doce personas elegantemente vestidas que hablaban en voz baja. Cuando Rafael y Guzmán se acercaron un poco más a la ventana, demasiado, de hecho, porque varias sillas le daban la espalda directamente a la ventana, se dieron cuenta de que la gente hablaba en inglés.

–¿Entiendes, Rafael?

–Sí, un poco. Cállate.

Cuando todos estuvieron sentados, la misma sirvienta rodó una hermosa silla alta de caoba tallada y la puso cerca de la cabecera, al lado de una silla vacía. Una mujer alta y delgada, con una tiara sobre el pelo blanco, entró cargando a una niña gordita y rubia. La niña llevaba un elaborado vestido de terciopelo verde con volantes y parecía de mal humor. Trataba de coger la tiara de la mujer con sus manos regordetas.

Cuando la mujer entró, todos se pusieron de pie. Ella dijo algo, sonriendo ampliamente. Al mismo tiempo, levantó a la niña como un trofeo. Todos aplaudieron. La bebé agarró la tiara de la mujer y haló con fuerza. Por un momento hubo confusión, pues varias de las mujeres se apresuraron a desenredar la joya de las manos de la bebé. La sirvienta se apresuró a coger a la niña y dijo que sí con la cabeza cuando la mujer alta se inclinó para decirle algo.

Mientras los invitados regresaban a las sillas, los muchachos tenían una buena vista de la bebé, a quien se llevaban a la cocina en su silla alta de caoba, llorando todavía.

–¿Qué dijo la mujer, Rafael?

–Dijo: "Quiero que conozcan a mi hija, Josephine".

Fue esa noche, mientras caminaban de regreso a la casa de Rafael, que Guzmán le dijo a su amigo que había decidido vivir con Rosa. Rafael se sorprendió con el plan.

–Tu madre no lo permitirá, Guzmán –dijo. –Además, causará un escándalo, la mujer te dobla la edad, ¿y qué pasaría con la escuela?– En su excitación, Rafael había hablado en voz alta y a la distancia los muchachos escucharon el ladrido de los perros. Empezaron a correr hacia la casa de Rafael. Todavía brillaba una luz en el cuarto de sus padres. Jadeantes, llegaron al extremo del patio. Allí descansaron en silencio por unos minutos.

–Te lo estoy diciendo, Guzmán, mudarte con esa mujer sólo le ocasionará problemas a todo el mundo.

–Haz el favor de no referirte a ella como *esa* mujer, Rafael. Se llama Rosa–. Guzmán sentía que una determinación le iba creciendo por dentro. ¿Por qué no debían estar juntos él y Rosa? Él era un hombre. Sentía lo que los hombres sentían, hacía lo que los hombres hacían. ¿Acaso no había sido Carmelo un año mayor que él cuando se fue a Corea?

–Mamá tendrá que entender. Ya no necesito la escuela. Rosa me necesita en su casa, necesita un hombre que la ayude.

–Creo que cometes un error, amigo. Vas a ver fuegos artificiales cuando se lo digas a tus padres–. Rafael estaba preocupado por la impulsiva decisión de Guzmán, pero seguía mirando hacia la ventana donde podía ver a su madre inclinarse hacia el lecho del enfermo. El viejo se estaba poniendo peor. El médico les había advertido que la cirugía era absolutamente necesaria, pero don Juan no daba su brazo a torcer. El dinero escaseaba y la madre buscaba más y más el apoyo de Rafael. El no podía concentrarse en la escuela y cuidar a la familia también. Rafael miró a Guzmán. Sólo sus ojos oscuros, de pestañas espesas, eran como los de Ramona. Ramona tenía la piel oscura, pero el pelo era largo y sedoso. Guzmán podía pasar por indio, por el cutis rojo y el cuerpo larguirucho. Pero también era su aspecto salvaje lo que lo distinguía de la elegante y tímida Ramona. Le había parecido tan hermosa en la iglesia, con la niña gordita en sus brazos. Había ruido en la casa, un gemido profundo. Rafael se puso de pie.

–¿Puedo ayudarte en algo?–preguntó Guzmán.

–No, voy a entrar. Siempre es peor por la noche. Coge mi consejo y olvídate de esa... Rosa. A tu familia no le hacen falta más problemas.

–Rafael –Guzmán le puso la mano en el hombro a Rafael.

–¿Sí? –Los gritos continuaron y Rafael estaba deseoso de entrar.

–Prométeme que no le dirás mi plan a nadie.

–Trataré de mantener esa promesa, Guzmán. Buenas noches.

Ese domingo, sin pedirle consejo a nadie, Guzmán cogió unas cuantas de sus cosas y se apareció a la puerta de Rosa. Ella no parecía estar sorprendida de verlo. Le permitió ponerle sus toscas manos de obrero alrededor de la cintura y cuando la abrazó pudo sentir la ansiedad de su deseo por ella. Ella sintió el sabor de su propia necesidad en la boca.

Cuando Guzmán no regresó esa primera noche, Mamá se sentó en su hamaca y lo esperó despierta; al amanecer se vistió para salir, y a media mañana había visitado todos los lugares donde pensó que podía estar. Doña Julia, presintiendo el desastre, fue a la casa temprano. Fue idea de ella llamar al cura. Don Gonzalo, cansado de las pasiones de la juventud y de sus consecuencias, puso el asunto en manos del Consejo Cívico de Damas y de la Sociedad del Santo Rosario. El grupo estaba compuesto por mujeres casadas, jóvenes y enérgicas, que hacían de todo, desde decorar la iglesia con flores hasta bordar las vestimentas del cura. Dicen que fue el principio de la última cacería de brujas en Salud.

CAPÍTULO TRES

La presidenta de la Sociedad del Santo Rosario era doña
Martina Modesto, la joven y rechoncha esposa del único
abogado del pueblo de Salud. Doña Tina, quien llevaba
sólo cinco años de casada con el soltero más codiciado
del pueblo (ahora el marido más celosamente protegi-
do), había sido una vez la habilísima secretaria de don
Modesto. Desde entonces había asumido la posición que
le correspondía de reina de la sociedad de Salud, una
situación que por su naturaleza exigía que ella y sus
damas fueran guardianes vigilantes del estado moral
del pueblo. Con la iglesia como su centro de operacio-
nes y don Gonzalo tan dependiente de su ayuda, doña
Tina y su contingente de devotas seguidoras no tenía
problemas para imponer sus reglas de conducta. Doña
Tina fue la primera en oír la historia del secuestro del
joven Guzmán por parte de La Cabra de los mismos
labios de doña Julia en presencia del Padre Gonzalo,
quien las había invitado a la casa parroquial. El cura
gustosamente le cedió la discusión a doña Julia. De
hecho, él se resentía secretamente de todo el episo-
dio por sus connotaciones lascivas y, peor, los efec-
tos que él veía que podía tener entre las mujeres.
Detrás de sus ojos llorosos, el Padre Gonzalo se ima-
ginaba un charco de fango en el cual se podía lanzar
una piedra: ¿habría ondas o se hundiría sin que na-
die lo notara? Bostezó detrás de una mano con venas
azuladas, volviendo el gesto una señal de la cruz

cuando las dos mujeres entraron en el cuarto. Casi a la hora de su siesta.

–La bendición, Padre–. Doña Tina habló primero. Todavía no había saludado a doña Julia, a pesar de que la anciana se había encontrado con ella a la puerta de la casa parroquial. Doña Tina había tenido que apresurar el paso, casi trotar, cuando divisó a la anciana en su vestido gris de perenne medio luto. Más parecido a un saco, en realidad. Un saco de papas. Desde que ella había invitado a la repugnante criatura a tomarse un café al principio del asunto Guzmán-La Cabra, la pobre mujer había tratado patéticamente de acercársele. Incluso se había atrevido a hostigar a una de las damas de la Sociedad del Santo Rosario para que le diera una recomendación para unirse a su organización. Doña Tina despreciaba a las personas insistentes, sobre todo a los viejos que no actuaban con dignidad. "Gracias", respondió al gesto letárgico del Padre Gonzalo, quien se las arregló para incluir un ademán para que se sentaran. La vieja ridícula hasta hizo una genuflexión cuando pasó frente al cura.

Hubo una pausa incómoda mientras ambas mujeres esperaban en silencio respetuoso a que el anciano cura empezara la discusión. El Padre Gonzalo, mientras tanto, se había ausentado mentalmente del cuarto. En lugar de la siesta que añoraba, practicaba un nuevo talento recién descubierto: la telepatía. Creía que podía transmitir sus pensamientos por medio de la concentración a su ama de llaves, aunque al parecer no funcionaba con nadie más. Había tenido éxito al llamar a la leal sirvienta vieja en tres ocasiones la semana anterior. Ella decía que lo había escuchado llamarla por su nombre cada vez. El Padre Gonzalo tenía la esperanza de poder hacer que ella viniera con un mensaje urgente para él. Cualquier cosa que lo sacara del desagradable asunto que tenía ante sí.

–Padre Gonzalo–. Fue doña Tina quien por fin sintió la necesidad de sacar al cura de su trance. Aunque dijo su nombre amablemente, doña Tina se preguntaba si don Gonzalo había rebasado sus años útiles. Tal vez era hora de sustituirlo por otro. Entonces recordó los contratiempos por los que ella y sus amigas tuvieron que pasar no hacía mucho para hacer que el obispo de San Juan se llevara a aquel asqueroso seminarista, el Padrecito César. Y no era difícil encargarse del Padre Gonzalo.

–Padre, usted me mandó a buscar. Un asunto de cierta urgencia, dijo. Estoy aquí para hacer lo que esté a mi alcance para ayudar–. Después de asegurarse de que el anciano le prestaba su atención, doña Tina bajó los ojos con modestia y esperó que el cura hablara.

–Don Gonzalo me llamó a mí también, Señora –chilló doña Julia, haciendo que el viejo cura, que había estado a punto de decir algo, pareciera haberse tragado una mosca. Algo que ahora estaba perdido para siempre. Mejor así. –Necesitamos su ayuda para traer a la justicia a esa puta, La Cabra...

Doña Tina dejó caer el misal que tan cuidadosamente había colocado sobre su abundante regazo hacía sólo un segundo. Don Gonzalo se atragantó. Todo esto por la palabra puta, uno de los sonidos más duros de la lengua española. Como un escupitajo. En su excitación, doña Julia se había propasado. Se había olvidado de su público.

–Padre, ¿por qué está aquí esta mujer? No me quedaré... –Doña Tina estaba lívida de la rabia.

–Doña Julia, por favor, tenga cuidado con lo que dice. Comprendemos que debe estar muy molesta. Sin embargo, de ahora en adelante, tenga la bondad de referirse a la mujer sobre la que estamos discutiendo por su nombre cristiano.

–Lo siento, Padre. Doña Tina, perdóneme. Es que La..., quiero decir Rosa, le ha hecho daño a una gente que yo quiero. Mi comadre, doña Cielo, y su hijo Guzmán.

–Por favor, siéntese, doña Tina. Así.– Don Gonzalo se resignó a la idea de que tendría que quedarse todo el tiempo. Estas dos mujeres juntas en el mismo cuarto eran una combinación explosiva. Ambas egoístas. Él no hacía la vista gorda a los pecados de la gente –todavía no.

–Doña Julia, tenga la bondad de decirle a doña Tina lo que me dijo de la relación del joven Guzmán con la tal Rosa.

–Sí, Padre. Es terrible la forma en que ella ha arruinado la vida de una familia honesta. Es una bruja, le digo. Y peor...

–Doña Julia –la voz de don Gonzalo expresaba el hastío que sentía –tenga la bondad de decirle a doña Tina la verdad, pura y sencilla, sobre este asunto. Es grave, como usted dice, pero necesitamos hechos antes de poder actuar.

Doña Tina estaba ahora en el borde del asiento. Esto iba a ser interesante. La Cabra estaba en su lista desde hacía buen tiempo. Una puta disfrazada de curandera espiritual. Pero la mujer siempre había tapado las huellas muy bien. Animó a doña Julia para que continuara. Había que reconocérselo a la vieja. Estaba metida en todo: "Por favor, doña Julia, tómese su tiempo y dígame todo lo que sabe de esta malvada mujer... Rosa". Y trató de congraciarse con doña Julia dándole su mejor sonrisa. Don Gonzalo gimió un poco en su silla.

–Bueno, Señora, esto es lo que sucede. Mi comadre, Cielo, siempre ha sufrido por causa de su hijo menor, Guzmán, que es un salvaje. El muchacho está poseído. No hay otra explicación. Ella lo llevó a los médicos y a los hospitales, aquí y allá, y nada sirvió. Se puso más salvaje. Le podría contar historias que le pararían todos los pelos del cuerpo... oh, disculpe. Quiero decir que el muchacho no le tiene respeto a nadie, ni siquiera a la que lo engendró. En fin, hace unos años, Cielo se desesperó tanto que decidió llevarlo a ver a la Hermana Rosa, como a esta mujer le gusta que la llamen, para una lectura espiritual. Desde luego, como soy su comadre me interesé en la terrible situación. Le advertí que esta mujer tenía mala fama. Pero usted sabe cómo son estos asuntos de familia: el corazón tiene el control y no hay manera de hacer cambiar de opinión a alguien una vez que ha tomado una decisión, no importa lo disparatada que sea. Bueno, doña Tina, me pareció que lo único que podía hacer era acompañar a mi comadre y a su hijo al centro de La Ca..., o sea, de Pura Rosa.

—¡Pura Rosa! —Doña Tina estaba fascinada. Don Gonzalo había cruzado las manos en su regazo en la actitud de confesor tolerante.

—Ese es el nombre que le dio su madre, pobre mujer—. Doña Julia hablaba con más confianza ahora. Tenía a la arrogante doña Tina comiendo de la mano. Había decidido mantener su control del asunto. No iba a ser el espectáculo de Tina. —No puede estar descansando en paz después de haber dado a luz a una víbora—. Ambas mujeres se dirigieron una sonrisa de complicidad.

—Doña Julia, ¿por qué no deja que los muertos descansen en paz?

—Lo siento, Padre. ¿Puedo continuar?

—Por favor, doña Julia—. Doña Tina colocó su misal en la mesa lateral y se acomodó en el acojinado sillón de caoba del Padre Gonzalo. Una mujer rica había dejado en el testamento todos sus muebles para la casa parroquial. El Padre Gonzalo tenía la esperanza de que el gesto le hubiera traído un poco de perdón a la vieja pecadora, aunque lo dudaba.

Y de esa manera pasaron dos horas en lo que doña Julia narraba la historia, según era de su conocimiento, de la estadía de Guzmán en casa de La Cabra. De cómo su ahijado Carmelo, ahora un santo en el cielo después de volar en pedazos en suelo extranjero de Corea, había tenido que ir a rescatar a Guzmán de la mujer. Del extraño silencio de Mamá Cielo sobre el asunto. De su ataque de nervios por el dolor de haber perdido a su mejor hijo en una guerra, y que ni siquiera quedara un pedazo de él lo suficientemente grande como para mandarlo en un sobre. De las cosas terribles que se decían de Carmelo y el Padrecito César –oh, perdón, Padre Gonzalo; todo mentiras, desde luego, pero dolorosas de oír para una madre. Pobre mujer, pobre madre mártir. Y ahora, esa mujer se había llevado a Guzmán otra vez. Dicen que los dos viven en esa casa al lado del Río Rojo. Una mujer lo suficientemente vieja como para ser su madre. Y así por el estilo.

Doña Julia había adornado el cuento como un diseño de enredadera en una funda de almohada; los hilos del bordado estaban enredados por debajo, pero en la superficie el complejo diseño se le hacía claro y evidente a doña Tina. Cuando terminó su cuento o ya no pudo hablar porque estaba agotada por la excitación y el esfuerzo, las mujeres salieron andando despacio del salón de la casa parroquial para no despertar a don Gonzalo. A la puerta del frente, doña Tina le dio instrucciones a la otra mujer para que se encontrara con ella en casa de doña Cielo al otro día por la mañana. Para entonces tendría un plan.

–¿Va a citar a una reunión de la Sociedad del Rosario, doña Tina?

–Puede que sí –doña Tina hizo una pausa, viendo claramente que esta vieja intrigante la estaba manipulando. –Claro que sí, quiero decir; por qué no pasa por mi casa esta noche, mi querida doña Julia, ¿como a las siete?.

–Llegaré un poquito más temprano para que podamos hablar.

–No es necesario, doña Julia, no es necesario. Hemos hablado lo suficiente. Adiós.

Doña Tina se apresuró a marcharse, por lo que su vestido de tafeta y las medias de seda crujieron como las palmas cuando sopla el viento. Doña Julia se había halado para abajo el hábito de algodón sobre su vientre de tambor. Había trabajado mucho esta tarde. Doña Leonarda, el ama de llaves, salió de detrás de la escalera. Le sonrió a Doña Julia con su boca desdentada.

—Julia, ¿qué te parece si nos tomamos un café en la cocina? —le dijo.

Mamá Cielo le había pedido a Rafael que viniera a la casa. Él había estado esperando noticias de la familia de Guzmán pero realmente quería una excusa para poder volver a ver a Ramona, cuyo rostro de madona se le había quedado en la mente desde que la había visto en la iglesia. Ella había dejado la escuela para poder ayudar a su familia en estos tiempos difíciles después de la muerte de Carmelo en Corea. Y ahora Guzmán les traía más sufrimiento. La familia de Rafael giraba en torno al sufrimiento de don Juan. El viejo todavía se resistía a ir al hospital, así que el médico del americano, que venía de San Juan periódicamente a examinar a la bebé, Josefa, pasaba por la casa y le echaba un vistazo a don Juan. Predecía que las cosas sólo se pondrían peor. ...Rafael se sentó en los escalones del balcón y esperó en respetuoso silencio. Mamá Cielo se estaba vistiendo para recibirlo, le informó Ramona tímidamente desde la puerta de entrada.

—¿Estás ocupada, Ramona?

—Aquí siempre hay algo que hacer, ¿por qué? —La sonrisa la transformó. Siempre estaba muy seria, siempre como una madrecita con un niño de la mano. Pero hoy se veía como lo que era, una niña de quince años. Su piel era más clara que la de Guzmán: color café con leche. Y los ojos castaños eran almendrados y se sonreían cuando ella se sonreía. Rafael pensó que estaba demasiado delgada. Sintió pena por ella por la carga que había tenido que asumir tan temprano. Los dos llevaban la pesada cruz de los problemas de la familia.

–¿Dónde está tu hermanita? –Rafael estaba tratando desesperadamente de encontrar la forma de evitar que Ramona se fuera.

–Durmiendo–. Ella se acercó un poco más y se detuvo en un escalón más arriba de donde él estaba. Sus ojos se encontraron por un momento y ella empezó a irse.

–Ramona, no te vayas. Por favor, siéntate a mi lado–. La tomó por la muñeca suavemente y trató de hacerla bajar. Ella estaba temblando.

–No, no. Mamá se pondrá furiosa. Se supone que no debo hablar con hombres –*Hombres*. A Rafael le gustaba el hecho de que ella pensara que él era un hombre. La soltó y se puso de pie frente a ella.

–Ramona –dijo–tenemos que hablar. Pronto–. Ella levantó la cara y dejó que él la mirara de lleno a los ojos. Eran claros e inocentes como los de una niña, pero él podía sentir que ella estaba lista para aceptarlo. –Volveré a buscarte–. No estaba del todo seguro de por qué le había hecho esa promesa a esta niña-mujer con quien había hablado sólo unas cuantas veces, pero había de cumplir su palabra.

Ramona y Rafael se casarían apenas un año después de haber estado frente a frente en el balcón de Mamá Cielo.

Mamá Cielo sólo le hizo una pregunta a Rafael: "¿Está mi hijo con la puta?" Aunque él se sintió avergonzado por el tono de regaño de su voz, podía ver lo mucho que esta mujer estaba sufriendo y sintió compasión por ella. En su cara arrugada y sus ojos cansados reconoció el dolor de su propia madre. En lugar de contestarle, le ofreció traerle a Guzmán. "¿Crees que mi hijo te hará caso cuando no obedece a sus propios padres?" dijo doña Cielo. Pero lo miró fijamente con esperanza. "¿Irás hoy?"

–Sí, señora. Iré ahora–. Pero precisamente cuando Rafael se estaba levantando para irse, irrumpió doña Julia.

–Cielo, Cielo–. Gritaba excitada. –Doña Tina viene para acá–. Vio a Rafael y se detuvo abruptamente.

–¿Qué hace aquí este *Ángel Triste*, Cielo? Lo he visto conspirar con tu hijo muchas veces. ¿Está olfateando a tu hija ahora también?

Todos escucharon el fuerte suspiro de asombro que dio Ramona desde la puerta de la cocina donde había estado mirando a Rafael en silencio. Las palabras de la vieja, tan ordinarias y brutales, la ofendieron. Mamá Cielo se levantó de la silla con gran esfuerzo.

–Doña Julia. Comadre. Por favor, no juzgue a este joven muy duramente. Me ha ofrecido ayuda para encontrar a mi hijo–. Su voz era débil y hasta doña Julia sintió un poco de compasión porque esta mujer había sido visitada al mismo tiempo por la muerte y la traición de los hijos. Tomó a su amiga por el brazo y la llevó de nuevo al sofá.

–Cielo, no puedes esperar ayuda de los jóvenes. Serán leales el uno al otro. Escúchame. El Padre Gonzalo ha enviado a doña Tina para que te ayude. Anoche nos reunimos en su casa.

–¿Una reunión?– doña Cielo estaba siguiendo las palabras de su amiga. ¿Por qué doña Julia había metido intrusos en el problema de esta familia?

–La Sociedad del Santo Rosario. Son unas damas magníficas. Pero dejaré que sea doña Tina quien te diga lo que decidimos hacer con esa puta que te robó a tu hijo.

–¡Doña Julia! No le pedí que hablara con nadie sobre esto–. Mamá Cielo estaba a punto de llorar de la vergüenza, pero vio la figura rechoncha de doña Tina cruzar el patio del frente y se aguantó. Esta chismosa de sociedad no debía ver su debilidad.

Mientras tanto, Rafael se había ido poco a poco hacia la cocina. Consciente de la aflicción de doña Cielo, le había hecho un gesto a espaldas de doña Julia. Iba a ver a Guzmán. En la cocina encontró a Ramona sentada a la mesa. Las lágrimas le bajaban por el rostro. Él le pasó la mano por el lustroso pelo negro. "¿Está tu padre en la oficina de la Central?" Ramona dijo que sí con la cabeza. "Le diré que venga. Y no te preocupes, algún día estaremos lejos de todo esto". Ella le tomó la mano y se la puso en la mejilla húmeda. Tantas promesas que tenía que cumplir; Rafael sintió que sus palabras eran piedras en un saco que tenía que cargar.

Doña Tina se sentó sin que nadie se lo pidiera. Inexplicablemente, estaba vestida de rojo, a pesar de que sabía que Mamá Cielo todavía llevaba luto. Por respeto a este triste hogar, debía haber llevado un color oscuro.

—Doña Cielo, quisiera que me contara todo lo que sabe de esta Rosa. La Sociedad ha decidido, con la bendición de don Gonzalo, desde luego, hacer algo permanente acerca de esta desgraciada mujer que está poniendo en peligro tantas almas en nuestro pueblo... —Hizo una pausa para respirar antes de continuar con el discurso que traía preparado, pero Mamá Cielo se levantó despacio del sofá.

—Doña Tina. Con su permiso, me despido. Estoy enferma. Estoy segura de que doña Julia le dirá todo lo que usted necesita saber sobre mi familia, pues es mi comadre y ha sido mi vecina por veinte años—. Miró desafiantemente a la intrusa y continuó. —Y en cuanto a la mujer, haga lo que quiera. Mi hijo regresará a casa y yo me ocuparé de él.

—¡Cielo!— Doña Julia estaba espantada por la brusca despedida. Doña Cielo se dirigió a su cuarto caminando despacio y cerró la puerta. Jamás en la vida había insultado a una visita, pero cuando se derrumbó en la cama, sólo veía la cara de sus hijos en la mente. Carmelo —guapo y sensible, obligado a salir de su casa porque las mentes malvadas sólo podían ver que era diferente de otros muchachos— muerto en una guerra ajena. Ella sentía en el corazón que Carmelo había muerto por culpa de personas como doña Tina. Y Guzmán, arrastrado como una hoja por el viento de las pasiones. También podría perderlo. Después de un rato alguien tocó suavemente a la puerta y ella tuvo miedo de que Julia hubiera tenido el descaro de seguirla. Habría de cortar todas las relaciones con esta vieja intrigante a quien por error había considerado su amiga. Papá Pepe se acercó tímidamente a la cama de Mamá Cielo y se sentó en la orilla. No intercambiaron palabras. Los dos estaban demasiado apenados y cansados. Él le tomó la mano débil y tibia. Era la primera vez que se tocaban desde que ella lo había desterrado de su cama por segunda vez, después del último embarazo tardío. Él no era fuerte. La muerte de Carmelo le había oscurecido la vida, y últimamente trabajaba como un autómata, sin alegría, y hablaba poco. Mamá Cielo hizo acopio de sus últimas energías y tomó una decisión. "Pepe, ya no podemos luchar con Guzmán. Tenemos que dejarlo." El anciano sencillamente dijo que sí con la cabeza.

Lo único que se le ocurrió a Rafael fue llegar al valle de La Cabra antes que las mujeres de la Sociedad del Rosario lo hicieran. Para eso tuvo que solicitar la ayuda de Mr. Clement. Mr. Clement tenía varias motocicletas, de las cuales había presumido ante Rafael en más de una ocasión. Rafael creía que le caía bien al hombre porque, como Mrs. Clement no podía procrear, él no tenía hijos. Desde luego, ahora tenían una hija, la hermanita de Rafael, Josefa. El hombre no rechazaría su petición. Rafael subió rápidamente hacia la Casa Grande. Decidió ser atrevido y tomar el camino pavimentado que conducía al portón de entrada. Los trabajadores siempre se acercaban a la casa por detrás. Cuando llegó a la puerta del frente, Rafael se detuvo un minuto para limpiarse el sudor de la cara con el pañuelo limpio que su madre siempre le ponía en los pantalones. Se pasó los dedos por el fino pelo rubio. La gente siempre le decía que parecía gringo. Tocó el timbre y Santa, el ama de llaves y cocinera, abrió la puerta. Parecía sorprendida de verlo allí; entonces, con una mirada de lástima, le preguntó: "¿Se murió don Juan... quiero decir, tu padre...?".

–No, doña Santa. Mi padre todavía está muy enfermo pero no se ha muerto–. Rafael recordó de repente el caos de su propio hogar. Tenía que buscar a Guzmán rápidamente y regresar a sus obligaciones. –Necesito ver a Mr. Clement–continuó. –Es muy importante. ¿Está en casa?

–Sí–. Doña Santa le dio una mirada que decía *Más vale que sea importante*. –Espera aquí–. Lo condujo al recibidor. Rafael miró a su alrededor. Todo en esta casa brillaba, desde los pulidos muebles de caoba hasta el candelabro que podía ver al fondo de la casa, en el comedor. Oyó pasos y la voz retumbante de Mr. Clement dándole instrucciones a doña Santa, con su español machacado, de que fuera a donde su esposa. Entonces vio a Rafael. Se dirigió a él en inglés. Una vez le había dicho que si aprendía inglés lo suficientemente bien, lo llevaría a los Estados Unidos en viajes de negocios. Desde luego, el padre de Rafael lo había estimulado a hacerlo. Parecía que don Juan estaba loco por regalarle todos sus hijos al americano. La ambición de Rafael estaba en otro sitio, pero aprender inglés era parte de sus planes. Por eso había estudiado los libros por su cuenta y practicaba siempre que podía.

–Ven a mi oficina y siéntate. Santa nos traerá un refresco en seguida–. Mr. Clement lo había acompañado a un cuartito próximo al recibidor. Había un escritorio y un sillón. –Ponte cómodo, hijo, y dime lo que te pasa.

Rafael le dio las gracias y se sentó, aunque un poco tieso. –Mr. Clement, lamento molestarlo en medio de un día de trabajo...

–No te disculpes, muchacho. Estaba aquí de todos modos. No ando por fuera bajo el sol del mediodía. Sólo los perros rabiosos y los ingleses lo hacen–. Y se rió. Rafael no entendió el significado de sus palabras, pero se sonrió cortésmente.

–Sí, señor. Necesito un favor–. Ahora que estaba a punto de decir lo que necesitaba, se sintió tonto. ¿Qué pasaría si el hombre se enojaba por su petición? Como estaban las cosas, su familia dependía del americano para sobrevivir. Don Juan recibía paga por incapacidad y Rafael todavía trabajaba en los campos cuando no estaba en la escuela.

–¿Y bien? –Era evidente que Mr. Clement se estaba empezando a impacientar un poco por la vacilación del muchacho.

–Necesito tomar prestada una de sus motocicletas –dijo impulsivamente.

–¿Mi motocicleta? –exclamó Mr. Clement con su voz de trueno. El hombre medía más de seis pies, y era sólido y de huesos grandes. Pero su piel era rosada como la de un bebé recién nacido. Había muchos chistes sobre este contraste. Cuando le miró la cara al hombre que ahora estaba parado frente por frente a él, Rafael vio que estaba sorprendido por lo que le pedía pero no enojado.

–Mi amigo Guzmán está metido en un lío. Necesito traerlo de vuelta a su casa antes de que haya más problemas.

–Guzmán–. El americano pronunció el nombre "Guzman". –¿Es ése el muchacho que hace los mandados en la refinería?

–Sí, señor, el mismo. Es una buena persona, pero mucha gente no lo entiende.

—¿Qué le pasó? ¿Está metido en líos con la ley?

—No exactamente. Está metido en un lío con su madre y las damas de la Sociedad del Santo Rosario.

—Eso es aun peor, hijo–. Mr. Clement sonrió ampliamente. —Debe ser un asunto de faldas, entonces, ¿verdad?

—Es muy complicado, señor. Todo el mundo cree que ha sido embrujado por una mujer a quien llaman La Cabra. Yo soy el único que sabe que él fue a la casa de ella porque quiso.

—¡Jesús! ¿Él está enredado con ella? Conozco a Rosa desde hace tiempo y siempre pensé que era una práctica mujer de negocios. Ella debía saber que no podía meterse con un menor de edad en este pueblo de mojigatos.

Rafael no dijo nada. Parecía que el hombre estaba hablando consigo mismo y no con él. Pero supo que conseguiría lo que había venido a buscar.

—Ve a la cobacha y dile a José que te dé las llaves de la Rough-Rider. Es la que siempre llevo al valle–. Le guiñó un ojo a Rafael.

—Gracias, Mr. Clement. Se la devolveré esta noche.

—No te procupes, hijo. ¿Cómo está tu viejo?

—No muy bien.

—Qué malo. Es un buen trabajador cuando no está bebiendo.

Rafael podía ver que Mr. Clement estaba distraído. Se había acabado la visita. El hombre lo acompañó hasta la puerta de entrada. Se dieron la mano. "Cuídate", le dijo, "y que esto te sirva de lección; si juegas, tienes que pagar. Sí, señor, así es la cosa".

Mientras Rafael iba por los caminos vecinales hasta el valle de La Cabra, dos de las damas de doña Tina fueron escogidas para llevarle el ultimátum de la Sociedad a la mujer. Doña Tina no había escatimado recursos para encontrarle una solución final al problema. Había descubierto que el punto débil de La Cabra era su hija, quien estaba de interna en una escuela católica de la ciudad. Sí, Sarita sería su carta de triunfo.

Al llegar a la orilla del Río Rojo, donde tenía que dejar la motocicleta, Rafael se tomó un minuto para admirar la belleza del lugar. Podía ver por qué Guzmán arriesgaba tanto por vivir aquí con la mujer que había escogido para amar. El río, que ahora estaba un poco crecido por los aguaceros diarios, hacía un ruido agradable, como el murmullo de una mujer. Hasta la casa vieja se veía limpia y brillante, como barnizada por la lluvia bajo el sol del atardecer. En pocas semanas el río se inundaría como lo hacía todos los años, y los dos amantes estarían a salvo como si estuvieran en un castillo rodeado por un foso. Podrían usar el bote para cruzar el río, pero a menos que alguien fuera lo suficientemente tonto como para bajar de la colina al pueblo cargando un bote en la espalda, nadie podría llegar hasta allí. Rafael se imaginó que sería su Cupido, trayéndoles provisiones en secreto y dejándolas a la orilla del río. Pero, por supuesto, eso no habría de suceder. Nada de eso era posible. El mundo no estaba hecho para romanticismos. Eso sólo se encontraba en las novelas. Lo más importante era sobrevivir. Una voz excitada lo sacó del ensueño. Era Guzmán, quien salió corriendo hacia el río, completamente vestido pero sin zapatos, y salpicó a su amigo. Le echó los brazos en un abrazo sofocante que lo empapó.

–Rafael, cuánto me alegro de que estés aquí. A decir verdad, hermano, estaba empezando a echar de menos a mis amigos. ¿Cómo estás? ¿Me traes noticias de mi familia? Malas noticias, me atrevo a apostar. Mamá Cielo debe estar echando humo...

–Guzmán, escúchame–. Rafael tuvo que interrumpir la agitada descarga de palabras de su amigo agarrándolo por los hombros y encarándosele.

–Hay problemas, amigo–. Rafael hizo que sus palabras sonaran graves para que Guzmán entendiera que debía darse prisa. –Vamos a sentarnos en algún sitio y te diré lo que ha sucedido.

–¿Está enferma otra vez Mamá?– Guzmán se quitó la camisa y se sentó en una roca grande y pulida, a la orilla del río. Le pareció mayor a Rafael. Aunque en la superficie todavía era el muchacho delgado y alambrado de hacía unas semanas, había cierta serenidad en su voz. Sus gestos, por lo regular nerviosos, estaban al parecer bajo control. Guzmán parecía tener el cuerpo y la mente a su mando. –¿Ha estado preguntando por mí?

–Guzmán, tu madre quiere que regreses a la casa, pero no porque esté enferma. Está igual que cuando la dejaste. Sigue descorazonada por la muerte de tu hermano...

–Y mi hermana Ramona está trabajando como una esclava para cuidar la casa y a la bebé.

–Así es. Pero ella está bien. Es saludable y fuerte–. Rafael se sintió un poco encandilado al pensar en Ramona. Guzmán se dio cuenta de que se le había subido la sangre a la cara y disimuladamente volvió la vista hacia la casa. Detectó movimiento detrás de las delgadas cortinas blancas del cuarto de ella. Lo estaba mirando.

–Dijiste que había problemas –dijo Guzmán.

Rafael se recostó en el tronco del árbol de flamboyán detrás de la roca donde Guzmán estaba sentado. Sus ramas, cargadas de flores anaranjadas de suave olor, le daban una sombra fresca.

–Es un lugar increíble. Este valle lo tiene todo –dijo, distraído por un momento de su misión. Era la belleza de la Isla concentrada totalmente en unos cuantos acres, con un río, un valle, una colina y un cielo azul turquesa.

–Todo. Sí–. La voz amarga de Guzmán volvió a Rafael al cruel mensaje que tenía que dar.

–Guzmán, las mujeres de la iglesia han decidido sacar a Rosa del pueblo. Probablemente ya vienen de camino. Tu madre quiere que regreses. Creo que tiene razón.

Guzmán se paró con cuidado en el lado resbaloso de la roca y miró al amigo desde allí. –Las muy putas –dijo, entrecerrando los ojos y escupiendo las palabras. –Tienen celos de Rosa. Celos porque Rosa se atreve a vivir su vida exactamente como ella quiere. ¿Qué van a hacerle? ¿Quemarla en la hoguera? No creo que ni siquiera la poderosa doña Martina pueda hacer cosas así en esta época–. Saltó de la roca y se ñangotó a la orilla del agua. Miraba su reflejo. Rafael se le acercó por detrás. Guzmán lo vio en el agua y metió un dedo en el retrato doble y revolvió e hizo que se mezclara la luz en la oscuridad.

–Escúchame, Guzmán. No van a hacerle daño a Rosa de esa manera, pero son mujeres poderosas. Casi siempre se salen con la suya. Rosa se puede cuidar, pero si te encuentran aquí, lo pueden hacer parecer un delito porque eres menor de edad. Entonces tendrán un motivo para encausarla. Podrían mandarla a la cárcel, ¿entiendes?.

–No puedo dejarla aquí, hombre. No puedo dejar que se enfrente sola a esos buitres–. Guzmán casi estaba gritando ahora. Rosa apareció en lo alto de la escalera de la entrada. El pelo le llegaba a los hombros y llevaba una túnica ancha de algodón color azul pálido. Estaba descalza. Los dos muchachos se pusieron de pie como si ella fuera una reina. Se veía joven y suave. Rafael no podía creer la transformación, porque él sólo la había visto en el pueblo con sus vestidos apretados y la cara pintada. Tanto Rosa como Guzmán habían cambiado. Los dos habían viajado hacia donde estaba el otro: ella se veía más joven y él, más maduro.

–Entra, Rafael. Vamos a tomarnos un café con leche. Es la hora–. La voz de Guzmán todavía sonaba tensa, y mantenía los ojos fijos en la mujer. Ella era una visión con sus brazos desnudos a ambos lados del cuerpo, inmóvil, y los ojos tranquilamente fijos en el río. Podía haber sido una aparición de no ser por la hora del día.

—No. Tengo que devolverle esta cosa a Mr. Clement –dijo señalando la motocicleta grande y negra estacionada bien lejos de la orilla del río. –Y tengo que regresar a casa. Cualquier cosa puede pasarle a mi viejo con lo enfermo que está, y los niños me necesitan... tú sabes.

—Es una belleza–. Guzmán le echó una mirada a la motocicleta pero no se movió. No hacía mucho, hubiera dado cualquier cosa por acercarse a una máquina así. –Entiendo, amigo, regresa a tu casa. Y gracias por venir hasta aquí.

—¿Vas a regresar, Guzmán? Tu madre espera que le informe.

—No lo sé, Rafael.

Rafael nunca había visto a Guzmán tan serio y pensativo. Decidió no presionarlo más. Un hombre tiene el derecho a decidir si quiere que lo salven o no.

—De acuerdo, Guzmán. Pero si quieres venir a mi casa en lugar de a la tuya, encontrarás la llave de la puerta de atrás debajo de un tiesto anaranjado. Se lo diré a mi madre.

—Hablaremos pronto–. Guzmán le extendió la mano a su amigo. Mientras iba subiendo la colina, Rafael miró hacia el valle. Vio al hombre y a la mujer sentados juntos sobre la roca grande al lado del río.

Rosa hizo que Guzmán regresara. Ella sabía que la única manera de salvarlo de las vengativas matronas de iglesia era canalizarles la rabia hacia sí misma. No fue una despedida fácil, pero Guzmán había estado inquieto en los últimos días. Echaba de menos a sus amigos y Rosa sabía, madre al fin, que Guzmán estaba preocupado por su familia. Se fue enojado y llorando; salió gritando que la amaba y que se vengaría del pueblo; se alejó despacio de la casa; pero la dejó, a pesar de todo, la dejó.

Rosa se preparó para la llegada de sus enemigas haciendo una lista mental de todos los miedos que mujeres así podían tener. Se acordó de las pociones que había preparado para muchas que le enviaban a sus sirvientas con dinero. Agua con color mezclada con un poco de ron blanco y unas palabras en un pedazo de papel. Coloque el talismán debajo de la almohada de su marido, rocíe este líquido en su comida y en el agua del baño, prenda tantas velas; eso hará que deje de mirar a su hermana menor, a su secretaria, o a otras mujeres en general. Algunas veces era lo contrario. Esto asegurará que nunca más mire a su mujer con deseo. Cuántas veces había frustrado a sus propias clientas preparando lo mismo para la esposa y para la amante. Era su propia inseguridad en lo relacionado a los hombres lo que las hacía odiarla tan fuertemente. Querían castigarla por la maldad que se encontraba en ellas mismas. En la forma en que la perseguían, Rosa vio a su propia madre. Tan moral, tan atada a las reglas, que era capaz de lanzar a su propia hija al caos por el bien de la decencia.

Estaría lista para recibirlas cuando llegaran. Sabía que sería su última batalla en este pueblo. Pero había otros lugares donde practicar su oficio. Las maletas estaban listas. Se tomaría unos días de vacaciones y visitaría a Sarita. Aunque Rosa no se dejó sobrecoger por la pena, dejar su valle sería una pérdida grande y dolorosa. Aquí había hecho las paces con el fantasma de su madre. Por fin había logrado que la casa donde había crecido fuera su casa. Aunque era una paria de la sociedad de Salud, había amado el pueblito antiguo, sin esperar que le devolviera el cariño.

Sobre todas las cosas, había encontrado una persona que la amaba sin condiciones: Guzmán, el muchacho salvaje, el niño complejo, amado por su madre con una ferocidad apasionada. Sin embargo, la incapacidad de Mamá Cielo de transmitirle este amor a Guzmán con las palabras y la intimidad que él ansiaba había creado un profundo abismo entre ellos. La búsqueda desesperada de la madre por llegar al corazón del hijo los había llevado a la casa de Rosa. Pero en lugar de servir de conciliadora, la médium había caído bajo el hechizo del muchacho.

Rosa sabía las etiquetas que la gente le pondría a su relación con Guzmán. Casi le doblaba la edad, pero él no era un muchacho de dieciséis años común y corriente, ni lo había sido a los doce o trece cuando lo conoció. Había nacido con hambre de amor, ansioso de nuevas experiencias y totalmente comprometido a su peculiar código de honor. Ella le había enseñado a desmadejar los hilos de sus emociones y a expresarlas una a una. Estaba ávido por conocer el mundo que lo rodeaba, así que ella le había enseñado la forma en que la naturaleza, como el amor, pueden curar tanto como engañar.

Guzmán se había ido y a pesar de que le había prometido volver cuando se acabara todo este lío, Rosa sabía que probablemente no volvería a cruzarse en su camino por buen tiempo. En ese sentido, todavía era muy joven; creía firmemente que el amor y la determinación podían vencer cualquier obstáculo. No era verdad. Pero uno podía escoger sucumbir en las llamas cuando los obstáculos podían más que uno. Uno podía darle al enemigo algo que recordar.

Rosa había estado sentada en la escalera de la entrada mirando el jardín, el río y más allá. Iba a echar de menos estos pocos acres de tierra generosa. Decidida, se puso de pie y fue a la cocina. Allí llenó varias cacerolas de agua y las puso a hervir en la candela. Había decidido prepararse para la batalla tomando un baño ritual. El

Indio le había dado la receta. Ese canalla que había ayudado a arruinarle la vida hacía tantos años, le había enseñado unas cuantas cosas sobre hierbas medicinales. Nada podía hacer que un cuerpo cansado y un estado de ánimo deprimido recobraran el vigor más rápidamente que un baño caliente de hierbas. Mientras el agua hervía, Rosa salió por la puerta de atrás al huerto, donde recogió en una canasta hojas de salvia negra, jengibre, hierba de limón, café silvestre y bálsamo. Entonces, fue a la orilla del río y escogió unas cuantas hojas del alto árbol de flamboyán. Llevó la canasta con las hojas a la cocina y las desparramó en el agua que ya estaba hirviendo. Metió en la casa un pequeño barril de whisky que tenía afuera, junto a la puerta, para recoger agua de lluvia que usaría para bañarse.

Miró la hora. Rosa seguía las recetas cuidadosamente, aunque en esta parte ella creía que no era más que superstición y ritual. El Indio le había dicho que un baño ritual se debía tomar exactamente al mediodía y mirando al este. Rosa sabía que lo mágico de las ceremonias mágicas o sagradas estaba en hacer las cosas con precisión. Arrastró la gran bañera de madera hasta el medio de la cocina y echó el líquido perfumado en ella. Sólo el aspirar los aromas de todo lo que ella había producido, creado y cultivado con sus propias manos le había dado una sensación de fuerza. Dejó que el kimono negro que tenía puesto se deslizara hasta el piso y se metió en la bañera. Los pechos blancos surgieron en el agua oscura como dos islitas. Rosa se dio el gusto de que sus poros absorbieran la fuerza del agua del río. Respiraba la esencia de la Isla. Años después, en climas más fríos, recordaría los días en el valle a través de los sentidos, los olores de ciertas hierbas y flores, el agua de lluvia.

Después del baño, se puso su vaporoso vestido blanco, el que usaba para las reuniones espiritistas. Entonces preparó la casa quemando incienso en cada cuarto.

Lo limpió todo con agua florida, a pesar de que sabía que no alejaría los espíritus malignos. De hecho, al echar un vistazo por la ventana del frente, distinguió dos figuras de color brillante en la cumbre de la última colina antes del río. Dos mujeres –una de amarillo y otra de azul eléctrico– ahora podía verlas haciendo una pausa para mirar hacia la casa. En quince minutos estarían a la orilla del río.

Rosa puso una gran vela negra en el centro de su mesa de médium. La había hecho de parafina tratada con una fórmula inofensiva pero embriagadora, proveniente de hierbas que ella misma cultivaba. La encendería en quince minutos. Haló la vieja mecedora de su madre hasta la ventana y se puso a esperar. Las dos mujeres se movían muy despacio hacia el río. El río estaba un poco crecido, pero muy enfangado. Tendrían que cruzarlo a pie. Si querían llegar hasta ella –y Rosa sabía que era así–tendrían que mojarse los pies. Una tranquilidad maravillosa descendió sobre ella. No ganaría, el pueblo era demasiado para ella, pero las había hecho venir hasta ella y se aseguraría de que en Salud no olvidarían su nombre.

Ahora podía ver a las mujeres mucho más claramente. Cogidas de la mano bajaban la colina casi resbalándose. La mismísima doña Tina, qué honor, y la segunda en mando, la alcahueta doña Corina, la coja. Rosa las conocía a las dos, sabía sus puntos buenos y los malos, por los maridos, quienes habían frecuentado su valle en otros tiempos. Rosa mantuvo la vista fija en la subida y la bajada de las dos figuras que descendían por la colina enfangada. Eran como globos brillantes que rebotaban, incongruentes con el paisaje rural de su valle.

Aunque Rosa se había propuesto mantener la calma, sus pensamientos se adelantaban al futuro. Tendría que salir de allí, de eso no cabía duda. No sabía a ciencia cierta adónde iría, pero eso no importaba. Había ahorrado bastante dinero en los últimos años, de modo que por lo menos en cuanto a lo financiero no tendría que preocuparse por un tiempo. Tal vez, pensó, éste era el momento para cambiar de vida. Este negocio del espiritismo la estaba cansando demasiado. Lo hacía bien, de eso estaba tan segura como de su belleza y de su poder sobre los hombres. Había sido un reto adivinar los pensamientoss recónditos de la gente, calibrar sus necesidades más personales, y entonces decirles lo que querían escuchar. Se daba cuenta de esta habilidad en sí misma pero no podía nombrarla. En otras circunstancias, en otra época, en un lugar diferente, podría haber sido estudiante de psicología, doctora, sanadora; pero según ella vislumbraba su exilio, para sí misma así como para otros, no era más que una adivinadora astuta y una ramera.

Pensó en Sarita, quien ahora tenía diez años. Una niña encantadora aunque enfermiza. Los mejores tiempos habían sido cuando la niña era muy pequeña y Rosa sentía que no había peligro de traerla a la casa durante períodos breves para trabajar juntas en el jardín. Ella observaba las manitas que aplastaban la tierra alrededor de la semilla con suavidad. Sarita lo hacía todo despacio y con gracia. Las monjas le habían enseñado paciencia y el valor del silencio, así que aun de pequeña podía hacerlo todo con tal lentitud que a menudo Rosa tenía que aguantarse para no empujarla a darse prisa o a correr y a gritar sin razón, como la mayor parte de los niños. No decía nada, sin embargo, porque quería que Sarita creciera de acuerdo con las exigencias de su propia naturaleza. Era obediente e inteligente, y las maestras también afirmaban que era más piadosa que las otras niñas. En una de sus visitas a la escuela, Rosa había llegado de puntillas a la capilla donde vio a Sarita hincada de rodillas ante la estatua de la Santa Madre. Tenía los ojos alzados hacia el rostro de la estatua y las lágrimas le bajaban por las mejillas encendidas. Rosa se había asustado. Hubiera querido correr hacia ella y preguntarle por qué estaba llorando, pero la Reverenda Madre la había sujetado por el codo firmemente. Sarita, le había explicado, sencillamente estaba expresando su profunda devoción a la Virgen. Las lágrimas no eran nada raro. Rosa tuvo que aceptar esta explicación y no le preguntó a su hija por qué lloraba.

Según Sarita fue creciendo, Rosa sintió miedo de que la niña adivinara la verdad acerca de su vida si la traía al valle; por eso, en su lugar, Rosa la recogía una vez al mes en el convento y hacían viajes de fin de semana por la Isla. La niña era una compañera modelo. Sonreía, no hacía preguntas, aceptaba los regalos de Rosa con humildad, y nunca dejaba de darle las gracias y de pedirle la bendición cuando regresaban a la escuela. Temerosa de quebrantar la frágil relación que existía entre ellas, Rosa nunca le exigió nada más. Pero le partió el alma saber que la niña no la quería.

Cuando doña Tina y doña Corina llegaron a la orilla del Río Rojo, Rosa fue por toda la casa cerrando puertas y ventanas. Encendió la vela que había preparado y se sentó al lado de la puerta a esperar. Se sentía fuerte y decidida. Dejó que la rabia se le acumulara y la sintió corriéndole por las venas como un licor tibio. Observó a doña Tina reclinarse pesadamente en su compañera mientras se quitaba las sandalias blancas. No devolvió el favor y doña Corina con su pierna corta lo pasó mal para quitarse los zapatos. Saltaba como un monito y hasta se cayó en el fango una vez, pero doña Tina no miró hacia atrás. Cruzó el río levantándose la falda del elegante vestido bien por encima de los voluminosos muslos. Rosa podía ver la piel pálida que el sol nunca había visitado. Y la región en sombras más allá de la fortaleza de encaje por la cual el viejo abogado había pagado tanto. La mujer era de cuidado. Corriendo a su lado, doña Corina parecía un muchacho delgado con pechos. No tenía caderas ni carne en las piernas ni en los brazos, pero el cuerpo se hinchaba poderosamente donde se suponía. Rosa sabía la carga de Corina: dinero sin belleza, marido sin amor ni hijos; y su cruz más pesada, la cojera que la hacía objeto de la lástima, tanto de los ricos como de los pobres en Salud. Tina había encontrado a su más leal seguidora en Corina, quien necesitaba un propósito más que ninguna otra cosa en su triste vida.

Era un cuadro cómico ver a estas dos cruzar el río como moscas sobre miel derramada. A cada paso que daban podía escucharse claramente el chapoteo de sus pies hundiéndose en el fango. Estaban muy cansadas cuando llegaron a la puerta de entrada.

Cuando doña Tina subió los escalones hacia la puerta de Rosa, con Corina jadeante detrás de ella, encontró que la puerta estaba cerrada. Tocó pero no le contestaron. Al tratar la perilla, la puerta se abrió fácilmente, y entró en un cuarto oscuro, impenetrable por el humo de la única fuente de luz, la vela sobre la mesa. Corina lanzó un gemido de temor y agarró a Tina por el brazo. Tina se la sacudió casi violentamente. "Brujería," dijo con desprecio, "brujería barata, trucos de verbena". Miró alrededor del cuarto.

–Cabra –gritó doña Tina con una voz demasiado alta para un cuarto pequeño y encerrado. La voz rebotó en un eco que sorprendió a las dos mujeres. –Sé que estás aquí. Sal y danos la cara. ¿O acaso tienes miedo de lo que dos mujeres decentes tengan que decirte?

De repente, las dos mujeres se percataron de la figura blanca que estaba frente a ellas, en la mecedora al otro lado del cuarto. ¿Había estado allí todo el tiempo? ¿No habían sido capaces sus ojos de verla hasta que se acostumbraron a la oscuridad?

–Dígame, hermana–. La voz de Rosa era apenas un murmullo, y sin embargo la escucharon claramente. –¿Las mujeres decentes siempre entran en una casa ajena sin invitación ni permiso? No importa, los necesitados siempre son bienvenidos a mi Centro. Por favor, siéntense a mi lado.

Doña Tina, rabiosa por las palabras serenas de Rosa, atravesó el cuarto y tiró la Biblia y la cartera sobre la silla que Rosa le había señalado. –Esta no es una visita social, Cabra, y esto no es el Centro, como tú lo llamas. Es la casa de una puta...

Tina habría continuado a no ser por que Rosa levantó una mano pálida frente a su cara. –Por favor, llámeme Rosa. La Cabra es un nombre feo que sólo las personas vulgares usan cuando se refieren a mí. Voy a preparar una bebida refrescante. Por favor, doña Corina, venga a hacernos compañía. Debe estar muy cansada después del viaje.

–Escúchame–. Doña Tina se había hundido en una silla cerca de la mesa. Parecía tener dificultad para respirar. –Escucha, Puta, hemos venido en nombre del Padre Gonzalo...

–Ya mismo, doña Tina, ya mismo hablamos–. Rosa atravesó la cortina negra hacia la cocina. Escuchó a Corina instar a Tina para que se marcharan y a Tina contestarle con una grosería. Ella no se retiraría. La puta aprendería una lección ese día. Le ordenó a doña Corina que abriera una ventana. Aunque la mujer corrió a obedecer, las ventanas estaban clausuradas con una tranca y no había otra apertura por donde pudiera entrar el aire excepto la puerta de entrada. Pero el mero hecho de poner un pie afuera, las tres lo sabían, sería admitir debilidad. Rosa escuchaba y esperaba. Oyó que mencionaron el nombre de su hija. Esto la atemorizó por primera vez. ¿Qué tenía que ver Sarita con sus planes?

¿Qué había planeado hacer con estas dos mujeres? Quería que estuvieran a su merced. Quería debilitarlas y asustarlas. No le importaba lo que ellas pensaran hacerle. Lo más que podían hacer, o por lo menos es lo que creía hasta el momento, era sacarla de Salud. Ella se había hecho de esa idea. ¿Pero qué sabía Tina de Sarita? Santa Madre, ¿qué estaban pensando hacer? ¿Estaban planeando decirle que su madre era la mujer conocida como La Cabra en Salud? Desde el cuarto de al frente vinieron risotadas. Rosa se asomó por la separación de las cortinas negras y vio a doña Tina tratando de controlar un ataque de risa. Tenía en la cara un pañuelo de encaje y las lágrimas le bajaban por las mejillas. Doña Corina estaba en medio de un ataque de carcajadas histéricas. Las dos mujeres se doblaban en las sillas. Rosa se paró y las observó por unos momentos más; entonces llenó dos copas de vino con un líquido oscuro procedente de una jarra de cristal. Colocó las copas en una bandeja y la llevó. No le fue difícil convencerlas de que bebieran pues estaban ahogadas.

Cuando Tina miró a Rosa, los ojos le brillaban de odio, sin embargo no podía dejar de reírse. –Tus trucos de bruja no te salvarán–. Doña Tina jadeaba entre explosiones entrecortadas de risa. –Eres una mala mujer, Cabra, una puta y una farsante. Lo peor... –Doña Tina se agarró el vientre y trató desesperadamente de controlar el rostro estremecido. –Lo peor es que la niña inocente que trajiste al mundo... –Pero no pudo continuar. La risa incongruente de las dos mujeres llenaba el cuarto de ecos de mal agüero.

–Quiero irme. Quiero irme–. Gemía doña Corina.

–¿Tiene miedo? –preguntó Rosa.

–Sí –dijo doña Corina.

–Miedo no –jadeó doña Tina. –¿Nos estás envenenando? No te saldrás con la tuya... nada de eso–. Doña Tina empezó a caminar tambaleándose hacia la puerta.

–Siéntese–. Rosa haló a la otra mujer por el brazo y la sentó en la silla. –No las estoy envenenando. Sólo están un poco borrachas, eso es todo. Sólo quería darles a probar un poco de su amarga medicina. Especialmente a usted, Tina, la todopoderosa doña Tina, la Reina de Salud. Sólo quería que viera lo que es cuando otra persona tiene poder sobre usted. Que tuviera una muestra de lo que es ser víctima. Ahora podemos hablar. Relájense, se les pasará el mareo. De hecho, si no oponen resistencia, pronto empezarán a sentir una sensación muy agradable.

–¿Cómo, cómo...? –empezó a decir doña Tina, pero Rosa no le hizo caso. Apagó la vela que estaba sobre la mesa. Doña Corina estaba enroscada como un montón de huesos en la silla y roncaba bajito. En la casi completa oscuridad del cuarto, Rosa se enfrentó a su adversaria.

–Tina, mírame. Te sientes débil como un gatito recién nacido, ¿verdad?. Puedo ver que así es. No te molestes en negarlo. Podría matarte ahora mismo. A las dos. Tirarte al río y entonces desaparecer para siempre. Soy una bruja, como sospechas –si bruja es una mujer que sabe sobrevivir en el nido de serpientes que es este pueblo. Tú y tus amigas de sociedad son las serpientes, tú lo sabes. No necesito envenenarte. Ya tú estás envenenada. Tu propia miseria es venganza suficiente para mí–. Rosa vio que doña Tina hacía un esfuerzo por mantener los ojos abiertos. La sacudió por los hombros.

–No nos matarás, puta–. Doña Tina habló como si estuviera borracha, arrastrando las palabras. –No puedes hacernos daño porque sabemos dónde está tu hija.

–¿Sarita?– Rosa enterró los dedos en la carne rechoncha del brazo de doña Tina. –Te juro que si le haces daño...

–Tú le hiciste daño al traerla al mundo, víbora–. Tina escupió a Rosa.

Poco a poco y después de echarle una taza de café hirviendo por la garganta a doña Tina, Rosa pudo sacarle toda la historia. Al parecer, doña Tina había visitado el colegio donde vivía Sarita y había conocido a la niña. Hasta la fecha, no le había dicho nada de Rosa, solamente que la conocía de Salud. Hasta habían asistido juntas a misa varias veces en la última semana. El corazón de Rosa se le fue a los pies. Nunca había sido capaz de fingir interés en la religión, a pesar de que sabía lo mucho que esto significaba para su hija. Instó a Tina para que le diera más información. ¿Por qué y cuándo había visto a Sarita? ¿Con qué derecho? Doña Tina recuperó el poder de la palabra por tiempo suficiente como para contarle a Rosa que don Gonzalo, al enterarse de Sarita, se había indignado por el comportamiento escandaloso de la madre. Él mismo había llamado a la madre superiora del convento y ambos habían llegado a la conclusión de que la iglesia debía hacerse cargo de la niña. Ya en este momento, el cura le había pedido a doña Tina que la visitara para ayudarlo a preparar el camino para la separación.

–¿Cómo te atreviste, puta santurrona? ¿Cómo te atreviste a tratar de quitarme a mi hijita? No te dejaré–. Rosa estaba furiosa. Quería caerle a puñetazos a este montón de carne hasta dejarla sin sentido. Pero sabía que había perdido. Las puertas de la escuela estarían clausuradas. La corte no escucharía a una mujer con su reputación. ¡Sarita!

Doña Tina levantó la mirada endrogada hacia Rosa y, para su sorpresa, declaró: "La cuidaré como si fuera mi propia hija. Te lo prometo. Vete del pueblo. Vete y no vuelvas". Después de un esfuerzo tan grande, doña Tina se deslizó de la silla y cayó al suelo como un paquete.

Rosa miraba a sus derrotadas enemigas desparramadas por el suelo, pero lo único que sentía era la punta afilada de un cuchillo que le arrancaba el corazón. Ella era la derrotada. En cuestión de minutos había recogido lo que se llevaría en su viaje sin destino. Dejó la puerta abierta de par en par, de modo que las mujeres se despertaran por el aire fresco, muchas horas después, al amanecer, en el valle de La Cabra.

CAPÍTULO CUATRO

A Guzmán se le hizo difícil volver a su casa. Mamá Cielo lo trataba como a un leproso por quien sentía más lástima que odio. En sus ojeras podía ver las noches en vela y el dolor que sus hijos le habían traído, uno desparramando la preciosa vida que ella le había dado por el paisaje inimaginable de una tierra extranjera, el otro avergonzando a la familia al asociarse con una puta. Guzmán la miraba de lejos, ella evitaba tocarlo aun cuando le ponía la comida frente a él, y casi ansiaba la antigua violencia de su relación. Por lo menos la rabia era una señal de vida; aquí no había más que cenizas.

En los días siguientes a su salida del valle de La Cabra, Guzmán pasó mucho tiempo a solas. Para evitar las miradas de los curiosos, puesto que sabía que era objeto de escándalo en Salud, aprendió a ver en la oscuridad. A las dos o las tres de la mañana se levantaba y caminaba por las calles desiertas del pueblo. Así conoció los secretos nocturnos de Salud: los suspiros de la viuda, las palabras de despedida del amante, el miedo reprimido de los niños que se quedan solos en la oscuridad. Los que alcanzaban a ver al joven larguirucho, de camisa y pantalones negros, sólo verían el blanco brillante de los ojos absorbiendo el último acto del drama humano diario. Aprendía. Aprendía a estar solo. Si veían pasar su silueta por las ventanas, seguramente miraban en otra dirección. El diablo busca la atención de los desvelados.

Le estaba dando una larga despedida a su pueblo, a pesar de que al principio Guzmán no creyó que lo fuera. Anhelaba a Rosa, sin embargo, no quería que sus brazos olorosos lo cubrieran para siempre. Quería vivir con ella, pero también quería ser libre. Esto nunca podría pasar en Salud. Le había oído decir a Rafael, a quien Papá Pepe le había dado permiso a regañadientes para visitar a Ramona, que Rosa se había ido del pueblo. Todavía circulaban rumores, según se iba recordando lo que había ocurrido durante la reciente visita de la Sociedad del Rosario al valle de La Cabra.

El corazón de Guzmán dio un vuelco al pensar en reunirse con ella en algún lugar distante, tal vez incluso en Estados Unidos, y viajar con ella a todos los lugares que ella le había descrito. Cuando Guzmán pensaba en Estados Unidos, que para él quería decir Nueva York, veía una gran ciudad, más grande que la más grande que él jamás había visto en la Isla, con edificios altos y elaborados, y calles anchas, todas blancas de nieve, nieve. La palabra sonaba exótica porque no se usaba. Evocaba brisas puras y lagos cristalinos, y limpieza que no es posible donde la gente suda todo el tiempo. Guzmán caminaba por la noche cuando hacía fresco y llevaba un registro mental de su lugar de nacimiento, aprendiendo de memoria los lugares y la gente cuyo recuerdo lo sostendría más adelante, durante su exilio.

El barrio donde vivía Guzmán se llamaba El Polvorín. Las casas habían sido construidas en una ladera escarpada. Los patios eran de tierra negra aplanada y apenas unas pulgadas más abajo todo era roca firme. Cuando no llovía, los remolinos de polvo azotaban y lo cubrían todo de hollín pegajoso. Las mujeres de El Polvorín acostumbraban rociar el batey con una lata de agua para asentar el polvo y luego lo barrían en círculos. Esto lo hacían por la mañana temprano, antes de que el sol calentara, y en la neblina gris del amanecer parecían bailarinas fantasmas haciendo círculos mágicos con las escobas.

Papá Pepe había sido el primero en construir su casa azul celeste en El Polvorín. Era un lugar privilegiado en la cumbre de la colina. El patio de atrás llegaba hasta La Granja, la finca experimental de la escuela secundaria. Por esa razón la familia siempre tenía una vista de la abundancia y la fertilidad desde las ventanas del cuarto y de la cocina. Las matas de guineo y las palmas daban sombra a los corrales donde se criaban los cerdos y ganado. Al otro lado de la casa de Mamá, vivía doña Lula, una maipriora pero ama de casa impecable. Tenía una buhardilla que les alquilaba a mujeres que vivían solas. Mamá se mantenía, y a su familia, a distancia cortés de la puerta de doña Lula, siempre recién pintada, y vigilaba cuidadosamente la escalerita trasera de la casa de la vecina que llevaba a la buhardilla, donde las luces permanecían encendidas hasta entrada la noche y las cortinas cerradas hasta el mediodía.

Una noche, Guzmán velaba a la mujer que entonces alquilaba el cuarto. Se sentó en la oscuridad del balcón de Mamá y esperó. Primero olió su perfume, fuerte y evocador de rosas marchitas. No era ni joven ni vieja. Guzmán vio una figura rechoncha que llevaba un vestido de noche negro, con brillantes lentejuelas. Cuando pasó por el balcón, le vio la cara a la luz de la luna. Se veía cansada. Tenía la boca roja apretada por el esfuerzo de subir la colina de El Polvorín, y veteado por el sudor el maquillaje negro de los ojos . A no ser por el vestido de fiesta, podía haber sido una campesina que regresaba después de una noche larga de cuidar una vaca enferma o de trabajar en un campo inundado. Cuando se acercó más a la casa de doña Lula, la mujer elevó los ojos a su cuarto, donde todavía estaba encendida una luz amarilla. Suspiró. Ese cuartito, que Guzmán se imaginaba tan blanco e inmaculado como el resto de la propiedad de doña Lula, sería un santuario para esta mujer y otras como ella, un refugio de las pasiones que gobernaban su vida.

Por una vez se preguntó lo que hacía que esta mujer, y las otras que se habían quedado en el cuarto de doña Lula, hubiera escogido la vida de la calle por encima del matrimonio y la respetabilidad. Observó a la mujer subir a su cuarto y vio las sombras que se movían mientras se mudaba de ropa, abría la ventana de par en par y finalmente apagaba la luz amarilla. ¿Sería por el derecho de ser dueña de su tiempo? Nadie la esperaba. Nadie le pedía explicaciones. No se levantaba, como Mamá Cielo, como todas las mujeres casadas del pueblo, a las cinco de la mañana, a cocinar para el día, a barrer el patio, a planchar en el calor abrasador, y luego por la noche, a esperar a los hijos y al marido, y si todavía las deseaban como mujeres, a continuar dándose. La maternidad que les agotaba las fuerzas no terminaba hasta que la naturaleza o el marido refrenaban sus impulsos. La misma Mamá Cielo, por ejemplo, con un hijo ya muerto, otro listo para dejar el nido, y una hija llegando a una edad casadera, tuvo otro hijo. No había amén para las mujeres. Sus oraciones no tenían fin. Él se lo había oído decir a Mamá Cielo.

Guzmán salió de su escondite en la oscuridad del balcón de Mamá Cielo y bajó la colina despacio. La casa de doña Julia, al lado de la suya, había estado silenciosa esta semana. Después de la cacería de brujas fomentada por la anciana y de la visita de la sociedad al valle de Rosa, doña Julia había decidido visitar a su hija mayor casada en San Juan. ¡Cuánta amargura albergaba ese corazón! Guzmán había aprendido a odiar a doña Julia desde antes por sus tendencias negativas ante la vida, sus chismes maliciosos y la forma abusiva en que lo trataba. Ahora, según miraba su casa descuidada, pidiendo a gritos un carpintero y un pintor, Guzmán todavía no perdonaba a doña Julia por el sufrimiento que había ayudado a causarle a Mamá Cielo, pero no se permitió tratar de imaginarse a la mujer cuando era joven, recién casada con un borracho y luego, la viudez temprana, con hijas que criar. ¿Podría ella haber visto en Guzmán el lado que nunca se permitió explorar? Ahora que lo pensaba, Guzmán siempre había visto a doña Julia vestida de luto. Toda la vida se la pasó de luto –no por el marido, quien la había liberado con su muerte, sino por su propio corazón muerto.

En un sótano de tierra aplanada debajo de la casa de dos ancianos, vivía Franco el Loco. Un hombre celoso por poco lo corta por la mitad y, en cambio, lo había dejado en un ángulo de setenta y cinco grados. Todavía recogía botellas para hacer fragmentos alhajados para sus paredes de tierra. En el sol que perseveraba por la única ventana embadurnada del sótano, el vidrio brillaba como el tesoro escondido del dragón en la imaginación de un niño. De pequeño, Guzmán había añadido constelaciones al universo de Franco. ¿Cuántas veces se había escondido en este refugio de tierra y diamantes que a nadie, con la excepción de un loco o de un niño, le podía parecer acogedor? ¿Y cuántas veces Mamá Cielo había bajado todos los santos de su bien poblado cielo, suplicándole que no entrara en la guarida privada de Franco, donde probablemente el contagioso germen de la violencia todavía se encontraba en los poros de alguien que lo había sentido tan profundamente en carne propia? No era que le faltara compasión –Guzmán sabía que ella contribuía para el sostén de Franco de forma discreta– pero también se persignaba cuando pasaba frente a su puerta.

Mientras vagaba por las noches, Guzmán se detenía a menudo para escuchar los murmullos suaves del hombre, tan continuos que los otros les hacían el caso que le harían a la respiración de cualquiera. Lo que Guzmán aprendió fue que el tiempo de Franco se había detenido a la hora de su tragedia como un reloj que se deja caer. Su mente repetía el coqueteo de la mujer, para siempre de pelo negro, para siempre haciendo bailar los rizos con el abanico español que usó para llamar a Franco desde el otro extremo del salón. Y bailaron al son de la misma melodía, una que hizo popular Daniel Santos, cuyas canciones de letra apasionada hablaban de los tormentos y las delicias del amor. Ningún macho de verdad podía dejar que su mujer bailara una canción así con otro hombre. Hipnotizado por el abanico de encaje negro que lo llamaba desde el otro lado de la encerada pista de baile y los mechones de lustroso pelo negro que subían y bajaban por la brisa suave removida por la mano incansable, Franco había atravesado la última pista de baile de su vida. Tomó a la mujer en los brazos. Se erguía orgulloso entonces y era un buen bailarín. Guzmán escuchó que Franco murmuraba: "Bailaremos, bailaremos hasta que el gallo cante". A veces había una mirada de sobresalto en el rostro de Franco pero no decía palabra. ¿Era éste el momento de la historia cuando el machete lo golpeaba en la espalda, haciéndolo caer como tallo verde de caña? No había más palabras después de "bailaremos". Franco bailaba en los brazos de una belleza de pelo negro. Paraba únicamente cuando un pedazo brillante de vidrio o una botella descartada le llamaba la atención. Se lo echaba en el bolsillo para luego, cuando se sentara de bailar, poder continuar construyendo un vitral en su pocilga.

Aunque la puerta cerraba por fuera, como las autoridades del pueblo le exigían al encargado de Franco para la tranquilidad de los ciudadanos por la noche, Guzmán se acercó al sótano y miró a través de la mugrienta ventana sellada. Vio a Franco sentado en un cajón frente a su pared de vidrio, mirando atentamente, a la luz de una lámpara de aceite, un diseño en forma de rayo de sol en un pedazo de vidrio de botella de cerveza.

¿Qué veía allí? Encorvado y con el pelo canoso, con un pedazo de soga que le aguantaba los pantalones y una guayabera gastada a la cual algún otro hombre le había sacado el jugo, debía parecer un mendigo lisiado, pero para Guzmán ese bulto inclinado que miraba con tanta atención su propia creación parecía más sabio que cualquier cura o maestro que él hubiera conocido. Si hubiera pensado que podía importarle algo a Franco, Guzmán habría hecho pedazos el candado y le habría abierto la puerta del sótano. Pero Franco, ensimismado, sencillamente habría regresado a contemplar su espejo después de la interrupción. Por lo menos Guzmán no podía detectar ningún tipo de sufrimiento en el hombre. Por lo visto, Daniel Santos cantaba para Franco y Franco bailaba su último baile, hora tras hora, día tras día.

Una luz se encendió en la casa y Guzmán se apresuró a alejarse del sótano, por temor a haber molestado a los ancianos. Todavía había otros cuyo recuerdo se llevaría consigo, para que en los cuartos fríos que ocuparía por muchos años, el recuerdo de estas vidas le sirviera de guía para regresar a su lugar natal, como un faro en una noche de neblina. Esto lo sabía: él amaba este lugar que no lo quería. Y sabía que se iría y volvería.

En la próxima casa, donde la colina de El Polvorín empezaba su rocosa bajada hacia la calle pavimentada, vivía la esposa despreciada, Melina. Su marido, Luis, había regresado de Corea con los galones de sargento y los vicios de soltero. Ese primer año Melina perdió el primer hijo y la última oportunidad de tener uno, pues Luis se amancebó con la hija de quince años de la patrona del salón de dominó, una mujer demasiado ocupada para preocuparse por la moralidad de la hija. De hecho, ella dejó que la pareja se mudara a su propia casa a cambio de los servicios de Luis como administrador del negocio. Guzmán oyó todo esto en su casa, de boca de su madre y de su hermana, y en la calle. La historia cobraba diferentes matices dependiendo del lugar donde se escuchaba. De su familia escuchó reprobación para el hombre que trataba a su fiel mujer en una forma tan despreciable. Por los hombres en el salón de dominó se enteró del modo de ser independiente de Melina, adquirido mientras Luis estaba fuera, la forma en que ella no quiso aceptar su autoridad en la casa, al punto de continuar tomando clases en una escuela en Mayagüez a pesar de que él ahora estaba en la casa y de que no había necesidad de perder el tiempo con esos tontos pasatiempos. Según un rumor, ella se había puesto furiosa al darse cuenta de que estaba encinta y había tomado algo para abortar el hijo.

Aunque el asunto había alborotado a Salud, no alcanzó las proporciones gigantescas del reciente escándalo de Rosa y él. Una mujer despreciada no era un fenómeno poco común. La misma Melina era reservada y orgullosa. No violaba ninguna de las convenciones del pueblo abiertamente, pero se había labrado una vida diferente de las paredes de granito que la separaban de las cosas que verdaderamente deseaba. En la próxima generación se dirigirían a ella como doña Melina, la maestra y posteriormente la primera mujer superintendente escolar. Y nadie, excepto los muy viejos, la recordaría como la mujer burlada. De hecho, aunque vivían en el mismo pueblo, el marido, con su prole de ilegítimos, nunca se relacionaba con la severa y culta doña Melina. Guzmán equilibraba esto en su mente con el rumor de su aborto, y no sentía ni lástima ni admiración por ella.

En la casa grande que daba a la calle, vivían los Saturnino, una familia compuesta de una matriarca entrada en años y sus hijos e hijas sin casar. Se decía que la anciana se apegaba a su prole como una araña sujeta la presa en los hilos pegajosos de su tela. Guzmán sabía que había dos hijos y dos hijas, pero no podía ponerle nombre a cada cara debido a que en su mente los Saturnino eran todos personas pálidas y enjutas. Los hombres habíaan estudiado en la ciudad y trabajaban allá. Iban y venían calladamente. No se relacionaban con los otros hombres del pueblo y se quedaban dentro de las paredes de su vieja casa haciendo Dios sabe qué cuando no estaban en sus misteriosos trabajos en la ciudad. No hacía mucho Guzmán se había fijado en una de las mujeres, la de los ojos como manchas de carbón en una cara pálida. La había visto muchas veces haciendo tareas en la casa grande con una lentitud y una concentración que no eran naturales. Barría el balcón del frente durante lo que parecían horas. Los ojos escudriñaban la calle mientras trabajaba, como si estuviera esperando a alguien. La gente hablaba de ésa. Desdeñosamente la llamaban "la señorita Saturnino", aunque ya tenía treinta años largos y ya el título de "señorita" no parecía apropiado para dirigirse a ella.

Era delgada como la sombra de una palmera y tenía una varilla de acero por dentro, pues a pesar de que llevaba a cabo tareas domésticas para las cuales su madre podía haber empleado a una criada (todos sabían que el viejo los había dejado bien provistos), las hacía sin doblarse. Se conducía como una duquesa ofendida. Se llamaba Rosario. Guzmán recordaba haber oído decir que los severos hermanos, por instrucciones de la madre, habían alejado a los pretendientes de Rosario hasta que o bien su tiempo pasó o bien no quedaba nadie que tocara a la puerta de los Saturnino, que permanecía cerrada la mayor parte del tiempo.

Los ojos obsesionados de Rosario se habían encontrado con los de Guzmán recientemente. Tal vez ella se había enterado de lo de él y La Cabra. Rosa y Rosario parecían de la misma edad. Rosario salía de la casa más que los otros Saturnino, amantes de la penumbra. Últimamente se le veía regando el jardincito detrás de la casa, ahora casi en estado salvaje por descuido anterior.

Había convencido a una orquídea pequeñita de echar raíces en un tiesto que colgó en la rama más baja de un viejo árbol de sombra. Mientras trabajaba con las flores donde creía que nadie podía verla, le permitía a su cuerpo salir del letargo, el estado de suspensión en que lo mantenía cuando estaba rodeada de personas. En una ocasión, Guzmán había estado invadiendo la propiedad de los Saturnino para robar guayabas que crecían en abundancia en el acre de tierra detrás de la casa, cubierto de vegetación. Si no se cogía, la fruta se maduraba y caía al suelo, donde las moscas y los gusanos hacían festín con su dulzura. Era temprano por la mañana y acababa de regresar de sus vueltas nocturnas. El pueblo entero estaba envuelto en la niebla previa al amanecer. Era una buena hora para fantasmas y apariciones. Rosario había salido de la casa por la puerta de la cocina. Alta y pálida, flotando, le parecía a Guzmán, en una bata blanca larga, Rosario vino directamente hacia él pero no lo vio. Él estaba en la oscuridad detrás del árbol de donde colgaba la orquídea. Guzmán sintió escalofríos. ¿Y si ella era una loca? ¿Estaría escondiendo un cuchillo en los pliegues de la bata? Vio el brillo del metal cuando ella se acercaba al árbol donde él estaba escondido y aguantando la respiración. Rosario sacó un par de tijeras del bolsillo de la amplia bata. Con la elegancia de una bailarina alcanzó la orquídea blanca, plenamente florecida ahora. Con delicadeza, cortó una flor abierta. Guzmán observó, fascinado, cómo la mujer se llevó a la mejilla la flor humedecida por el rocío y se la apretó contra la piel como un beso. El corazón de Guzmán latía desenfrenadamente mientras veía el milagro de la belleza pasar brevemente por esta triste mujer. Combatió el impulso de salir de su escondite y decirle que se veía más hermosa que la pintura de la Virgen en la iglesia. Pero sabía que su presencia no haría más que asustarla o, peor, avergonzarla. Y nunca podría explicar por qué le había parecido hermosa pues todo el mundo podía ver que era una solterona nada atractiva, de escaso pelo canoso y sin carne que le redondeara los ángulos afilados de su cuerpo. Cuando regresaba despacio a la casa, con la orquídea en la mano, Guzmán pudo ver que por poco comete un error trágico, la clase de error que se comete sólo en la confusión del crepúsculo, cuando el diablo transforma el mundo para los tontos que salen de la cama a vagabundear mientras Dios duerme.

Esta noche él caminaba silenciosamente frente a la casa oscura donde todos dormían solos. Era una casa vieja, pidiendo a gritos pintura y reparación, pero todavía elegante. Las ventanas a ambos lados eran de estilo francés. Eran largas como puertas y tenían celosías. Los oídos alertas de Guzmán escucharon un débil crujido mientras se acercaba a una de las ventanas. Instintivamente se pegó a la pared. Muy despacito, las hojas de la ventana se abrieron y dejaron ver una mano delgada y pálida. Él reconoció que era la mano que había sostenido la orquídea. Los dedos largos y blancos trabajaban ahora con cuidado para abrir más las hojas de una ventana que se resistían por falta de uso. Al principio, Guzmán pensó que tal vez ella había visto su sombra y había creído que era un ladrón. Pero en ese caso hubiera despertado a los otros o abierto la ventana abruptamente. El propósito de esas manos elegantes era dejar abierto el paso sin despertar a nadie. ¿Se iba a escapar de la casa de la madre o a fugarse con un enamorado a estas alturas? Guzmán miró alrededor buscando un bulto de hombre que estuviera rondando en la oscuridad, pero no vio nada. Sintiéndose atrevido, se acercó a la ventana casi al nivel del suelo, que al abrirse, lentamente revelaba la silueta alta y delgada de Rosario.

Rosario estaba de pie, con su bata blanca, enmarcada por las hojas de la ventana, y miraba a Guzmán. Llevaba el pelo amontonado en la cabeza y la manera en que se comportaba le recordó a Guzmán los retratos de las damas españolas que había visto en los libros escolares. Aunque sintió un fuerte impulso de salir corriendo a la calle apenas a unas cien yardas de distancia, se quedó petrificado bajo la mirada de ella. Tenía ojos imponentes, la Rosario, profundos como pozos. Era evidente que provenía de linaje español aristocrático con poca, si alguna, sangre india. La herencia de Guzmán tenía abundante sangre taína, que le daba a su piel un color bronceado y hacía que sus ojos fueran ovalados. Los de Rosario eran lámparas redondas que le hacían señas, no, más bien le ordenaban que se acercara. Y él lo hizo. Ella colocó una mano fresca en su mejilla.

–¿Qué pasa, señorita, está usted enferma? ¿Puedo hacer algo...?– Con lo nervioso que estaba, Guzmán hubiera continuado parloteando, pero la mujer le puso los dedos en la boca. Todavía sin decir una palabra, dio un paso atrás en la oscuridad de lo que él creía que era su cuarto y se quedó parada allí como si estuviera esperándolo. Guzmán gimió bajito. Ella quería que él entrara en su cuarto. Por la ventana. El cerebro le estaba lanzando órdenes de que se fuera, de que continuara su viaje nocturno, pero el otro centro de su ser, el que lo hacía ser él y no otro, le decía que diera un salto gigante a lo desconocido. Siempre se había preguntado lo que había más allá de las cuatro paredes de esta vieja casa embrujada por sus propios habitantes solitarios. La mano de Rosario se sentía fresca y suave sobre su piel. Las manos y la piel de Rosa siempre se habían sentido tibias como el sol del Caribe. Le vino a la mente la imagen de Rosa en el río, en la cama, en su jardín. Estaba plenamente viva. Él le había prometido que estarían juntos algún día, lejos de Salud, y tenía intenciones de cumplir esa promesa. Esta mujer que ahora estaba frente a él era para Rosa lo que la luna era al sol, un pálido reflejo; hasta su cuerpo parecía hecho de rayos de luz en vez de carne, pero se colocaba ante él esta noche y si Guzmán no hubiera subido a su cuarto, habría dejado de ser Guzmán.

Por eso puso un pie firmemente en el antepecho de la ventana y se impulsó. La madera podrida cedió y él cayó de espaldas, con un ruido fuerte, arrastrando consigo parte del marco. Inmediatamente, las luces se encendieron y, tumbado en el suelo, atónito, escuchó voces alarmadas que se llamaban entre sí. Cuando se estaba poniendo de pie, Guzmán vio a la anciana, la madre de Rosario, avanzando hacia la ventana frente a la hija aterrorizada. Aunque esquelética y un pie más baja que la joven, la empujó con fuerza suficiente como para hacer que se cayera contra la pared. Un pesado crucifijo de madera cayó y le hizo una herida profunda en la frente a Rosario. Todo sucedió muy rápidamente. Guzmán logró tranquilizarse y comenzó a correr, pero no sin que la vieja lo viera y lo llamara demonio y perdido, amenazándolo con el puño.

Cuando peor se encontrara en el futuro, Guzmán recordaría la palabra profética. Recordaría la maldición y el presagio maléfico de la cruz que hirió a la mujer a quien él había conseguido hacer descender sin haberla tocado nunca, pues las chismosas de Salud habrían de enlodar la reputación de Rosario con sus lenguas venenosas y ella habría de acabar de ermitaña. Esto no lo supo hasta mucho más adelante, pero la mañana le habría de traer bastantes calamidades. Guzmán corrió lo más rápidamente que pudo. Pasó corriendo frente a la escuela elemental y al parque de pelota y a los puestos a oscuras de los revendones ambulantes, hasta el único lugar iluminado del pueblo, el salón de dominó. Esta noche había una pelea de gallos en el cobertizo detrás del negocio, y las voces excitadas de los hombres llegaban a sus oídos con insistencia. Se paró frente al lugar y se sacudió el polvo de la ropa. Se limpió el sudor de la frente con el pañuelo blanco limpio que Mamá siempre le ponía en el bolsillo de los pantalones. Respiró hondo y olió la mezcla fuerte y almibarada de ron, sudor y sangre que salía flotando por la puerta entreabierta. Tenía que haber habido una pelea poco antes; los escalones de cemento seguían mojados como después del lavado de la sangre. Siempre había alguien que tenía una navaja o un machete listo. Por lo menos una vez al mes había una herida seria de una pelea con motivo de alguna apuesta, y sin embargo casi nunca nadie se quejaba a las autoridades. El juego era asunto personal de un hombre y las peleas que resultaban eran asunto de honor entre dos hombres. Lo mejor era no meterse ni tomar partido. Era suficiente correr con el herido a su casa o, si estaba muy mal, a la clínica pública, donde una enfermera soñolienta por lo menos evitaría que el hombre se desangrara hasta que el médico viniera por la mañana.

Guzmán se preguntó por un instante si los Saturnino esperarían hasta la mañana para ir a casa de Mamá Cielo o si en ese momento estaban allí. Se los imaginó como la Muerte y Compañía subiendo la colina de El Polvorín hacia la casa como el cortejo fúnebre de un entierro. El entierro de él.

La puerta del salón de dominó se abrió y Luis, el adúltero, asomó la cabeza.

–¿Quién anda ahí? –preguntó, usando una frase que se le había pegado en el ejército.

–Es Guzmán, don Luis, ¿qué pasa esta noche?

–La cosa está buena, Guzmán. Pero o entras o te vas. Estamos a punto de cerrar la puerta para irnos con la fiesta a la parte de atrás. ¿Vas a entrar?

Guzmán se escurrió por el lado de Luis y fue al salón donde algunos hombres estaban reclinados en la mesa de billar y ñangotados en el piso de cemento, esperando que anunciaran la pelea de gallos. Después de adaptar los ojos a la repentina brillantez del cuarto, Guzmán notó una cabeza rubia conocida que se inclinaba sobre un bulto acurrucado en un rincón. ¿Sería Rafael? ¿Qué estaba haciendo en un lugar como éste a estas horas? Él había echado de menos a su amigo en las últimas semanas. Pero, de hecho, lo había estado evitando desde que Rafael había pedido permiso para visitar a su hermana Ramona. No quería que los chismes que le siguieron al incidente con Rosa tocaran la reputación de Rafael. Pero él se había enterado de que para Rafael las cosas habían empeorado en la casa pues su viejo se estaba suicidando lentamente, en su propio lecho de enfermo, bebiendo hasta quedar atontado.

Guzmán se acercó a su amigo. –¿Rafael? –El otro volvió la cara sorprendido. Era Rafael y a juzgar por las ojeras debajo de los ojos y la palidez debía haber estado pasándolo muy mal. Guzmán trató de hacer que su voz sonara indiferente y amistosa a pesar de su preocupación: "¿Cómo te va, hombre? Hace mucho que no te veo". Le puso la mano en el hombro para asegurarle que nada había cambiado entre ellos.

Pero antes de que Rafael pudiera saludar a su amigo, alguien desplomado en el piso lo agarró por el brazo y trató de levantarse. "Ayúdame, muchacho". ¡La voz le era conocida a Guzmán, pero el cadáver amarillo vestido de hombre no podía ser don Juan Santacruz! "Ayúdame, ¿no me oyes?" Como se había esforzado para gritarle al hijo, le sobrevino un ataque de tos y se doblaba por el esfuerzo. Rafael lo sostenía como a un niño. Guzmán acudió a ayudarlo pero tenía miedo de tocar al anciano por temor a ofenderlo.

–¿Puedes alcanzarme el pañuelo que tengo en el bolsillo de atrás, Guzmán? –Rafael mostraba admirable compostura, considerando el hecho de que todos en el salón estaban mirando fijamente al trío.

Toda la conversación había cesado. Guzmán hizo lo que el amigo le pedía, entonces fue y puso una moneda en la vellonera. Salió un mambo a todo volumen. "Ahora tienen algo que escuchar", les dijo a los presentes en general.

Avergonzados, algunos retomaron la partida de billar y la bebida, dándoles la espalda al anciano que luchaba al fondo y al hijo que suavemente le limpiaba la sangre del rostro cadavérico. Guzmán permaneció cerca con un vaso de agua que había buscado detrás del mostrador. Bajo otras circunstancias, la patrona o Luis le habrían cortado las manos por entrar en territorio prohibido. Como los dueños del lugar tenían que estar en todas partes a la misma vez, todo el negocio durante su ausencia era estrictamente bajo el sistema de honor. Y nadie se acercaba a la caja del dinero. Debido a que era el único club de hombres en el pueblo, a todos les interesaba conservarlo, y hasta que Guzmán buscó el famoso vaso de agua, todos los clientes habían tratado el área como un campo minado. Rafael tomó el vaso y lo llevó a los labios del padre. Pero el hombre lo escupió.

–¿Qué es esto? ¿Te atreves a darme a beber orines, hijo bastardo de un cura? Tráeme un trago de verdad.

Guzmán viró la cabeza para no avergonzar a Rafael. Afortunadamente, la música sofocaba la voz débil del anciano y nadie más podía oírlo maldecir a su propio hijo.

Rafael lo sentó contra la pared y caminó hacia Guzmán, quien se había retirado unos cuantos pasos.

–Vamos a darle ron –le dijo.

–No puedes hablar en serio, hombre. Debería estar en un hospital.

–Se está muriendo, Guzmán. El doctor de Mr. Clement dice que está sangrando internamente –es cuestión de días.

–¿Entonces qué carajo estás haciendo aquí? Debería estar en cama.

–Ese es el problema, amigo. Mi madre lo ha estado cuidando día y noche todos estos meses. Está exhausta.

Ahora que pide ron cada minuto que está consciente, ella está casi histérica de la preocupación. He hecho todo lo que puedo, y los otros también. Le damos lo que quiere–. Rafael sacudió la cabeza. –Hoy escuchó a los hombres regresar del campo hablando de la pelea de gallos de esta noche. Se levantó llamándome a gritos y me dijo que iba a ganar mucho dinero. Nada lo tranquilizaba, así que aquí estamos.

Moviendo la cabeza con incredulidad, Guzmán puso a Rafael al día de sus propias desventuras. Pero don Juan estaba blandiendo el bastón con impaciencia porque quería su ron. Guzmán echó un poco del líquido ámbar en un vaso de papel y se lo dio a Rafael, mientras hablaba bajito todo el tiempo sobre el lío en que estaba metido, sobre su sueño de escapar a Nueva York. Rafael vigilaba el rincón donde don Juan se estaba poniendo más agitado. Le dio un billete estrujado de un dólar a Guzmán y éste le dio cambio de la caja de cigarros.

De repente se oyó el estrépito de una silla volcada. Don Juan se había desplomado mientras luchaba por levantarse para gritarle al hijo. Todos se paralizaron. Nadie se atrevía a acercársele. Rafael corrió hacia donde estaba su padre. Luis, quien estaba observándolo todo desde su puesto en la puerta trasera, gritó: "Todo el mundo al fondo. Todo el mundo al fondo".

En el centro del piso del cobertizo habían fabricado una especie de redondel con drones de lata que le servían de paredes al cuadrilátero. Los hombres se sentaban en los drones o se reclinaban en ellos y las voces resonaban en el metal. Guzmán y Rafael esperaron fuera del área hasta que el montón de gente dejó libre el paso. Entonces Rafael levantó a don Juan y éste se tambaleó.

–Quiero poner una apuesta. ¡Rápido! ¡Rápido! –el anciano apuraba al hijo, aun cuando las piernas apenas lo sostenían y prácticamente había que cargarlo. Mientras tanto, Guzmán se había desaparecido en la cocina y había convencido a Luis de que le prestara una silla plegadiza para don Juan. Después de que lo sentaron frente al redondel, los dos jóvenes se le pararon a ambos lados como guardaespaldas de un cacique decrépito, listos a sostenerlo con el cuerpo si el anciano empezaba a deslizarse. Pero don Juan estaba más alerta de lo que Rafael lo había visto en buen tiempo. Tenía la cara roja y aunque a todas luces temblaba del dolor que debía estar royéndole los órganos ulcerados, se mantenía erguido con los ojos fijos en el redondel.

Luis, encantado por su papel de maestro de ceremonias, había llamado a los entrenadores formalmente para que vinieran al centro. Presentó a cada entrenador y dio la información sobre cada uno de los gallos. Este, el blanco, de un año, cinco libras, ganador de tres peleas. El otro, rojo, seis meses mayor que el blanco y una libra más pesado, pero ciego de un ojo, lo cual los equilibraba. Los hombres del público descubrieron que podían ahogar la voz de Luis golpeando en los drones. Alguien con buen oído para la música empezó a marcar un ritmo de la selva y los otros lo siguieron. Pronto el sonido del tambor y los gritos se volvieron una ensordecedora pared de ruido. En medio de este frenesí, los entrenadores actuaban como sacerdotes que administraban un sacramento de sangre. Le mostraban los animales a la multitud sosteniéndolos en alto, entonces los llevaban al círculo de árbitros para una inspección final. Después de completar la vuelta, los entrenadores tomaron sus puestos a ambos extremos y colocaron los espolones de metal en las espuelas de las aves.

En este momento, Luis levantó la mano para pedir silencio y sus ayudantes pasaron a recoger las apuestas.

Todos sabían adónde iría el dinero tan pronto como lo recibieran: a la patrona, doña Amparo, cuya silla habían puesto al lado de la puerta para que nadie pudiera entrar ni salir sin su conocimiento.

Doña Amparo era una morena grande, mezcla de sangre negra y de india, que le daba a la piel el color cobre oscuro de la tierra después de un aguacero. Había sido muy hermosa en su juventud, según dicen, y aunque los ojos negros y la boca sensual ahora se habían hundido en la carne de las mejillas, todavía había recuerdos de un rostro, en su tiempo, intrigante. Nunca se había cortado el pelo y lo llevaba enroscado en la nuca, y tenía puesto un vestido mexicano ancho, verde cotorra, con flores rojas bordadas en el corpiño. Distinta de las demás mujeres de su edad, nunca llevaba colores oscuros y prefería pedir por catálogo atuendos importados. Una noche podía llevar una mumu de estampado hawaiano y otra, una falda con flecos y diseño de los indios americanos. Esta noche, sentada en la silla con los gruesos y fuertes brazos cruzados frente al pecho, doña Amparo parecía un ídolo pagano, la diosa de la fertilidad y la abundancia.

Doña Amparo era la dueña del salón de dominó y también de su propia casa en El Polovorín, así como de otras propiedades no declaradas. Nadie estaba seguro del valor de su capital, pero astuta mujer de negocios al fin, muchos en Salud la respetaban y le guardaban rencor al mismo tiempo. Viuda en tres ocasiones, doña Amparo había quedado un poco más rica con la muerte temprana de cada marido y había invertido bien lo que había heredado. Poco a poco se las arregló para hacer que los poderosos de Salud le debieran favores, y de esa manera, comprar seguridad para sí misma y para su salón de dominó. Aunque a veces los hombres se ponían pendencieros en el lugar, nunca había problemas con la ley. Por eso había añadido la atracción de las peleas de gallos, un deporte que desencadenaba el ansia de sangre y la violencia aun en los hombres más pacíficos. Ella lo había visto suceder. Como el sexo, las peleas de gallos eran una actividad que hacía que los hombres fueran menos cautelosos con el dinero; los hacía beber más de su cerveza y su ron. Si había una pelea, y si ella tenía que intervenir a favor del hombre para evitar que lo metieran en la cárcel de Salud (o peor aún, para evitarle problemas con la mujer), pues bueno, ese hombre estaba en deuda con doña Amparo para siempre. El agradecimiento, en la mente de doña Amparo, era tan bueno como un cheque en blanco. Ella recogía agradecimiento como si fuera un giro bancario que archivaba en su penetrante mente para el día en que necesitara cambiarlo.

No todos los favores que doña Amparo hacía eran por asuntos de negocios. Muchas mujeres desgraciadas habían recibido dinero y comida en épocas de necesidad o tragedia –siempre en forma anónima, para que las buenas mujeres no se sintieran humilladas por recibir caridad de la abundancia de doña Amparo, adquirida de manera sospechosa. Se aceptaban los regalos, no obstante, y se le daba crédito a la Providencia. Esto no molestaba a doña Amparo. Ella había escogido el poder y nunca se había arrepentido de su elección. También sabía que para competir en un mundo de hombres donde la posesión de propiedades cuenta, tenía que hacer que los otros dependieran de ella en cuantas formas fuera posible. Esto fue lo que hizo al proveerles a los hombres de Salud un lugar donde pudieran jugar, ver mujeres, beber, y algunas veces, sí, hasta derramar un poco de sangre. Esto también era necesario para algunos hombres. Según crecía en tamaño y en conocimiento de la mente de los hombres, doña Amparo había descubierto que su presencia, su gran volumen, hacía que los hombres se sintieran protegidos y seguros, incluso mientras se dedicaban a sus peligrosos vicios. Ella era una madre que velaba a sus hijos, a veces descarriados, mientras jugaban. Usaba este don de la perspicacia para provecho propio, de modo que sus clientes se sintieran libres para confiar en ella y pedirle favores.

Por eso esta noche estaba sentada a la entrada. Vestida de verde cotorra, con los brazos cruzados sobre los pechos abundantes, miraba a los entrenadores, que tenían los gallos en las manos y bailaban despacio dándole la vuelta al redondel. Los animales se estiraban, esforzándose por alcanzarse. Los hombres golpeaban en los drones de lata, las caras rojas por el esfuerzo, respirando sudor en el sofocante calor del lugar pequeño atestado a capacidad. Cuando a doña Amparo le pareció que la excitación había llegado al máximo, miró a Luis, quien no le había quitado los ojos de encima. "¡Suéltenlos!", gritó él.

A pesar de que casi inmediatamente se derramó sangre, pues los gallos se atacaron ferozmente con el pico y los espolones de metal, doña Amparo tenía los ojos fijos en el anciano y los dos muchachos. Don Juan Santacruz se estaba muriendo. Podía ver que cada vez que respiraba se le escapaba la vida. Había conocido a Juan cuando él estaba en la flor de la vida. Lo había visto perder una mensualidad en los topos, las barajas, el dominó, cualquier cosa en que pudiera apostar. Había presenciado sus peligrosos ataques de furia; y una vez, hacía muchos, muchos años, había sido objeto de su deseo. El hombre había vivido para sus pasiones, y únicamente su fuerza animal lo mantenía vivo ahora, porque para todo el mundo ya parecía un cadáver. Sin embargo, el concurso de sangre lo había enrojecido igual que a los otros. Según las plumas ensangrentadas volaban por el redondel de arena, él también se estiraba hacia el frente para ver con más claridad cómo el blanco le había perforado el ojo que le quedaba al gallo adversario, cegándolo por completo.

Tal vez porque esto era lo único que sabía hacer, el gallo viejo continuaba atacando en todas direcciones, como una máquina descontrolada, asestando golpes con el pico y las espuelas en la profunda oscuridad que ahora lo envolvía, batallando sin propósito, pero ferozmente. El gallo blanco evadía los ataques del adversario ciego y concentraba los picotazos en la cabeza y en el pecho del gallo rojo. Los hombres estaban desenfrenados ante la sangrienta batalla y Luis tenía los ojos en la patrona, esperando que le diera la señal de terminar la pelea antes de que el blanco matara al rojo. Pero doña Amparo había decidido que el gallo joven debía tener una victoria absoluta y dejó que la matanza continuara hasta que el animal ciego dejó de moverse. El gallo blanco, con las plumas veteadas de rosado por la sangre, daba vueltas alrededor del cadáver, picoteándolo mecánicamente, como una gallina que busca gusanos. Cuando doña Amparo por fin levantó los ojos hacia Luis, los entrenadores ya estaban recogiendo su propiedad. Podía ver que el entrenador del rojo estaba armándole la grande a Luis por haber permitido que le destrozaran el animal tan completamente. Una muchedumbre se arremolinó alrededor del entrenador del gallo vencedor. Habría bebida para celebrar la victoria, bebida para olvidar la derrota y bebida para discutir el ataque con detalles, reviviendo los episodios más sangrientos; y mientras bebían, harían planes para la próxima pelea de gallos. Con su acostumbrada parsimonia, doña Amparo se levantó de la silla. Uno de los ayudantes de Luis se apresuró a quitar la silla del medio y dejar libre la puerta para que los clientes pudieran ir saliendo para la tienda a pedir las bebidas.

Doña Amparo le había dado instrucciones precisas a Luis sobre cómo pagar las apuestas y dividir las ganancias entre los entrenadores. Lo que ni el mismo Luis sabía era que el gallo rojo en realidad le pertenecía a ella. En este mismo momento, probablemente se estaba preguntando cómo había podido permitir que el entrenador sufriera una pérdida tan absoluta. Luis estaría un poco disgustado con ella y le iría con el cuento a la hija de doña Amparo, quien le informaría cada palabra a la madre, a sabiendas de que todo lo que tenía, incluso Luis, había sido adquirido con el dinero de su madre o por medio de su influencia.

Lo que el ilegítimo yerno pensaba de ella no le importaba mucho a doña Amparo siempre y cuando le sirviera. Ella le había permitido a Luis mudarse con su hija, no sólo para satisfacer sus inútiles caprichos, sino porque necesitaba un hombre en quien pudiera confiar para que le administrara ciertos aspectos del negocio. Luis había estado en el ejército. Era fuerte y bastante listo, pero tenía unas cuantas debilidades que sólo "La Patrona", como él la llamaba, entendía. Lo único que había molestado a doña Amparo al principio eran las penurias que la deserción de Luis podían causarle a Melina, su esposa. Según pasó el tiempo y ella vio que Melina se superó por medio de una educación urbana y se hizo más y más independiente, doña Amparo se felicitó en secreto por el rumbo que habían tomado las cosas para todos los implicados: su hija tenía un hombre y dos hijos que la mantenían ocupada y fuera de líos; Melina se estaba abriendo paso en la vida, después de deshacerse de un marido que era un estorbo, sin tener que pasar por el escándalo de un divorcio; y ella, doña Amparo, tenía un valioso ayudante, alguien que estaba atado a ella con tantos cordeles de deudas y favores que ella podía contar con su lealtad absoluta porque tenía el poder de destruirlo y él lo sabía.

De camino para entregarle a Luis el dinero, doña Amparo se había detenido para intercambiar unas palabras con muchos de los clientes de cuyas vidas se mantenía al tanto, dándoles consejos de todo tipo, desde mujeres hasta empleo. A pesar de que parecía darle a cada uno su absoluta atención, tenía la mente en don Juan y en los dos jóvenes. Desde el otro lado del redondel vio que el anciano estaba doblado, al parecer con mucho dolor. Vio que el joven rubio le secaba la cara y que el muchacho oscuro, Guzmán, parado detrás del padre y el hijo, se veía belicoso como de costumbre. Tenía un rostro desafiante. Doña Amparo tuvo que reír para sus adentros por el tirón que sintió en el vientre cuando miró al joven enjuto y fuerte, cuya piel era un poquito más clara que la de ella, pero con ojos oscuros y centelleantes, y una postura fiera que le recordaban cómo era ella cuando joven. Guzmán era la imagen del hijo que nunca tendría. Podría haber conquistado el mundo con un hijo así.

Don Juan estaba muy mal. Guzmán se preguntaba cómo iban a llevarlo a la casa él y Rafael, a no ser que encontrara a alguien que los llevara en carro. Cuando vio que doña Amparo se dirigía hacia ellos con su andar lento y majestuoso, Guzmán supo que la solución al apuro en que estaban se encontraría pronto en sus manos. Como casi todos los hombres del vecindario, Guzmán confiaba en doña Amparo.

Ella se dirigió al enfermo formalmente, con cuidado de no ofender su orgullo.

–Don Juan, mi casa se honra con su presencia esta noche. ¿Les gustaría a usted y a sus acompañantes tomar un trago conmigo en la parte de atrás?

Don Juan levantó la cabeza y los hombros con evidente esfuerzo. Todo el cuerpo le temblaba como si se estuviera congelando, pero el sudor le bajaba por la cara tensa. "Amparo", jadeó, apenas un susurro. "Te ves bien, Amparo. Como un día de primavera". Empezó a toser violentamente.

–Siempre fuiste un poeta, Juan–. Doña Amparo tomó al anciano del brazo suavemente y les hizo señas por la espalda a Rafael y a Guzmán para que la siguieran.

Los llevó a un cuartito en la parte de atrás del salón de dominó, donde había una cama grande de pilares en un lado y una mesa de formica con cuatro sillas en el otro. Esta era su oficina y, como las horas del negocio no eran las comunes, a menudo dormía aquí también.

Guzmán se preguntaba si cuando era joven este cuarto
también había sido el lugar donde hacía sus negocios.
Había oído decir que había sido una belleza.

Aunque don Juan protestó débilmente, ella lo condu-
jo a la cama. Allí lo reclinó en varias almohadas.

—¿Quién de ustedes sabe preparar un Cuba Libre?—
Aunque se dirigió a los dos, miró directamente a
Guzmán.

—¿Cuántos? —preguntó Guzmán.

—¿Cuántas personas estás viendo?

—Para mí no, gracias —dijo Rafael, agotado. Estaba muer-
to de cansancio y quería llevar a su padre a la casa, pero
no quería ofender a doña Amparo. —No bebo, señora.

—El hijo de don Juan no bebe—. Doña Amparo declaró
sin sarcasmo. Le sonrió a Rafael. —Guzmán, tráele a
nuestro amigo rubio una soda con sabor a uva.

No bien había salido Guzmán del cuarto, Luis asomó
la cabeza por la puerta. —¿Le dio usted permiso a ese
muchacho para meterse con la bebida, Patrona?

—Luis, ¿cuántas veces te he dicho que quiero que to-
ques antes de entrar en este cuarto?. Sí, le di permiso
para servir unos tragos. ¿Qué pasa?

—Bueno, me parece que usted podría decirme a quién
se le permite estar detrás del mostrador. Los hombres
están comentando. Podría causar problemas.

—Se te paga por hacer felices a nuestros clientes, Luis.
Ese es tu trabajo; no el decirme lo que tengo que hacer.
Tú eres inteligente. Si alguien pregunta, dile que lo he-
mos puesto a prueba para darle trabajo. ¿Acaso tengo
que pensar por ti todo el tiempo?

Luis estaba evidentemente enojado, pero trató de
controlarse. —Supongo que usted sabe lo que hace.

—Siempre sé lo que hago, Luis. Siempre. Ahora ve a
ocuparte de los clientes—. El hombre se dio vuelta para
salir del cuarto, pero doña Amparo no había terminado.

–Y Luis –dijo bajito– la próxima vez, no te olvides de tocar.

Rafael estaba asombrado. Nunca había escuchado a una mujer hablarle a un hombre como doña Amparo lo había hecho. En su casa, su madre susurraba como una monja cuando don Juan estaba cerca. Él sabía que su matrimonio era una unión infeliz y cruel, pero había supuesto que para los maridos y para todos los hombres las mujeres eran lo que los niños eran para los padres y para todos los adultos.

Guzmán entró con las bebidas en una bandeja y las distribuyó con aire profesional. Evidentemente había disfrutado la sensación de tener el mando detrás del mostrador. Era como tener el poder de administrar placer. Todos querían tu atención –y te pagaban por ello.

Doña Amparo se sentó en el borde de la cama, al lado de don Juan. El colchón se hundió bajo su peso, pero el anciano parecía encontrar alivio en su proximidad. Ella le llevó la bebida a los labios con sus propias manos y dejó que la sorbiera.

Rafael estaba empezando a sentirse incómodo. Si su madre supiera dónde estaba don Juan, se sentiría humillada. Su padre no debía estar en la cama de otra mujer, aun en su condición. Ya casi era de mañana. Se acercó a la cama donde doña Amparo se encontraba inclinada sobre su padre, quien al parecer le susurraba algo. Vio que Guzmán estaba bebiendo, parado al lado de la puerta, alerta y listo para cualquier otra cosa que esta noche extraña pudiera traer. Exhausto hasta lo indecible, Rafael se preguntaba de dónde sacaba Guzmán la energía. Al pie de la cama, se detuvo para escuchar a su padre.

–Es mi última noche, Amparo. Quería sentir la sangre en las venas por última vez.

–¿De qué estás hablando, Juan? Espero que vuelvas para la próxima pelea de gallos. Ganaste esta noche.

Tienes que darle a la casa la oportunidad de recuperar las pérdidas.

—Ese gallo ciego, Amparo.

—Era mío—. Le sonrió a don Juan como la luna en una noche oscura.

El anciano llegó a hacer un sonido como de una risa ahogada, pero empezó a toser inmediatamente. —Eres una campeona, Amparo —jadeó. —Ojalá me hubiera podido ir como él—. Sonaba como un hombre que se está ahogando.

Rafael pensó: "Eres como ese viejo gallo rojo, viejo. Llevando una vida de violencia ciega, haciendo que todo el mundo piense que eres valiente, cuando en realidad te desprecias tanto que estás buscando quien te mate para poder decir que moriste como un hombre".

—Suena mal. ¿No debería llevarlo a casa? —dijo Rafael.

—Haré que Luis los lleve en el carro—. Doña Amparo se levantó de la cama lentamente y los muelles crujieron.

Rafael le echó los brazos por los hombros al padre y lo levantó hasta sentarlo en la cama.

—¡Déjame en paz, muchacho!— Saliva rosada se le escurría por un lado de la boca al anciano y Rafael se la limpió con el pañuelo. Cuando Luis vino con las llaves del carro, Guzmán ayudó a su amigo a cargar a don Juan al carro. Después de que llegaron a la casa, donde la mujer esperaba en una mecedora, pusieron al anciano en la cama. Entonces Luis llevó a Guzmán hasta frente a la casa de los Saturnino.

Ya casi había amanecido y las casas de El Polvorín se estaban avivando con los sonidos de las mujeres que hervían agua para el café y preparaban la escoba y la regadera. Mientras los niños se preparaban para ir a la escuela y el marido al trabajo, barrerían los bateyes, amansando con agua el polvo penetrante para que no se les metiera en la casa y en la ropa lavada que habrían de colgar de los tendederos atados de un árbol a otro. Al acercarse a la casa de Mamá Cielo, no vio ninguna de las actividades normales. Por el contrario, estaba la señal de mal agüero de una puerta cerrada, una puerta que siempre se abría al amanecer, excepto en época de tragedia familiar o muerte. Aunque Guzmán quería darse prisa, los pies no le obedecían. Sabía que tendría que tocar antes de entrar en su propia casa.

CAPÍTULO CINCO

La matriarca de los Saturnino le había dado el nombre de Guzmán a la policía. Decía que lo había agarrado cuando él se disponía a entrar por la ventana del cuarto de su hija para robarle las joyas. Le mostró el marco roto de la ventana a la policía como prueba de que había forzado su entrada. Quería que lo arrestaran.

Cuando Guzmán entró en la casa, Mamá Cielo se levantó despacio de la mecedora donde había estado esperándolo. Los Saturnino la habían despertado en medio de la noche, le dijo en un murmullo furioso.

—No iba a robar nada, Mamá—. Guzmán sabía que esta explicación no sería suficiente.

—Entonces, en nombre del cielo, ¿qué estabas haciendo en esa casa anoche? —Se había acercado a Guzmán y en su voz, él detectaba el punto de histeria que había llegado a conocer tan bien durante su niñez. —Contéstame—. Mamá Cielo lo agarró por el brazo y lo sacudió.

—Nada. Sólo pasaba por allí de camino al pueblo.

—Mentiroso—. Lo abofeteó con fuerza. —¿Estabas buscando a la pobre Rosario? Hijo del diablo. ¿No le has causado suficiente vergüenza a tu familia al huir con aquella puta? Dejaste tu hogar cristiano para vivir con una prostituta. Te ensucias las manos, todo lo que tocas es basura.

—Mamá—. Trató de apartarse, pero las uñas de ella se le enterraban en la carne del brazo.

–Has estado bebiendo. Lo huelo en tu aliento. ¿En qué prostíbulo pasaste la noche? ¿Sabes que tu padre está ahora en el cuartel de la policía tratando de arreglar lo que has hecho? Maldito sea el día en que saliste de mi vientre–. Su voz taladraba con la ira, y en el cuarto la bebé comenzó a llorar. Ramona salió corriendo de la cocina para atenderla. Guzmán vio el miedo en los ojos de su hermana. Sabía que no podía decir la verdad y defenderse ante su madre o ante cualquier otro. ¿Qué le pasaría a Rosario si él confesara que ella prácticamente lo había invitado a su cuarto? Ella no podría escaparse de las lenguas malvadas de Salud como había podido hacerlo Rosa, y como él podría hacerlo cuando todo se pusiera demasiado intolerable. Lo único que podía hacer era salir de la casa de Mamá inmediatamente. Pero no se entregaría a la policía tampoco. No era un mártir deseoso de perder su libertad por un crimen que no había cometido.

Se zafó del agarre de Mamá Cielo y corrió hacia La Granja. Allí, en la extensión de tierra densamente cubierta de vegetación, podría esconderse por un tiempo hasta que pensara en una solución. Mientras corría, oía la voz de Mamá maldiciéndolo.

Ese día Guzmán comió guineos que crecían abundantemente en matas del tamaño de un hombre, pero inclinadas por el peso de grandes racimos. Parecían campesinos que llevaban pesadas cargas sobre los hombros. También había allí guayabas que comenzaban a madurar. Su pulpa suave y rosada era dulce y deliciosa. A la sombra de los árboles frutales Guzmán se sintió totalmente libre. Esta tierra era abundante. En unos pocos acres se cultivaban mangós, guineos, plátanos, panapenes, aguacates, tamarindos y tubérculos, como la yuca, que podían cocinarse y comerse como si fueran papas. Él podía imaginarse fácilmente cómo los habitantes oriundos de la isla, los indios taínos, habían llevado una vida fácil en un paraíso terrenal, subsistiendo con lo que la tierra producía sin mucho esfuerzo y lo que el mar les daba. Hasta sus viviendas estaban construidas con los árboles y las pencas de las palmeras, que abundaban. Desde luego, los españoles con su deseo de oro, sus armas de fuego y sus enfermedades habían cambiado la vida ideal de los indios en un par de generaciones. De hecho, Guzmán le había oído decir a Papá Pepe que cuando era niño él había visto a uno de los últimos caciques. El indio había pasado por el pueblo, montado orgullosamente en su caballo, camino a las montañas. Su piel era de un bronce oscuro y su pelo largo era negro ébano. Llevaba un arete de oro en una oreja. Aunque sabía que por sus venas corría sangre taína, Guzmán nunca había conocido a una persona de raza india. Se decía que habían desaparecido en las montañas después de las masacres, después de que el trabajo forzado y las plagas traídas por los hombres blancos habían diezmado sus tribus.

Años después, Guzmán diría que ese día y esa noche que había pasado en la tupida vegetación de La Granja, el pensar en sí mismo como un fugitivo le había dado una idea del significado de la libertad que hasta ese momento de su vida no había valorado. No poder caminar adonde quisiera y no poder vagar libremente siempre serían para él el castigo más odioso.

Después de dar una vuelta para asegurarse de que no había nadie por allí, Guzmán encontró un buen lugar para echar una siesta. Era una colinita en un palmar. Desde allí tenía una vista clara de La Granja. De hecho, estaba en el terreno que colindaba con la finca experimental de la escuela y un terreno baldío, donde la vegetación crecía libremente y servía de guardarraya natural. Desde lo alto de una palmera pudo mirar hacia donde estaba la escuela y la carretera principal más allá. Al otro lado estaba la colina de El Polvorín y la casa de Mamá Cielo. Se imaginó que ella probablemente sabía donde él estaba, pero se necesitarían muchos días y mucha gente para encontrar a alguien que no quería que lo encontraran allí porque había muchos escondites naturales. De niño, con frecuencia había buscado refugio de la ira de Mamá debajo del puente del embarcadero sobre un riachuelo que pasaba cerca del camino, o en el granero de la escuela, donde había dormido siestas y se había mantenido caliente en el establo con la leche de la vaca, tan dócil que ni parecía darse cuenta de que el niño delgadito y moreno la usaba de almohada.

En la hierba suave y musgosa, Guzmán durmió y tal vez fue allí que tuvo el sueño que lo desterró de la casa de Mamá Cielo por tantos años. En su sueño Guzmán se veía parado en un estanque formado por los chorros de agua que caían de un costado rocoso de una montaña. En el agua poco profunda había un indio anciano arrodillado. Estaba adorando los chorros, caídas de agua como las cascaditas que se encuentran en algunas faldas de las montañas. Estaba de cara a Guzmán, pero en su sueño él sabía que no era su enemigo. Rezaba a sus dioses en una lengua extraña y Guzmán esperó. Entonces el indio miró a Guzmán y se puso de pie sin pronunciar una palabra. Era del color del cuero y no muy alto. Su pelo, con hilos grises, caía como una catarata turbulenta sobre sus hombros. Sus ojos, cubiertos de arrugas, eran los de Papá Pepe, o los ojos de los hombres sabios. Llevaba un arete de oro. La única ropa que llevaba era un trapo alrededor de la cintura, como un sayal, con una soga. El indio, todavía sin decir una palabra, se internó con Guzmán en el bosque.

Estaba en una montaña alta, Guzmán lo sabía. Podía ver los barrancos a su alrededor y la tupida vegetación estaba cubierta de la neblina de las nubes bajas. Mientras seguía al indio, Guzmán sintió el beso frío y húmedo de la hierba mojada en los pies y las piernas, y las ramas empapadas le golpeaban los brazos. Tenía hambre, estaba cansado y el frío le calaba los huesos, pero sabía que tenía que seguir al anciano.

Con el tiempo llegaron a la entrada de una cueva. Allí Guzmán sintió la tibia exhalación de una fogata que había en su interior. Entraron y Guzmán se encontró frente a una joven india que se le había aparecido según sus ojos se acostumbraban a la oscuridad de la caverna. Ella estaba de pie en el mismo lugar donde Guzmán había visto al anciano por última vez, pero el anciano se había ido. Sin decir una palabra, la joven dio media vuelta y se movió con calma hacia el interior, así que Guzmán siguió a su nueva guía como había seguido al anciano. Pasaron a través de unos pasadizos laberínticos hacia la fuente de calor y luz, que Guzmán podía sentir intensificarse en su piel. Más allá había un punto de luz que temblaba provocadoramente. Durante lo que pareció una eternidad, ella lo condujo a lo más profundo de las cavernas, donde las raíces de los árboles colgaban encima de ellos como pies de ahorcados y el agua goteaba haciendo que los charcos se volvieran más y más profundos, hasta que en un lugar estaban nadando en agua enfangada, siempre siguiendo ese punto de luz. Extenuado y falto de aliento, Guzmán abrazó a la joven india y le vio la cara por primera vez. Ella le echó los brazos alrededor del cuello como una abrazadera y lo metió en el lodazal, donde lo mantuvo hasta que el espeso fango le llenó la boca y no podía respirar ni gritar.

Guzmán tuvo que luchar para despertarse y cuando abrió los ojos ya era entrada la tarde. Su ropa estaba empapada de sudor y como había estado durmiendo boca abajo, su nariz estaba llena del penetrante olor de la tierra y la hierba húmedas. Aunque era tarde en el día, el cielo tenía un color anarajando brillante, como si el sol lo hubiera quemado. Había humedad y calor, y todo ser viviente buscaba refugio. Por primera vez en su vida, Guzmán pensó en la naturaleza purificadora del invierno –cuánto le gustaría mirar el suelo y ver que nada se movía con vida. En ese momento una iguana verde y gorda cruzó frente a él y, deslizándose con furia, saltó sobre un saltamontes y desapareció. Guzmán se quitó las hojas que le colgaban de los brazos y buscó algo de comer por allí.

Ese mismo día, más o menos a la hora que el gallo cantaba, don Juan se cortó las venas de las delgadas muñecas con una navaja de afeitar que guardaba en la mesa de noche, al lado de una Biblia. Al parecer, se desangró en silencio por horas en su propia cama. El colchón de plumas absorbió la vida que le quedaba corriendo por las venas. Rafael habría de mencionar años después que cuando había sacado cargado ese colchón de la casa, había sentido el peso de una vida de pecado en la espalda, medida en iguales porciones de alcohol y sangre. Lo había dejado secar al sol, entonces lo había quemado. El ataúd en que enterraron a don Juan no pesaba casi nada; sólo se necesitaron dos hombres, uno a cada extremo, para cargarlo.

Fue en la tienda de doña Amparo, más adelante ese día, que Rafael vio a Guzmán, quien había llegado allí empujado por el hambre y las pesadillas bajo las estrellas frías y distantes. Doña Amparo lo había acogido, le había dado comida y ropa limpia que pertenecía a Luis. Guzmán lo aceptó con la preocupación de que la generosa mujer le llevaría una cuenta de todo lo que pasaba de sus manos a las de él. Estaba detrás del mostrador ayudando a Luis a apilar las botellas cuando Rafael entró a comprar provisiones para el velorio. Duraría todo el día y toda la noche, y había que darles de comer a los turnos de personas que vendrían a rezar por el alma de don Juan.

–Hermano, ¿qué haces aquí tan temprano?– Guzmán trató de sonar entusiasmado aunque estaba preocupado por su arresto, que pensaba iba a ocurrir ese día. Se lo había contado a doña Amparo y ella le dijo que se quedara en la tienda, que ella hablaría con el jefe de la policía acerca del error que habían cometido con Guzmán. Mientras tanto, podía ayudar en la tienda durante el día y servir bebidas por la noche, cuando se convirtiera en salón para jugar al dominó. Atemorizado ante la posibilidad de ir a la cárcel, Guzmán estuvo de acuerdo con todo. Doña Amparo le había dicho que no discutiera nada de esto con nadie. Por eso Guzmán se sintió avergonzado cuando vio a Rafael. No podría discutir esta difícil situación con su mejor amigo. En ese momento él no se había enterado del suicidio de don Juan.

—Por fin se murió, Guzmán—. Rafael sonrió con ironía, lo cual hacía que su cara agobiada por las preocupaciones se viera trágica.

Guzmán se apresuró a darle la vuelta al mostrador. —¿Tu padre, Rafael? Se veía muy enfermo en la pelea de gallos, hombre, pero no pensé... ¿Qué fue, un ataque al corazón?

—Se cortó las venas —dijo Rafael parcamente, sin emoción en la voz. —Se cortó las muñecas con la misma navaja que usé para afeitarlo la noche antes.

Guzmán casi se sintió mareado por las vueltas trágicas que el mundo estaba dando. "¿Cómo lo ha tomado tu madre?"

Rafael se encogió de hombros: "Ella lo encontró esta mañana, prácticamente flotando en su propia sangre. Entró en mi cuarto y me despertó temprano antes de que los niños se levantaran. Saqué el colchón por detrás de la casa. Pusimos al viejo en el piso y lo limpiamos antes de llamar a la gente de la funeraria. Lo devolverán esta tarde en un ataúd".

Rafael había dicho todo esto con una monotonía terriblemente tranquila. Guzmán sintió más ganas de llorar entonces que cuando Mamá Cielo lo había abofeteado y había maldecido el día de su nacimiento.

–Quiero ir contigo, hombre, pero yo mismo me estoy hundiendo. ¿No te has enterado? Mamá está furiosa conmigo. No puedo regresar a casa y es posible que esté en la cárcel antes de que se termine el día.

Guzmán y Rafael, el hijo claro y el hijo oscuro de la desgracia, se miraron en silencio. Eran hermanos y eran hombres en una encrucijada de sus vidas, que se separarían y volverían a unirse otra vez como tributarios de un río. Cada uno tenía que seguir su propio camino.

Dicen que la procesión fúnebre de don Juan fue un desfile de tontos, pordioseros y príncipes. Tal vez como pago final por Josefa, el americano donó un féretro de caoba con agarraderas de latón, el mejor que se podía encontrar en Salud. Los cortadores recibieron la tarde libre para asistir a los servicios. El tren que llegó esa tarde no sólo trajo el correo habitual y a los vendedores, sino a una elegante rubia y a dos hombres vestidos de traje negro que parecían abogados. Llegaron a última hora, cuando el cura entonaba unas pocas palabras, evasivas y cuidadosamente escogidas, sobre el fallecido, quien todo el mundo sabía que no debía ser enterrado en el camposanto porque era un suicida. Oficialmente, se le había informado al Padre Gonzalo que don Juan había muerto de repente después de una enfermedad larga y dolorosa. El Padre Gonzalo sabía la verdad, pero desde luego, el pensamiento de discutir el asunto con la apesadumbrada viuda le fastidiaba. Estaba demasiado viejo y el peso de los pecados y el sufrimiento lo abrumaban. A veces se sentía como una bestia de carga para un viaje sin señales y con un destino impreciso. Ahora, en el calor de la tarde, suspiraba con dificultad. La llegada de los desconocidos bien vestidos había causado revuelo en la muchedumbre. Tenían una excusa para no escucharlo.

La mujer y sus acompañantes se abrieron camino hasta llegar donde estaba la viuda. Doña Amelia Santacruz parecía conocerlos, pues inclinó la cabeza un poco, pero se apegó al hijo mayor como si tuviera miedo. Rafael vio el parecido que los dos hombres tenían con su padre, y la mujer era rubia y blanca como los Santacruz, pero sus rasgos eran delicados como los de Josefa, su hermanita. Era fácil ver que el trabajo arduo no había estropeado su belleza. No tenía ninguna de las marcas de la pobreza. Los parientes ricos. Tenía que ser la familia que don Juan les había prohibido mencionar a su mujer y a sus hijos. Pero como todo el mundo en Salud, Rafael había oído decir que su padre había sido la oveja negra de una aristocrática familia española de terratenientes.

Alrededor del hoyo cuadrado de tierra que estaba a punto de recibir los restos de una vida desperdiciada, estaban reunidos los desarrapados y los poderosos de Salud. Los cortadores parecían verdaderos hijos de la tierra, con la piel quemada, dura y oscura, en pantalones de campesinos y guayaberas. Eran los hombres que don Juan había supervisado por casi veinte años. Había tomado posesión del puesto con su bravata y su aire natural de amo y señor. El mayor de los cortadores podía recordar a don Juan montado en un caballo blanco, recorriendo los límites de los campos como un conquistador. Había cuentos de sus furias asesinas, pero los hombres también sabían que sólo don Juan podía interceder por ellos ante el americano. Mr. Clement lo trataba como a un igual. Si los cortadores podían conseguir que don Juan escuchara sus quejas, también conseguían la atención del americano. Todos los cortadores, con la excepción de los más jóvenes, sentían que habían perdido un protector, a pesar de que don Juan les había exigido un precio alto en las cuotas que les había pedido. Algunos de los hombres se sentían aliviados por la muerte del mayordomo, aunque desde luego no lo mostraban en el funeral. Esperaban que el próximo jefe fuera uno de ellos —un campesino como ellos, con la piel endurecida al sol y compasión por sus tiempos difíciles.

Mr. Clement, su esposa y la pequeña Josefa, con una niñera, llegaron en carro al cementerio. Se pararon debajo de una enorme sombrilla que los protegía del sol ardiente. Era chocante que tanto el marido como la mujer estuvieran vestidos de hilo blanco. Mrs. Clement se negó a llevar el negro tradicional, a pesar de que la criada expresó su desacuerdo con un suspiro fuerte cuando sacó el vestido escogido por su señora. Mr. Clement llevaba su atuendo habitual, pantalones de hilo con pliegues y una camisa tan ligera que dejaba entrever las tetillas rosadas. No se quedaron por mucho tiempo, porque la pequeña Josefa, al divisar a su familia, empezó a gritar con fuerza. Fue demasiado para doña Amelia, quien se desplomó en los brazos de Rafael.

Don Gonzalo se dio prisa y terminó el servicio hablando en latín, y mejor así, pues en el apuro bendijo a los novios y al darse cuenta del error se confundió aún más. Terminó haciendo la señal de la cruz sobre el féretro, según lo iban bajando a la tierra, mientras recitaba la historia del campesino Cincinato, posteriormente gobernador de la república romana, una lección de un manual de latín que había aprendido hacía medio siglo en el patio de su seminario en España. Últimamente era mucho más fácil recordar un día de hacía cincuenta años que lo que había sucedido durante la pasada hora.

Apretaron la tierra sobre la fosa de don Juan tal como se rellena un diente cariado. Todos los deudos, así como los que vinieron por el placer enfermizo de contemplar su propia mortalidad, salieron del cementerio en grupos pequeños y sombríos.

La mujer elegante y los dos hombres vestidos de negro eran los hermanos que don Juan nunca le había mencionado a nadie en Salud, tal vez con la excepción de su esposa, quien practicaba el silencio y la soledad como si hubiera hecho un voto. Rafael se sentó con su madre y los invitados en la sala de la cabaña, donde por

primera vez se habían impuesto el orden y la formali-
dad del luto. Los hijos menores estaban con los vecinos.
La mujer, Rebeca Santacruz, presentó a sus hermanos,
Bernardo y Jorge, quienes le dieron la mano formalmente
a Rafael e inclinaron la cabeza ligeramente ante doña
Amelia. Rafael notó el parecido de familia entre él y los
dos hermanos, ambos de piel clara y rubios. Pero eran
hombres musculosos y robustos. Él era demasiado del-
gado y había alcanzado su estatura adulta de cinco pies
con siete pulgadas.

Bebieron el dulce café con leche que la viuda había
preparado y, en medio de las condolencias y las frases
amables, se estudiaron unos a otros. No hubo nada de
ponerse al día con la famlia Santacruz, ni ofrecimiento
de ir a vivir a la hacienda Santacruz en Lajas, un pueblo
a sólo un par de horas en tren. De hecho, era obvio que
la señorita Santacruz había sido escogida para dar un
breve mensaje, y los hombres parecían estar bajo decre-
to de silencio. Rafael notó que el menor, Bernardo, lo
miraba con ojos generosos. Eran misteriosos como los de
don Juan, pero en los de su padre nunca había visto la
buena voluntad que podía leer en la mirada de su tío.

—Entendemos su situación —declaró Rebeca con una
voz rica y grave. Hablaba español con acento castellano.
Al parecer se había educado en España. Todas sus ces
sonaban como zetas. Para Rafael era la mujer noble, aris-
tocrática, sacada directamente de las novelas históricas
que le encantaba leer. Su imaginación volaba ante las
posibilidades conectadas con el descubrimiento de estos
parientes. "Don Juan Santacruz, mi padre, nos ha pe-
dido que le informemos que se ha dispuesto una peque-
ña pensión para usted y su familia. Se le enviará por
correo mensualmente hasta que todos los hijos que tuvo
de... Juan... de nuestro fallecido hermano, hayan llega-
do a la edad de dieciocho años". Rebeca hizo una pausa
después de lo que sonó como una declaración que había

aprendido de memoria. Rafael entendió en seguida que a su madre no se le consideraba una Santacruz y que este gesto era más de caridad que de lealtad a la familia. "¿Necesita algo en este momento?", preguntó la altiva mujer.

–Señorita, le agradezco la visita y la ayuda de su familia. Yo... me gano un dinero cortando guantes y Rafael ya está trabajando en la Central. No es necesario que su padre se moleste–. Doña Amelia hablaba en voz baja, con los ojos bajos, pero la dignidad de su rechazo asombró a Rafael, acostumbrado a su aceptación humilde de todo lo que le caía, lo bueno y lo malo.

La señorita suspiró sonoramente y miró a su alrededor como si acabara de notar la simpleza de sus alrededores: paredes desnudas, buenos muebles que evidentemente no habían sido respetados por sus dueños, pues mostraban los rasguños y las rajaduras del abuso constante.

El hermano menor habló. "Señora", se dirigió a doña Amelia respetuosamente. "Este dinero que usted recibirá perteneció a Juan. Era la parte de la herencia que no le dieron al cumplir los veintiún años. Es una inversión que ha ido acumulando intereses por algún tiempo. Ahora les pertenece a sus hijos. ¿Entiende?" Por varios minutos explicó la naturaleza de la inversión. Rafael se preguntaba cómo su padre podía haber salido de la misma fuente que este señor, evidentemente preocupado por el destino de una mujer y unos hijos a quienes no había visto antes.

El hermano mayor, Jorge, no dijo nada hasta este momento, al parecer porque era tan reservado como don Juan, pero entonces habló: "Tal vez debemos aclararle a esta gente que no podrán usar el dinero si no es en la forma estipulada en el testamento de nuestra difunta madre. Debía pasar a Juan y después de su muerte, a sus hijos. En caso de que todos los descendientes de Juan hubieran fallecido, pasaría a perpetuidad a la iglesia católica. Depende de usted, señora, si los curas o los hijos de usted se han de beneficiar de esta pensión, la cual, le aseguro, no dará más que para darles de vestir y de comer adecuadamente. Mi madre era generosa pero no extravagante".

Con unas cuantas palabras más, de cortesía formal de parte de los representantes de la familia Santacruz y de humilde gratitud de parte de la madre, Rafael vio cerrado el asunto. Había permanecido en silencio pero a la expectativa, esperando que uno de sus tíos le hablara. Nunca obtuvo su deseo. Concluido el negocio, la señorita fue la primera en despedirse. Los hombres le dieron la mano. Don Bernardo le puso la mano izquierda en el hombro por un momento, pero ninguno habló. En cuestión de minutos estaban en la carretera. Don Jorge sostenía una sombrilla blanca sobre la cabeza dorada de su hermana. Rafael los observó hasta que desaparecieron en la curva que llevaba a la estación del tren. Aunque sabía donde vivían y podía imaginarse la vida elegante que con probabilidad llevaban, Rafael nunca los buscó y ni siquiera les habló mucho de ellos a sus propios hijos en el futuro. Era el único gesto de respeto a la memoria de su padre. Don Juan había sido expulsado y con él su semilla. Rafael pertenecía a la rama de los parias.

Liberado de la carga de mantener a su familia, tomó la decisión de alistarse en la marina y casarse con Ramona. En la foto de boda parecen niños que juegan a vestirse de grandes. Él llevaba un chaquetón blanco que le quedaba grande, con relleno en los hombros y que casi le llegaba a las rodillas, sobre pantalones negros. Una prima mayor le había prestado el vestido a Ramona. Era de raso, recto y sencillo. Le caía sobre las delgadas caderas con graciosa elegancia. La corona de flores estaba ligeramente ladeada sobre la abundante cabellera. Para esa ocasión se había cortado el pelo y se había dado un permanente. Estaban parados uno al lado del otro, tiesos, como una pareja de adolescentes ligeramente avergonzados por su audacia.

La boda se celebró pocos meses después de que Guzmán se hubiera marchado de la Isla. El día del entierro de don Juan, Guzmán se enteró de que los Saturnino habían retirado las acusaciones que habían hecho en contra de él porque la anciana no pudo probar que le había robado nada y Rosario se negaba a hablar con nadie. De hecho, se había encerrado permanentemente en la casa y rara vez se le veía.

Doña Amparo le había ofrecido a Guzmán un trabajo en el salón de dominó como ayudante de Luis y Guzmán había considerado aceptarlo hasta que llegó la lotería a Salud. Había llenado un cupón de *El Diario*, el periódico que anunciaba las fechas y los lugares de la lotería. Estaba esperando la respuesta de un momento a otro. Papá Pepe había venido a verlo a la tienda. Tuvieron una larga conversación en la parte de atrás, donde Guzmán se había hecho un cuartito en el cobertizo que se usaba para las peleas de gallos. Doña Amparo le había dado un catre del ejército. Don Pepe y Guzmán se sentaron en el catre un día por la tarde. El anciano habló primero.

–Hijo, sólo veo penurias en donde estás planeando ir. No te vayas.

–Papá, ¿cómo lo sabes? –Guzmán estaba sorprendido de que su padre supiera sus planes de ir a Nueva York. Sólo se lo había dicho a Rafael.

–Te vi aquí –se señaló la sien– y tenías frío y hambre en medio de extraños. Debías regresar a casa, hijo.

–Mamá Cielo... estaba más enojada conmigo de lo que nunca la había visto desde que yo era niño. No puedo volver a casa. Ya soy un hombre...

El padre lo interrumpió, poniéndole suavemente las manos en los hombros. "Guzmán, tu madre te quiere más que a ninguno de los otros hijos. Pero detesta tu actitud salvaje y tiene miedo por ti. Se pondrá muy vieja antes de llegar a entender tu naturaleza, hijo. Pero quiero que sepas algo, y nunca le digas que te lo dije: todos los días se arrodilla y reza por ti. La he oído. Y cuando se menciona tu nombre, escucha con cuidado y se lo guarda todo en el corazón, porque sabe que nunca se rebajará a preguntar por ti. Es su orgullo y tu orgullo lo que los hace verse como enemigos."

Guzmán nunca había escuchado a su tímido padre hablar así de su esposa o incluso hablar tanto de ningún asunto. La nariz de Papá siempre estaba enterrada en un libro cuando no estaba trabajando en la Central, y a menudo los mismos hijos se olvidaban de su existencia, siempre dependiendo de que la madre tomara las decisiones. Guzmán vio la conexión de su hermano muerto, Carmelo, con este gentil anciano sabio, pero no la suya. El nunca podría sentarse a leer libros mientras había un mundo que descubrir.

–Papá, me he apuntado para la lotería. El hombre que la administra va a estar en Salud en unas cuantas semanas y estoy seguro de que me iré de la Isla rumbo a América poco después.

–La lotería, el sorteo que se ha ideado el gobierno para escoger obreros. Dicen que algunos regresan ricos y otros no regresan. Hijo, eres demasiado joven para esta lotería. Es algo desconocido. Nunca se ha hecho aquí en Salud y todos sabemos los cuentos.

–Tengo casi dieciocho años, Papá. Escribí en la solicitud que soy mayor de edad. Ellos pagan el pasaje de avión. Dicen que por lo menos sacarán veinte nombres de cada pueblo, así que estaré entre amigos–. Al ver que su padre todavía no estaba convencido, Guzmán añadió: "No regresaré a casa, Papá, aun si no llego a ir a Nueva York. No puedo. ¿Entiendes?".

No se dijo nada más, pero se abrazaron. Pocos días después, Papá le trajo a Guzmán una maleta con ropa de Carmelo. Mamá Cielo lo había lavado y planchado todo.

Como doña Amparo no sabía de los planes de Guzmán de dejar el trabajo, se interesó personalmente en él. Por las noches, cuando se quedaba en el cuarto en la parte de atrás del negocio, lo llamaba para que comiera con ella. Después de eso, cuadraba los recibos del día y le enseñaba cómo se hacían las ganancias y cómo se invertían. Era despierto y pronto se estaba ocupando más del papeleo que del trabajo tras el mostrador. Luis, quien desempeñaba las tareas más domésticas para doña Amparo, le guardaba rencor al intruso y empezó a mostrar su hostilidad hacia Guzmán en un sinnúmero de formas desagradables.

Frente a los clientes se refería a él como el niño de Amparo. Su intención era hacer que se acordaran del escándalo con La Cabra y revolcar los rumores recientes de que Guzmán no sólo había robado joyas en la casa de los Saturnino la noche que lo habían encontrado debajo de pedazos de la ventana de Rosario. Cuando la patrona no estaba, Luis le daba órdenes a Guzmán como si fuera un niño de mandados.

Guzmán no decía nada únicamente porque no quería causar problemas entre Luis y doña Amparo. Ella no sólo lo despediría, sino que lo arruinaría. Guzmán había tenido la oportunidad de ver de cerca las transacciones de doña Amparo y había descubierto en el proceso que ella guardaba celosamente algunos de los secretos más jugosos de Salud.

Mientras tanto, soñaba con el día en que se celebrara la lotería, cuando él oyera que decían su nombre en la plaza. Tenía la seguridad de que lo escogerían. Era su hora de irse de Salud, y la Providencia no le negaría este ferviente deseo.

En casa de Mamá Cielo todo el mundo estaba ocupado planeando la boda de Ramona. La muchacha había tenido que hacerse cargo de todas las tareas domésticas que la prepararían para el matrimonio. Lo hacía todo automáticamente, soñando con una vida diferente para sí misma. Mamá había decidido que la boda sería en seis meses, poco después que Ramona cumpliera dieciséis años. Papá Pepe mantenía al tanto a Guzmán durante sus visitas secretas a la tienda, cuando iba de camino a la casa después del trabajo. Trataba de convencer a Guzmán de quedarse por lo menos hasta después que su hermana y su mejor amigo se casaran, pero Guzmán sabía que no podía.

Guzmán se pasaba los días soñando despierto en el trabajo y haciendo planes con creciente anticipación. Por la noche, en el estrecho catre de ejército, pensaba en su vida, y le parecía que había abierto los ojos al amor y a la belleza sólo cuando había conocido a aquella mujer tan calumniada, Rosa. Se arrepentía de haber salido de su casa como un cobarde y se decidió a encontrarla en Nueva York –estaba convencido de que era el único lugar adonde ella podía ir. Se imaginaba caminando sobre una alfombra blanca de nieve, en una ciudad de luz, y guiado por su corazón hasta el lugar donde ella vivía. Juntos explorarían ese maravilloso mundo nuevo, donde todo el mundo tenía televisores y guiaba carros grandes.

También allí se encontraría con Rafael y Ramona. Él y Rafael habían discutido sus planes unos días después del entierro de don Juan, cuando Rafael había firmado los papeles de la marina. Iría a un lugar llamado Brooklyn Yard, un nombre que ninguno de los dos podía pronunciar, pero que el hombre de la oficina de reclutamiento en Mayagüez le había dicho que quedaba en el mismo Nueva York. Rafael iría poco después de la boda, entonces mandaría a buscar a Ramona después de terminar su entrenamiento. Cuando Guzmán y Rafael se dieron la mano después de esa conversación, sintieron que por fin eran hombres, al discutir planes para un futuro que no incluía ni a los padres ni al pueblo de Salud. Volverían algún día, con éxito, tal vez hasta ricos. Les mostrarían a sus hijos el lugar humilde donde habían nacido. Lo que no consideraron fueron los años que probablemente habrían de pasar entre ese día en que estaban parados en el piso de tierra del redondel de las peleas de gallos, y el día cuando el carro negro y largo de sus sueños se detendría frente a la tiendita de doña Amparo, bloqueando casi toda la calle.

Poco después, salió la esperada noticia en el periódico y la lotería llegó a Salud. El gran día la plaza empezó a llenarse de gente desde temprano. Los vendedores empujaron sus carretones a las esquinas, donde hicieron su agosto vendiendo bacalaítos fritos y mabí, la dulce bebida refrescante preparada con la corteza de un árbol. Los artesanos prepararon las mesas donde exhibían los santos de madera pintada y las figuras talladas hechas por encargo, en cualquier forma que el cliente deseara usar como amuleto. Había ambiente de verbena, con la conversación y la excitación que habían ido en aumento durante toda la mañana mientras montaban un escenario improvisado y un micrófono. Todos los hombres que habían enviado las solicitudes estaban allí, por supuesto, pero también muchas mujeres: esposas, madres y novias que ese día sabrían si el destino les deparaba una larga separación de sus hombres. Había un elemento de misterio y miedo en el procedimiento. Los hombres debían haberse sentido como los marineros que acompañaron a Colón en su primer viaje. El destino no era seguro y a pesar de que grandes aventuras más allá de su imaginación podían ser parte de él, también había la incertidumbre de no saber exactamente adónde se iba o qué esperar cuando se llegara allí.

El convenio era que uno recibiría transportación, comida y alojamiento, todo pagado, en los Estados Unidos. La mayor parte de los hombres sencillamente decían Nueva York, porque New York City era el único lugar del cual habían oído hablar adonde habían ido todos los que habían salido de Puerto Rico. El tamaño del país adonde se dirigían estaba fuera del alcance de hombres que aun en su propia islita en raras ocasiones habían ido más allá de la ciudad de Mayagüez, a diez millas de Salud. La lotería había comenzado durante la administración del presidente Truman para ayudar a llevar mano de obra barata a los agricultores en el continente y para ayudar con el problema del desempleo en la Isla después del regreso de los soldados de la guerra de Corea. La población había aumentado de manera fulminante y los trabajos que no estaban relacionados con la producción de azúcar eran muy escasos. Para esta época, sin embargo, la lotería había caído en manos de estafadores llenos de iniciativa que sacaban dinero vendiéndoles oportunidades en la lotería a hombres desesperados para luego cobrarles a los agricultores por cada uno de los que habían sido "reclutados".

En el intenso calor del mediodía el agente vestido con camisa blanca y corbata tomó su lugar en la tarima. Habló por el micrófono sobre la magnífica oportunidad que estaba a punto de ofrecerles a algunos de los afortunados allí reunidos ese día. Dijo que estaba reclutando obreros para un granjero millonario del estado de Nueva York, con una finca tan grande como el pueblo entero de Salud. Los hombres habían sido escogidos según sus destrezas para trabajos que iban desde capataz, a recolector, a cocinero. Les contó anécdotas de hombres como ellos que habían pasado un año en una finca así y habían ahorrado dinero suficiente para regresar a la Isla y comprar su propio terreno, y de otros que habían decidido quedarse en el estado de Nueva York y mandar a buscar a sus familias. Hubo una expresión de asombro en la multitud cuando el agente dijo que era posible ganar hasta un dólar la hora si un hombre era buen trabajador. Entonces preguntó si los hombres tenían preguntas. Un cortador alzó la mano tímidamente. Su piel curtida era testimonio de las horas sin fin picando caña con un machete bajo el sol caliente.

–¿Tendremos que trabajar en la nieve? –preguntó casi esperanzado.

–Estarán recogiendo frutas, hombre. Hay estaciones para recoger, pero no en el invierno. Habrá otras cosas que hacer en el invierno. ¿Alguna otra pregunta?

Guzmán, quien se había ido abriendo paso para llegar al frente, levantó la mano. "¿Cuándo nos vamos para Nueva York?".

Todos se rieron de la anticipación infantil que había en su voz.

–Bueno, jovencito, primero tienes que ser escogido. No todo el mundo está cualificado. Es muy reñido. Miles de hombres solicitan y sólo unos cuantos, los mejores, son seleccionados–. Miró a la muchedumbre que había seguido aumentando hasta que toda la plaza estaba llena de caras esperanzadas, muchos que venían directamente de los campos sólo para oír que llamaran sus nombres. –Si todos están listos, empezaré a llamar los nombres de los afortunados que abordarán un avión en diez días para una vida completamente nueva en los Estados Unidos–. Hubo aplausos, silbidos y gritos de aprobación.

Con cada nombre que salía había una explosión de júbilo y abrazos. Habían salido unos cien nombres y el de Guzmán no estaba entre ellos. Estaba aturdido. Había enviado sus cinco dólares con su solicitud. Había dicho que tenía dieciocho años, y tenía experiencia en los campos y en el manejo de una tienda. Mientras la muchedumbre se comenzó a dispersar, Guzmán permaneció sentado en el banco de cemento al lado de la tarima. Quería hablar con este agente. Tenía que haber un error.

Después de que la plaza empezó a vaciarse, Guzmán se dio cuenta de que había un grupo bastante grande de hombres que esperaba para hablar con el agente. Eran mayormente cortadores y campesinos, a juzgar por la ropa, y todos eran jóvenes. Nadie se atrevía a acercarse a la plataforma, donde el agente se estaba dando puesto para recoger los papeles en su maletín. Guzmán se levantó del banco y con determinación se dirigió hacia el frente de la pequeña tarima. El agente estaba directamente sobre él, dándose importancia, revolviendo papeles sin hacerle caso a Guzmán. Finalmente Guzmán habló: "Señor, me llamo Guzmán Vivente. Envié mi solicitud con la cuota de cinco dólares el primer día que se anunció la lotería en el periódico. Señor...".

El hombre no parecía haberse fijado en Guzmán aun después de que habló, pero en realidad estaba esperando que los otros hombres se amontonaran en el área de la tarima, lo cual ya habían empezado a hacer después de que alguien había dado el paso inicial. Sonrió irónicamente, pensando que por cada cincuenta ovejas hay un lobo.

–Señor... –dijo Guzmán, ya molesto por la indiferencia ofensiva del hombre. Aunque tenía la cara incendiada por la rabia, trató de controlarse. Quería salir en esta lotería. Tenía que mantener ese objetivo en la mente.

–Un momento, jovencito, ¿no puedes ver que estoy ocupado?. Voy a contestarte todas las preguntas. Sí, eso es, acércate para que podamos hablar–. Caminó hacia el frente de la tarima y se paró en el borde, sobresaliendo por encima del grupo de jóvenes que llevaban sus pavas, aviejados por el sol. La mayor parte de ellos estaban descalzos sobre el cemento candente de la plaza. "¿Así que todos ustedes quieren ir a la tiera de nieve?"

Todos contestaron sí– la tierra de nieve sonaba a gloria. Los pies se dieron cuenta del cemento caliente al imaginarse la frescura de una sustancia que sólo habían visto en las películas.

–Acabo de regresar de Nueva York hace unos pocos días y ¿pueden creer que estaba nevando?. La nieve caía del cielo como coco rallado. Los niños corrían por todas partes haciendo bolas de nieve y comiéndoselas como si fuera mantecado.

–¿Se puede comer la nieve?– Uno de los jóvenes habló, con ojos redondos que acusaban asombro.

–Bueno, yo nunca la he probado. No soy muy dado a los dulces, pero he oído decir que sabe a mantecado de vainilla–. Se escucharon exclamaciones de asombro en la multitud. El agente sabía su negocio. Ahora que los tenía comiendo de la mano, se sentó en el borde de la tarima; todavía estaba a unos tres pies por encima de ellos, lo suficiente para que tuvieran que mirar hacia arriba para verlo, como los niños miran a su maestro o a su padre.

–¿Qué pasa con nuestras solicitudes?– Era el joven impertinente, estropeando el ambiente otra vez. Guzmán insistió en el asunto: "¿Hay alguna razón para que nuestra solicitud no haya salido en la lotería? ¿Nos devolverá los cinco dólares?"

–Un momentito, un momentito, mi querido joven. Una pregunta a la vez. ¿Cómo te llamas?

–Guzmán.

–Guzmán. Creo que recuerdo haber visto tu solicitud–. Con deliberada lentitud el agente abrió el maletín y sacó un montón de papeles. Con dramatismo, los levantó sobre su cabeza para que todos los hombres los pudieran ver.

–Estos son ustedes –dijo.

Varios hombres hacían preguntas gritando. El agente hizo un gesto con la mano para que se callaran.

–Todos ustedes cualifican.

–Entonces por qué... –Guzmán se había colocado frente a la tarima.

Nuevamente el agente esperó a que todos se callaran antes de hablar.

–La lotería es un sistema justo. Los hombres se seleccionan de entre un número grande de solicitantes por sus destrezas, su experiencia y su necesidad económica. Todos ustedes tienen menos de veintiún años, la mayor parte de ustedes no están casados. La cuota se cumple antes de que los nombres de ustedes salgan.

–¿Esto quiere decir que no tenemos oportunidad de ir? –Un hombre al fondo habló, quitándose la pava para revelar un rostro de mono arrugado. El sol y las horas interminables de picar caña con el machete en los campos lo habían hecho pasar de niño a viejo directamente.

–Bueno, no es eso lo que quiere decir necesariamente. Los agricultores en el norte siempre necesitan brazos, pero sólo pueden proporcionar, y con la ayuda del gobierno federal, el pasaje a cierto número de trabajadores.

–¿Usted quiere decir que si nosotros nos pagamos el pasaje, tendremos trabajo seguro en Nueva York? –Era Guzmán, quien estaba tan al frente de la multitud, lo suficientemente cerca del agente como para poder fijarse en el reloj caro que llevaba, los brillosos zapatos de charol y la ropa comprada en tienda. El agente, por su parte, miró bien a Guzmán y observó su energía nerviosa y su mente despierta. Lo recordaría. El muchacho podía resultar un líder o un pendenciero. Hombres así son útiles en el asunto de reclutar.

–Siempre hay trabajo para hombres trabajadores y honrados.

–¿Cuánto? –Guzmán había asumido el papel de portavoz del grupo. Los hombres seguían el intercambio entre Guzmán y el agente casi sin respirar. Para algunos era la última oportunidad de escapar del círculo de pobreza en sus vidas.

–Bueno, vamos a ver–. El agente sacó una libreta del maletín y una pluma de oro. Para los hombres que estaban sudando bajo el sol de la tarde, parecía que se tardaba una infinidad en escribir unos números. Nadie dijo ni media palabra.

–Cincuenta dólares por el pasaje y la transportación a las fincas.

Como si los hubieran despertado de un sueño, varios hombres menearon la cabeza y se alejaron de la plaza. Había exclamaciones de sorpresa y lamentos por parte de otros en la multitud. ¡Cincuenta dólares! El jornal de dos meses de trabajo en los campos. Quién podía ahorrar tanto cuando lo que se ganaba ya se debía en la bodega o en la carnicería.

El agente habló sobre el dinero que se ganaba en el norte con aproximadamente una docena de hombres que se quedaron. Les contestó las preguntas sobre la finca donde trabajarían. Dijo que era un lugar grande con dormitorios, como el ejército, excepto que la paga era mejor y no había sargentos que les gritaran, dándoles órdenes todo el santo día.

—¿Cuánto tiempo tenemos para traerle los cincuenta dólares? —preguntó Guzmán.

—Estaré en Salud por tres días más, hasta el domingo, en casa de Mr. Clement. La Casa Grande. El domingo por la mañana habrá una guagua aquí mismo para recoger a los hombres que vienen conmigo. Como les dije a los que salieron hoy, también habrá una reunión esta noche en el campo detrás de la Casa Grande para repasar los planes del viaje. Están todos invitados—. Después de esto, el agente empezó a guardar los papeles en el maletín. Los hombres entendieron que había terminado y se dispersaron excitados en grupos de dos o tres. Sólo Guzmán se quedó sentado en el banco de cemento, pensando.

Ahí fue que Mamá Cielo lo vio, al salir de la clínica adonde había ido a llevar a Luz para que le pusieran una inyección. Con la niña agarrada a la falda, se detuvo a la distancia y miró a su hijo. Con la cabeza en las manos e inclinado hacia el frente, se veía exactamente tan triste como cuando ella le había negado permiso para andar por el vecindario visitando locos y metiéndose en los asuntos de todo el mundo. Entonces había aguantado el impulso de consolarlo porque pensó que eso lo haría ser débil y desobediente. Ahora se alejaba más de ella, más y más cada día, y siempre se recostaba en los brazos protectores de mujeres: Rosa, Amparo. Sintió un pequeño arranque de la rabia conocida por el corazón débil del hijo. Le regalaba los días a cualquiera que los quisiera, como si no tuviera un futuro por el cual trabajar. Ahora quería irse a los Estados Unidos, por la aventura o para alejarse de la familia. Tal vez era hora de que se fuera de Salud y aprendiera a sufrir sin tener a quién recurrir. Volvería pronto. Mamá Cielo decidió pedirle a Papá Pepe que averiguara lo que Guzmán necesitaba.

Y así fue que Papá habló con su hijo esa noche. Fue Papá Pepe quien le trajo los cincuenta dólares, la mayor parte en monedas de oro que habían estado guardadas en un pote de vidrio enterrado en el jardín. Mamá Cielo no creía en los bancos y siempre había enterrado el dinero que quería ahorrar en lugares especiales alrededor de la casa. Los cincuenta dólares de Guzmán los había desenterrado al pie del mangó que daba sombra a la casa, donde los había puesto al casarse. El dinero para su entierro, le decía. Papá Pepe no le explicó esto a Guzmán en ese momento. Mamá le había advertido que su hijo no debía saber que ella estaba financiando su viaje. Por muchos años, Guzmán creyó que Papá Pepe le había dado el dinero, y siempre pensó que estaba lejos de casa sin permiso de Mamá, vagando por el mundo sin su bendición.

CAPÍTULO SEIS

Dicen que mi madre, Ramona, era una belleza. Sus huesos eran ligeros y finos, y cuando la naturaleza empezó a vestirlos con carne, se convirtió en una joven encantadora, una combinación de fragilidad y exuberancia de la cual la gente, los hombres en particular, hacían comentarios cuando ella sólo tenía catorce o quince años. Pero ella apenas tenía tiempo para vanidad en su niñez. Mientras Mamá Cielo estaba teniendo niños, Ramona, como la hija mayor que era, tenía que ser enfermera y niñera. Para cuando entró en la adolescencia, estaba cansada de niños y de la interminable pesadez de las tareas domésticas. Se prometió a sí misma que algún día se casaría con un hombre que la llevaría lejos de Salud; lo segundo que se propuso hacer fue convencer a quienquiera se casara con ella de que un hijo era todo lo que ella podía o debía tener.

Ramona creció en un mundo de mujeres. Las desventuras de sus hermanos, Carmelo y Guzmán, ocurrieron en el mundo de los hombres. Ella sólo tenía conciencia de las repercusiones de la ira de Mamá Cielo y el caos en que se convertía la casa cuando Guzmán, el reconocido buscapleitos, se metía en escándalos que hacían que Mamá cerrara la puerta de entrada y a veces hasta la ponía de cama por días, dejando a Ramona a cargo de todo.

Ramona se percató de su poder sobre los hombres el mismo año que Carmelo murió en Corea. Los sábados

Mamá Cielo le pedía que fuera a Las Fuentes, en el campo, para recoger algunas hierbas que crecían silvestres alrededor de los manantiales. Ella las usaba para hacer remedios caseros para sí misma y para los niños. Hacía tés con hierbabuena, achicoria y otras hierbas y plantas que lo curaban todo, desde el estreñimiento hasta los calambres menstruales. Le había enseñado a Ramona a identificar las plantas.

Ese día Ramona cumplía catorce años. Ya había conocido a Rafael en la iglesia con su hermano Guzmán y había empezado a soñar con él. En su mente veía a Rafael como un ángel que la levantaba de la cama por la noche y la llevaba caminando por las estrellas. Había vagas sensaciones en sus muslos y su vientre cuando pensaba en el niño delgado y rubio, pero todavía no había nombrado esta parte del placer. Estaba pensando en Rafael cuando llegó al área donde los manantiales surgían de la tierra en charcas borboteantes. Un poco más allá de los manantiales había un campo donde el ganado solía pastar, pero hoy el campo estaba moteado de casetas verdes y había hombres de uniforme militar por todas partes. Ella se sintió avergonzada de haberse encontrado con estos hombres, algunos de los cuales estaban en camisetas blancas, afeitándose y bañándose en las charcas de agua de manantial. Pero para llegar al extremo del campo para recoger las hierbas, Ramona tenía que cruzar los manantiales y caminar por el medio del pasto. No se le ocurrió regresar a la casa sin las plantas. Mamá estaba esperándola en la casa con un niño enfermo.

Los hombres la vieron. Los que habían estado arrodillados para lavarse se pusieron de pie. Otros también dejaron de hacer lo que estaban haciendo para contemplarla. Eran altos, la mayor parte de ellos, y de piel blanca, excepto el hombre que era negro, pero no bronce, verdaderamente negro. Supuso que eran soldados americanos en una expedición de entrenamiento. Uno de ellos, un joven rubio que le recordaba a Rafael, se le acercó.

–Hola –dijo en inglés. –¿Buscas a alguien?

Ramona bajó los ojos y trató de pasar por delante de él. Él le bloqueó el camino. Algunos de los hombres comenzaron a animarlo con sus gritos. "¡Sonny! Adelante, Sonny. Pregúntale si tiene hermanas o primas", chilló uno.

Ramona se sintió asustada y entusiasmada. Era como si estuviera en un escenario. Todos estos hombres la miraban. En sus ojos vio admiración y peligro. Trató de zafarse de que Sonny la agarrara, pero él la sujetó por el codo, suavemente pero con firmeza.

–Sólo dime cómo te llamas. Eres preciosa–. Él susurró para que no lo oyeran los otros, quienes de todos modos ya se dispersaban. Ramona entendió la palabra *name* por el libro de gramática inglesa que usaba en la escuela.

–Ramona –le contestó con las mejillas encendidas.

–Ramona–. El joven soldado pronunció la "r" demasiado suavemente y ella no pudo menos que sonreír por lo diferente que sonaba su nombre. Por un momento pareció que él estaba pensando; luego dijo: "Te llamaré Mona. Mona. ¿A dónde vas, hermosa Mona?". Ramona señaló al extremo del campo, más allá de las casetas donde había una arboleda y un manantial donde las plantas medicinales crecían en abundancia.

–Iré contigo –dijo Sonny, y entonces llamó a otro soldado que estaba haciendo café en una fogata. –¡Eh, Sam!– El otro se puso de pie y ahuecó una mano en la oreja para indicar que lo oía. –Regresaré en breve. Cúbreme, por favor–. El otro soldado le dio un saludo militar en tono burlón y le lanzó a su amigo una mirada que llevaba doble intención.

–Por supuesto –dijo. Varios hombres rieron.

Sumida en la confusión, Ramona caminó cogida de la mano del joven soldado hasta el otro lado del pasto. Las vacas los seguían con sus inmensos ojos húmedos, moviéndose contra ellos con pasiva sensualidad, de modo que Sonny tuvo que darles una palmada en las ancas para hacer que se salieran de en medio. El aire estaba denso por el penetrante olor de estiércol y heno humedecido por el rocío.

Cuando llegaron al manantial encontraron que se había convertido en una charca bastante grande. Ramona se quitó las sandalias y trató de cruzarlo de un brinco, pero sólo consiguió perder el equilibrio y por poco se cae adentro. Sonny la agarró por la cintura y ambos estuvieron de pie, mirándose en el agujero de agua fría que les llegaba a la rodilla.

—Ten cuidado, pequeña —dijo Sonny, con la cara tan cerca que podía sentir la pelusa rubia de sus mejillas.

Sus ojos eran de un azul tan transparente —Ramona nunca había visto nada igual. Parecía ciego. ¿Cómo era posible que alguien que no tuviera profundidad en sus pupilas pudiera ver el mundo de la misma manera que ella lo veía con sus oscuros ojos castaños? Él respiraba de prisa, con la cara cerca de la de ella. Ella sentía su aliento en la cara. De repente se sintió atemorizada y se escapó del círculo de sus brazos.

Apresuradamente, empezó a recoger la planta que Mamá Cielo le había pedido y a ponerla en un paño que llevaba de cinturón. Con la falda gris de la escuela y la blusa blanca, era al mismo tiempo una niñita y una mujer en el precipicio de la madurez sexual. Su cuerpo ya se había desarrollado y se notaba a través de la ropa austera y sin forma.

Sonny se sentó en una piedra al lado de los manantiales para mirar a Ramona. Estaba fascinado por la cascada de pelo negro y espeso que caía sobre sus hombros hasta la cintura cuando se doblaba a recoger las hierbas. No quería ahuyentarla. Sólo tenía diecinueve años y sabía un poco más que Ramona sobre el sexo y sus consecuencias. No hacía seis meses, en una finca de Georgia, había tenido que sentarse a escuchar el largo sermón de su padre, un predicador, sobre "mantener tu mente y tu cuerpo limpios, hijo". Después el infinito adoctrinamiento sobre soldados y mujeres en el campo de entrenamiento. En esta isla se sentía como un visitante de otro planeta. Todo era demasiado exuberante, demasiado verde, demasiado caliente. Debajo de cada piedra trepaba la vida y la gente lo miraba con intensos ojos interrogadores. Sabían lo que hacía en su país, pero no les importaba quién era. La piel oscura de las mujeres, sus cuerpos voluptuosos, llegaron a ser tema obsesivo de sueños que lo despertaban. Cuando vio a Ramona caminar directamente en su campo de visión esa mañana, su corazón y su estómago se sobresaltaron. Timidez y precaución olvidadas, había decidido pasar tiempo con ella. Apenas podía controlar las manos, que querían agarrarla por su estrecha cintura, cuando se sentó a observarla doblarse para recoger plantas y enrollarlas en un pedazo de tela roja.

–¿Para qué son?– Sólo cuando él habló ella levantó sus largas pestañas para mirarlo. Lo miró directamente en los ojos hasta que él, incapaz de evitarlo, alargó su mano hacia ella, murmurando palabras que ella no tenía que entender para reconocer el tono y la intención. Atemorizada, se apartó de la ronquera íntima de su voz mientras él decía su nombre una y otra vez, mientras se acercaba más y más a ella. Trató de saltar el charco, pero con las manos llenas del ramillete de plantas y las sandalias, perdió el equilibrio. Se cayó de rodillas y el soldado la atrajo suavemente hacia él. Le sujetó los brazos por las muñecas detrás de la espalda con una de sus grandes manos de agricultor.

–No tengas miedo, no tengas miedo, Mona. Sólo quiero besarte. No voy a hacerte daño–. Ramona quería gritar, pero aun en su confusión de miedo y deseo, de alguna manera sabía que ese muchacho no le haría daño. Y causar un escándalo sería devastador para su reputación. Por eso se relajó, meneando sus dedos para hacerle saber que podía soltarla ahora. Ella se volvió a mirarlo llevando las manos olorosas a la cara de él. Él se llevó cada uno de sus dedos a la boca y los lamió como si fueran dulce. Ramona sintió que una ola de placer le subía por el cuerpo y la sumía profundamente en un olvido delicioso. Se olvidó del terreno duro y guijarroso sobre el cual yacía, el peso de un hombre ejerciendo presión sobre ella. Su boca viajó por los brazos de ella hasta su cuello donde su lengua trazó círculos hasta que alcanzó sus labios entreabiertos y ansiosos. Le dijo con su lengua lo que quería y cuando las caras se separaron, sus manos le acariciaron el pelo en un movimiento circular. Quería poseerla pero no como a una prostituta. Vio que las lágrimas se deslizaban por las mejillas ruborizadas de Ramona. Sabía que respondía a su deseo pero que estaba asustada y confundida. Tomó su cara, la de una niña con una mezcla de deseo y ansiedad impresa en ella, entre las manos y la besó en la frente. Se puso de pie y la levantó. En ese momento de renunciación Sonny probablemente se sintió como un héroe, más de lo que jamás se sentiría el resto de su vida. Después de que ella había recogido sus cosas, Sonny la llevó cargada en sus brazos y cruzó el pequeño estanque. Cogidos de la mano como enamorados, atravesaron el pasto hasta los manantiales. Allí, frente a los hombres ociosos que los observaban con lasciva curiosidad, Sonny le besó la mano a Ramona. Nunca más volvieron a verse.

En casa de Mamá Cielo, Ramona se hizo cargo de más y más tareas domésticas mientras Mamá se recuperaba del alumbramiento de Luz y de la muerte de Carmelo en Corea. Soñaba con escapar de Salud. En la escuela, adonde había dejado de asistir después de la muerte de Carmelo, Ramona había visto ilustraciones en libros de las grandes ciudades de los Estados Unidos. Coleccionaba revistas lustrosas y se imaginaba llevando brillantes vestidos de seda con pieles que colgaban elegantemente sobre sus hombros como las estrellas del cine mexicano que había visto en las portadas. A menudo soñaba que Sonny hacía el papel de galán en películas de aventuras que terminaban con un beso que él depositaba en público en la mano de ella, acción que consideraba tributo máximo a su belleza. Después de su apasionado encuentro con el joven soldado en los manantiales, Ramona se había dado cuenta del poder de su cara y su figura. Lo usaba como una varita mágica en sus poco frecuentes viajes al pueblo. Mientras Mamá se dedicaba a sus pausadas conversaciones, Ramona se concentraba en lucir atractiva. Cuando un hombre pasaba a su lado, posaba con su mirada baja, su largo pelo negro que le cubría los hombros y con su cuerpo delgado y erguido con gracia. La mayor parte de los hombres no podían evitar mirar a la niña-madona, pues por lo general tenía a Luz en brazos. En sus ojos reconocía la misma mirada de deseo y ternura que había visto en los de Sonny –Ramona había descubierto el poder de ser mujer.

Desde que el beso del joven soldado americano le había hecho tomar conciencia de las posibilidades, su imagen física se había vuelto el tema de los ensueños de Ramona, pero el rubio Rafael, el Ángel Triste, era el tema de sus sueños más prácticos. En la iglesia, la noche en que asistía a la novena a Nuestra Señora de Salud con doña Julia, sus ojos se encontraron. Ella había oído hablar a Guzmán de los planes que tenía Rafael de alistarse en la marina y llegar a ser médico. Estos detalles también los incorporó a su sueño. Se veía del brazo de un oficial de marina vestido con su deslumbrante uniforme blanco; se veía como la esposa de un médico famoso admirada por todos; pero sobre todo se veía lejos de la montaña de pañales, de la constante vigilancia de Mamá, y de los sermones de su bondadoso padre acerca de la virtud. Después de haber intercambiado unas pocas palabras con Rafael cuando él había venido a la casa para ayudar a sacar a Guzmán de la casa de la puta, Ramona supo que Rafael sería de ella. Él había dicho: "Volveré por ti". Y había vuelto después de la muerte de don Juan, aunque por varias semanas durante el colapso final del viejo no lo había visto. Él le había escrito una vez para decirle que le pediría su mano a Papá Pepe. Al parecer no había perdido tiempo al respecto porque el mismo Papá Pepe le había entregado la nota, aunque ella sabía que probablemente Mamá la había leído.

Por fin, Rafael se presentó una noche después del funeral de su padre y se veía pálido y flaco. Ella era saludable y fuerte, así que le dieron ganas de tomar al exhausto Rafael en su brazos y de acunarlo como hacía con la pequeña Luz, quien siempre estaba enferma. Pero sus reuniones estaban supervisadas estrictamente por Mamá Cielo, quien se sentaba en la mecedora en una esquina del cuarto a bordar guantes que sacaba de una caja que nunca parecía vaciarse.

Rafael y Ramona se sentaban en una incómoda silla doble de teca y pajilla, mueble típico de la isla, donde no muchas personas tenían el tiempo libre para sentarse por largos períodos de tiempo. Hablaban sobre el futuro en susurros.

—Mañana voy a ir a Mayagüez por unos días. A la oficina de reclutamiento de la marina—. Rafael mantenía las manos enlazadas sobre las rodillas cruzadas. Ramona las observaba como si fueran palomas blancas que pronto lanzarían vuelo y aterrizarían en sus hombros.

—Ojalá pudiera ir contigo—. Ambos miraron hacia donde estaba Mamá Cielo, quien había levantado una ceja. Había oído.

—Va a ser aburrido, Ramona, sólo llenar formularios. Te traeré algo de la ciudad—. Rafael, aunque tan sólo año y medio mayor que Ramona, había descubierto temprano el secreto del encanto de Ramona. Parecía una mujer, mostraba madurez en sus movimientos y en sus habilidades en la casa y con los niños, pero en realidad todavía era una niñita a quien le gustaba que se le elogiara y sorprendiera con regalos.

–¿Qué te gustaría? – Rafael siempre se sentía poderoso cuando podía hacer que Ramona sonriera.

–Un cinturón.

–¿Un cinturón? ¿Por qué?

–Nunca he tenido un verdadero cinturón, comprado en una tienda, para llevar con mis faldas–. Ahora Ramona visualizaba su cinturón y Rafael la escuchaba con atención. Iría a la capital si fuera necesario para conseguirle el cinturón a Ramona. –Tiene que ser negro y así de ancho –y le mostraba el largo de la mano para que Rafael lo viera –y brilloso.

–¿Dónde puedo encontrar un cinturón así, Ramona? ¿En una tienda para señoras?

–No lo sé. Nunca he estado en las tiendas de Mayagüez–. La voz de Ramona sonaba nostálgica, y al fondo del cuarto a Mamá Cielo se le cayó la aguja en el suelo. Mientras se doblaba para encontrarla, Rafael apretó la mano de Ramona, que estaba entre las de él como un gatito en espera de ser acariciado.

–Voy a llevarte de compras por todos los Estados Unidos. Voy a comprarte cinturones de todos los colores–. Rafael susurraba estas tonterías con apasionada intensidad. Ramona sentía que la sangre se le convertía en la corriente de un río. Cuánto le gustaba ser mimada y deseada por un hombre y cuán poco tenía que hacer para lograrlo. Con sus ojos elocuentes Ramona le prometía el paraíso a su ángel triste. Para cuando Mamá había reanudado su bordado ellos estaban sentados separados otra vez y discutiendo asuntos más prácticos, como la boda que tendría lugar en menos de tres meses, cuando ella cumpliera dieciséis.

¿Qué se apoderó de ella para que se cortara su hermosa cabellera? En la foto de bodas, la coronita de flores está ladeada encima de una abundante mata de pelo corto y rizado. Era el día de su cumpleaños y de su boda. Una prima de la ciudad le había prestado un vestido de novia de raso que le quedaba un poco grande. A pesar de sus ojos grandes y su hermosura, la novia de la foto parece una niñita que se prueba el vestido de novia de su mamá. No sonríe, sino que mira más allá de la cámara un poco molesta. Rafael lleva la ropa de su graduación de la escuela secundaria: chaquetón blanco de solapas anchas y hombreras, pantalones negros y zapatos blancos. Es demasiado delgado. Su pelo rubio y rizado le cae alrededor de la cara como un halo de luz en la foto en blanco y negro. Sostiene a Ramona levemente por el codo. Es difícil considerar esta foto como prueba de una boda verdadera. Podría ser un drama que están representando en el patio. ¿Qué tiene que ver con pasión, con sinsabores en un país extraño y con mi futura existencia?

Después de una luna de miel de tres días en un hotel de Mayagüez de cinco dólares la noche –regalo del antiguo jefe del novio, el americano, Mr. Clement, quien también envió canastas de frutas, una caja llena de ropa de cama que todavía se ve nueva, y un sobre con veinticinco dólares (la paga de un mes de un cortador para el hijo de su mejor capataz, don Juan Santacruz) –regresaron a casa de Mamá Cielo, donde vivieron por varias semanas hasta que Rafael recibió sus órdenes de la marina. El aviso de su partida llegó rápidamente y Ramona descubrió en el segundo mes de su matrimonio que estaba embarazada. Tanto mejor que Rafael estaba absorto en hacer arreglos para su familia. Su madre era la segunda dependiente después de Ramona. Tanto mejor que estaba tan ocupado en los últimos días, antes de embarcarse de San Juan a Nueva York, donde recibiría entrenamiento en Brooklyn Yard.

Ramona estaba hinchada. No podía soportar el olor de la comida de Mamá Cielo ni el de la colonia de Rafael. Se sentía desfallecida todo el tiempo y se había vuelto callada y solitaria. Rafael la invitaba a ir al cine o a visitar a la madre de él. Ella decía que estaba cansada. Él empezó a culpar al embarazo de su palidez y su desgano. Se culpaba a sí mismo de quitarles el rubor a sus mejillas. Su suegro le aseguró que Mamá Cielo había pasado por los mismos estados de ánimo durante sus embarazos. Mamá Cielo cuidaría de Ramona mientras Rafael se encontrara lejos, hasta que la mandara a buscar.

Por la noche, en su cama cubierta con mosquitero donde se sentía segura como dentro de un capullo, Ramona escuchaba a su joven marido hablar de su vida futura en América.

—Escogeremos un nombre para nuestro hijo que se pueda pronunciar con facilidad en inglés.

—Nunca aprenderé inglés, Rafael. Es demasiado raro. No salí bien en inglés en la escuela.

—Aprenderás–. Él la besaba en su tibia mejilla. Ella siempre se quejaba del calor en esos días. Se abanicaba constantemente.

—Viviremos en un rascacielos. Tal vez en el vigésimo piso.

—Me marea pensar en un lugar tan alto. No creo que sea seguro. La gente probablemente se cae por las ventanas en Nueva York todo el tiempo–. La idea de que la gente lloviera de los edificios los hacía reír tontamente. —La nieve evita que se rompan los huesos cuando aterrizan–. Reprimían la risa por respeto a la presencia de Mamá, justo al otro lado de la delgada pared.

Cuando tomaron conciencia del llamado de sus cuerpos, hacían el amor torpemente contando sólo con la información de su imaginación. Tras sus párpados cerrados

Ramona a veces se imaginaba que los brazos que la soste-
nían eran los del soldado Sonny. Y entonces pensaba que
Rafael era muy tímido al hacer el amor. ¿Por qué la san-
gre no le golpeaba en los oídos como el día que el america-
no la había apretado contra la tierra, chupándole el aliento
y la lengua con su boca, enseñándole lo que era el deseo?

Rafael trataba a Ramona como a una muñeca de por-
celana, con una ternura que nunca vio que su padre
mostrara por su madre. Simplemente la adoraba desde
un rincón, si eso era lo que ella quería que él hiciera. Pero
ella no tenía palabras para lo que quería que él hiciera;
se le presentaba en sueños, en imágenes fugaces.

Rafael se fue cuando el vientre de Ramona empeza-
ba a verse redondeado y a sentirse tenso. Ella se queda-
ría en casa de Mamá Cielo hasta que él la mandara a
buscar. Entonces tendría que tomar un avión en San
Juan para ir a Nueva York, y no habría de regresar a su
lugar natal en quince años.

Yo nací en la casa de mi abuela Cielo y por la lentitud
de los dedos de una vieja comadrona, por poco me
desangro en mi primer día en la tierra. Las vigilias de
Mamá Cielo y sus tés de hierbas mantuvieron fuerte a
mi madre, y el cuerpo caliente y la leche abundante de
Ramona me convencieron de que debía quedarme. Vi a
mi padre por primera vez cuando yo tenía dos años.

CAPÍTULO SIETE

Ramona dice que Rafael volvió a ser un extraño para ella cuando ella llegó al aeropuerto de Nueva York un día de noviembre de frío penetrante. Como no había podido encontrar un abrigo adecuado en Mayagüez para ninguna de las dos, estábamos envueltas en chales y bufandas como dos gitanas. Ramona era hermosa y las personas se le quedaban mirando. O tal vez les parecíamos dos hermanas, huérfanas de la guerra. Ella tenía dieciocho años y estaba en su plenitud. Rafael, vestido con el uniforme oscuro de la marina, parecía un soldado americano de permiso. Eran tímidos el uno con el otro, y Ramona dice que yo no dejaba que él me cogiera, ni siquiera que me tomara la mano. No se me parecía a nadie conocido.

Aunque estaba estacionado en Brooklyn Navy Yard, Rafael había decidido que New York City no era un lugar seguro para su joven esposa y su hija. Había buscado a un primo por parte de padre que vivía en Paterson, New Jersey —justo al otro lado del Río Hudson. Su primo, también distanciado de la familia Santacruz, se había casado con la sirvienta de la madre, una mujer diez años mayor que él. Finalmente se había ido de la Isla con Severa, así se llamaba ella, y las dos niñas y un niño que habían logrado concebir, uno detrás de otro. Allí, en un edificio de apartamentos donde vivían mayormente familias puertorriqueñas, vivimos los primeros años.

Fue en El Building, como lo llamaban los inquilinos, que mi hermano nació a los tres años de nuestra llegada. Según me fui dando cuenta poco a poco del mundo a mi alrededor, mi vida se limitaba a los sonidos, los olores y los habitantes estilo barrio del edificio y la calle donde vivíamos que nunca se asimilaron del todo. Aunque era un vecindario de puertorriqueños con caseros judíos, mi padre lo consideraba únicamente un lugar donde aterrizar temporeramente. No permitía que mi madre formara parte de los círculos de mujeres chismosas en la lavandería, ni siquiera que fuera de compras sola a la bodega de Cheo, una tiendita donde había de todo, en la calle frente a El Building, donde un hombre bajito, de nombre Cheo, vendía manjares de la cocina isleña difíciles de encontrar: guineos verdes, yucas y plátanos. Por el contrario, cuando Rafael regresaba a pasar su permiso los fines de semana, íbamos de compras al supermercado americano. No era esnobismo de su parte, sino temor por nosotras. Dos años en New York City le habían enseñado que un inmigrante puertorriqueño endurecido en la calle no era de la misma especie que el isleño por lo general amable y hospitalario. Él se había librado de lo peor del prejuicio racial únicamente debido a su piel blanca y su inglés de libro, que sonaba formal como el de un europeo. Su esposa y su hija, de piel oliva y pelo negro, eran un asunto completamente diferente.

Era la mancha, la señal del que ha cruzado el charco, la mancha que tenía poco que ver con el color de la piel, porque algunos de los nuestros son tan "blancos" como nuestros vecinos americanos; y era la mirada de conejo asustado y nuestra interminable admiración ante cualquier cosa nueva o extranjera lo que nos identificaba como recién llegados.

A Ramona se le hizo fácil formar parte de la colmena étnica de El Building. Era un microcosmo de la vida de la Isla con sus intrigas, sus grupos de chismosos, y hasta con su propia espiritista, Elba, quien satisfacía las necesidades espirituales de los inquilinos. De regreso de hacer las compras, mi madre cerraba los ojos y respiraba hondo; era tanto un suspiro de alivio, pues las calles de la ciudad le daban ansiedad, como una forma de absorber los olores conocidos. En El Building, las mujeres cocinaban con la puerta abierta, como señal de hospitalidad. Se compartían artículos de la Isla que eran difíciles de encontrar, como guineos verdes, plátanos y panapén. En sus mejores tiempos, era una comunidad estrechamente unida, como cualquier Little Italy o Chinatown; las épocas malas, sin embargo, incluían reyertas caseras en las cuales se llamaba a los vecinos para que le sirvieran de testigo a una esposa burlada: "Estela, ¿tú viste a mi Antonio con la puta de Tita en el billar el sábado?". Desde luego, después que se acababan las discusiones, inevitablemente tanto el uno como la otra desdeñaban a la persona que había cometido la tontería de intervenir. Era difícil guardarles rencor a los otros inquilinos porque se compartían los pasillos y sólo había una escalera estrecha para todos, y era imposible evitar El Basement, donde estaban las lavadoras y las secadoras que varias de las mujeres habían comprado colectivamente. El sótano era un campo de batalla donde las amistades de toda una vida se podían deshacer en cuestión de minutos si alguien violaba el tiempo de otro; o peor, si la persona era de los infelices que no habían invertido en las lavadoras Sears y la cogían tratando de lavar una tanda a escondidas, poco faltaba para que la apedrearan en público. Hubo un momento en que a alguien se le ocurrió la idea de emplear un grupo de muchachos para que patrullaran el sótano. Esto creó una nueva jerarquía entre los adolescentes de El Building, que ya estaban organizados en pandillas, porque alentó negociaciones tras bastidores, sobornos y alguno que otro caso de violencia por lograr el control de El Basement.

La vida se vivía con intensidad en El Building. Los adultos vivían en dos mundos con alegre aceptación de la esquizofrenia cultural, que soportaban o bien con el arrojo del gladiador romano o bien con la humildad de la mirada baja que en la calle se confundía con debilidad —una timidez inculcada por las madres en los hijos pero que nos merecía no pocos insultos y hasta palizas de los muchachos negros, quienes sabían lo que debía hacerse. Con ellos era cuestión de ponerse duro o morir. Una vez entre las cuatro paredes de los apartamentos que parecían un tren, sin embargo, cada cual se colocaba a su nivel. Fortalecidas en la ilusión de que dentro de la familia todo podía mantenerse de la misma manera en que había estado en la Isla, las mujeres decoraban los apartamentos con todos los artefactos que aumentaban esa ilusión. Los objetos religiosos importados de la Isla eran los favoritos para colgar de las paredes. En muchos apartamentos, sobre la mesa de la cocina, colgaba un Sagrado Corazón, perturbador por su representación realista del órgano carmesí sangrando en una mano abierta, como la pesca del día en el colmado. Y siempre se podía ver a María sonriendo serenamente desde las paredes.

Año tras año Rafael, mi padre, trataba sin éxito de convencer a Ramona de mudarse de El Building. Hubiéramos podido hacerlo. Con nuestro cheque de la marina seguro todos los meses, nuestros vecinos nos consideraban ricos, pero Ramona les tenía miedo a los vecindarios desconocidos, con sus vulnerables casas para una sola familia, puestas como huevos en los solarcitos de césped verde. Ramona había desarrollado la mentalidad de guarnición del inquilino de apartamento que dicta que hay seguridad en los números. Cuando Papá venía a pasar sus días de permiso se quejaba de que en el edificio no había la posibilidad de vida privada, los vecinos eran alborotosos, y las malas influencias pesaban sobre mi hermano y sobre mí. Mamá le hacía ver que durante sus frecuentes ausencias ella se sentía segura allí entre otros como ella. Él nos llevaba a pasear a Fairlawn, una comunidad adinerada donde vivían los médicos, los abogados y otros profesionales de Paterson. Había tanto espacio... y hasta se podían escuchar los pájaros. Mamá les echaba una mirada a las fachadas frías de las casas y meneaba la cabeza, incapaz de imaginarse la vida dentro de ellas. Para ella las casas cuadradas de desconocidos eran como un televisor: se podía ver a la gente moviéndose y hablando, al parecer vivas y de verdad, pero cuando se miraba por dentro no eran más que alambre y tubos.

Como los regresos de Papá duraban poco —entonces estaba en constantes recorridos de servicio con una escuadra de cargamentos que entregaba pertrechos a las bases militares en Europa— sus discusiones acerca de mudarnos de El Building siempre se quedaban por resolver hasta la próxima vez. Sólo había una cosa ante lo cual era inflexible: la escuela a la cual asistíamos mi hermano y yo. Estaba convencido de que la Escuela Pública Número 15, adonde iban todos los otros niños de la cuadra, era un refugio de borrachos y de maleantes. Los maleantes eran los estudiantes; los borrachos dormían en los bancos del supuesto recinto escolar, un parque que rodeaba el edificio gris de la escuela que parecía una cárcel, donde los vagabundos dormían la siesta y había venta de drogas detrás de los arbustos. Nos matriculó en Saint Jerome, donde las monjas eran liberales y el nivel académico era alto. Éramos los únicos estudiantes puertorriqueños. Todos los demás eran descendientes remotos de inmigrantes irlandeses e italianos, hijos e hijas de padres profesionales de buena reputación. En Saint Jerome aprendíamos apreciación del arte, historia de la iglesia y latín. No había economía doméstica para las niñas ni mecánica para los niños. Y llevábamos uniformes con gorritos. Mi hermano y yo caminábamos cinco cuadras hasta Saint Jerome aterrorizados de que los niños del vecindario, quienes lo menos que hacían era gritarnos insultos como "mariquitas", nos robaran los gorros o trataran de hacernos caer en el fango de las calles.

Cuando éramos muy pequeños, Ramona iba caminando con nosotros a la escuela y nos recogía por la tarde. Para ella esto era un riesgo y una aventura. Se le había hecho considerarse a sí misma como terreno sagrado y a los hombres como lobos que daban vueltas en las fronteras listos para saltar. Ella no se comportaba humildemente sino como una mujer que reconocía su belleza. Sólo miraba para el frente y caminaba de prisa, arrastrándonos detrás de ella. Yo sentía su temor y su ansiedad a través de su mano, que agarraba la mía tan apretadamente que me causaba dolor. En las calles de Paterson mi madre parecía una extranjera y una refugiada, y a medida que tuve capacidad para identificar los elementos que la atemorizaban, me aterraba caminar con ella, un letrero ambulante que anunciaba su paranoia en una lengua extranjera.

Todas sus actividades se llevaban a cabo en grupos de mujeres. Aunque Rafael despreciaba las sociedades de chismosas de El Building, no podía hacer mucho para evitar que Ramona desarrollara una relación íntima con las otras mujeres mientras él estaba fuera. Las que no trabajaban en las fábricas formaban grupos que cambiaban según las necesidades y pocas veces se atrevían a salir solas. Iban de compras juntas y sólo patrocinaban ciertas tiendas; asistían a la misa en español los domingos a las diez, para oír al juvenil Father Jones pasarse el servicio batallando en un castellano ceceante con un marcado acento; y se visitaban a diario, para comentar y analizar interminablemente su condición de expatriadas. Se quejaban del frío en el invierno, de sus peleas con el "súper" para que les diera más o menos calefacción, de lo sofocante que era el edificio en el verano y de la nostalgia; pero el tema principal, después del marido y los hijos, era la Isla. Se ponían llorosas y poéticas al describir el quimérico Edén. La pobreza se teñía de romanticismo y los parientes alcanzaban proporciones míticas en sus esfuerzos heroicos por sobrevivir en un mundo implacable.

Ramona: Dicen que Mamá Cielo por poco se muere al dar a luz a Guzmán. Perdió muchísima sangre y el diablito salió pateando y gritando. Nunca volvió a ser la misma de antes, nunca recobró la fuerza después que él nació. Hay gente que dice que un hijo en la edad madura es como un tumor que le puede chupar a una mujer la energía vital. Yo hice que me cosieran la matriz después de mi hijo...

Vecina: Yo también, niña. Un hijo fue suficiente para mí. En mi pueblo había una mujer que vomitaba uno todos los años; al quinto o al séptimo parecían más sapos que niños. Mi propia madre se secó como un coco de amamantar muchachos. Eso no es para mí.

Ramona: Me maravilla cómo Mamá Cielo se las arregló para criarnos a todos nosotros con nada. Siempre había comida en abundancia. Ella tenía un jardín y en el patio de atrás había gallinas. Aquí, si no hay esto (se frotaba el pulgar y el índice para indicar dinero), no se come.

Vecina: Aquí hasta hay que pagar para mantenerse caliente y confiar en que el súper, el muy hijo de la gran puta blanca, encienda la caldera.

Todos los meses Ramona recibía un sobre delgado y azul de correo aéreo con una carta de Puerto Rico. Siempre comenzaba con una bendición y un mensaje breve sobre la salud de Mamá Cielo, de Papá Pepe y de mi joven Tía Luz. Entonces, después de algunas líneas sobre gente de Salud cuyos nombres no querían decir nada para mi hermano ni para mí, casi siempre había algo sobre Guzmán. Esta parte la escuchábamos con cuidado, porque habíamos oído muchos cuentos sobre la oveja descarriada de la familia. De cómo él se había ido de la Isla hacía diez años y que pasaron seis meses antes de que supieran de él. Mamá Cielo por poco se muere de la ansiedad. Únicamente Papá Pepe estaba seguro de que su hijo estaba vivo porque en un sueño había tenido una visión en la que veía a Guzmán en una cueva, escondiéndose de sus enemigos.

Como los ancianos habían virado el mundo al revés tratando de descubrir el paradero de su hijo, el periódico de Mayagüez se había puesto en contacto con la oficina del gobierno a cargo de la lotería y lo único que se había descubierto era que no había récord del agente que había venido a Salud, que la empresa había sido costeada en privado y que tal vez hasta era un engaño. Dicen que la investigación que resultó de esto tardó años, y que mientras tanto cientos de jóvenes terminaron en campamentos de trabajadores migratorios como aquél en que habían arrojado a Guzmán después de un penoso viaje. A pesar de que en su primera carta a sus padres Guzmán no entraba en detalles, era evidente que una vez en el campamento se le obligó a trabajar en los campos de fresas por diez horas diarias bajo la supervisión de guardias armados. Durante semanas ni siquiera sabía que estaba en los alrededores de Buffalo, New York, trabajando para un agricultor ausente que se interesaba poco por la forma en que sus administradores obtenían obreros. Se fue gracias a que llegó a conocer a la cocinera, una mujer que viajaba de Buffalo para cocinar para los puertorriqueños después de que el cocinero que habían reclutado se enfermó con una tos con flema. En la carta de Guzmán al parecer no se planteaban los detalles de su relación con la cocinera, sólo que él se había metido en el baúl del viejo Studebaker de ella y así salió. Más tarde, para escapar de perseguidores reales o imaginarios, o tal vez de ella, Guzmán cogió una guagua para New York City.

De alguna manera allí había convencido a alguien para que le diera trabajo como niño de mandados para los conductores del sistema de transportación subterránea, a quienes les compraba cigarrillos y atendía sus necesidades en la forma que había aprendido de los cortadores de caña. Estaba estrictamente fuera de la nómina. Dependía de las propinas. Dormía en los trenes y compraba la comida de los distribuidores automáticos. Guzmán temía que la gente de la finca de Buffalo lo estuviera buscando todavía y pocas veces se atrevía a salir a la calle durante el día, por lo que prefería hacer el recorrido en tren de un extremo al otro. No era un trabajo aburrido, pues en el tren podía observar y clasificar a los habitantes de la ciudad y aprender la lengua, pero lo más importante fue que adquirió las destrezas necesarias para sobrevivir en la calle. Se hizo un guerrero del tren subterráneo, con los ojos atentos a la mirada siniestra en los ojos del pervertido, las manos nerviosas del asaltante principiante, y la astucia del carterista. Fue su curso de supervivencia.

Todo esto, por supuesto, no lo supimos por las cartas. Lo tendríamos que deducir de *Las aventuras de Guzmán*, la narración inacabada, contada por mi madre, aumentada y coloreada hasta que en nuestra imaginación Guzmán se convirtió en el gigante marrón de leyenda isleña. Habría varias versiones de la historia de Guzmán, a la medida del público. Y habría lagunas que nunca se rellenarían, agujeros por donde él caería en silencio.

Mientras vivía estrictamente en nuestra imaginación, Guzmán podía alcanzar las dimensiones que quisiéramos. Cuando Ramona hablaba de su niñez rebelde, me estremecía secretamente ante su desafío de los adultos, a quienes yo estaba empezando a guardarles rencor. A los trece años, se me aconsejaba que aceptara humildemente un destino que no había escogido para mí misma: el exilio o, peor aún, la falta de hogar. Ya me daba cuenta perfectamente del hecho de que no encajaba ni en el mundo de clase media blanca de mis compañeros de Saint Jerome, ni en el exclusivo club de "expatriados" de El Building.

Cuando Rafael visitó Paterson por primera vez, en busca de un lugar "seguro" adonde llevar a Ramona y su hija, la ciudad estaba en medio de cambios internos, imperceptibles para un extranjero. La gente blanca de clase media se estaba mudando para la periferia, West Paterson, East Paterson; los comerciantes judíos estaban comprando propiedades en los distritos pobres del centro de la ciudad y les alquilaban apartamentos a los negros y a los puertorriqueños. Miles de inmigrantes inundaban el área desde New York City, ahora en sus últimas agonías de centro industrial. Pero para mi padre, quien presenciaba la confusión en las calles mientras estaba estacionado en el Yard, era mejor que Brooklyn. Vestido de uniforme blanco de marino me parecía un ángel cuando hacía sus poco frecuentes apariciones por casa. En esos días llegábamos de la escuela y entrábamos en un apartamento que olía a limpiador con fragancia de pino, donde Ramona limpiaba nerviosamente las superficies y recogía lo que habíamos tirado. Las conversaciones con las vecinas a menudo incluían risitas y susurros en la víspera de los regresos de Rafael.

—¿Trajiste tus papeles de la escuela como te dije, Marisol? —preguntaba ella tan pronto como yo entraba por la puerta.

Una de las primeras cosas que Rafael les preguntaba a sus hijos era cómo les iba en la escuela. Miraba todos los papeles que debíamos conservar para él, y lo comentaba todo, incluso nuestra caligrafía, haciendo observaciones agudas para hacernos ver que el mundo juzgaba por las apariencias y que una mano chapucera quería decir una persona descuidada.

Las exigencias de Rafael se extendían a todos los aspectos de nuestra vida. El apartamento se pintaba tan a menudo que las paredes cobraron una apariencia y una textura tridimensional, y cuando me reclinaba en el antepecho de una ventana (lo cual era a menudo), podía dejar las huellas de mis dedos y las uñas en el esmalte blando. Lo inspeccionaba todo, incluso nuestra ropa, y si cualquier prenda de vestir empezaba a verse deshilachada o desgastada, le daba órdenes a Ramona para que la reemplazara inmediatamente. Comprábamos en tiendas que no estaban al alcance de nuestros vecinos o donde no se atrevían a entrar, y mi madre tenía una cuenta de crédito en Penney's. Lo único que él no podía lograr que ella hiciera era mudarse del abarrotado barrio de El Building. Pero entre las cuatro paredes de nuestro apartamento él hizo todo lo posible por separarnos de la chusma. Se las arregló para hacerlo. Vistiéndonos mejor y teniendo más que cualquiera de los niños de El Building, se nos mantenía fuera de sus filas; al tener menos que nuestros compañeros de clase en Saint Jerome, nunca encajamos del todo en esa sociedad tampoco.

A diferencia de Ramona, Rafael casi nunca hablaba de su infancia en la Isla. De hecho, sus silencios eran más impresionantes que sus discursos. Cuando regresaba a pasar su permiso, las vecinas no pasaban por casa como acostumbraban hacer cuando Ramona estaba sola; nos preparábamos para su regreso como para la visita de un dignatario. Después de que Ramona recibía un telegrama, pues no teníamos teléfono, empezaba a limpiar el apartamento y a amonestarnos incesantemente sobre nuestro comportamiento durante su estadía. Cuando crecía, sólo supe unas cuantas cosas sobre mi padre. Los cuentos de Ramona sobre don Juan Santacruz, el cruel patriarca de una familia trágica, apenas se podían conectar con el desconocido reservado en que se había convertido Rafael. Después de casi catorce años en la marina sólo había ascendido al rango de suboficial, cabo de mar le decían. Su trabajo en un viejo buque de carga de la Segunda Guerra Mundial era vigilar las calderas. Pasaba de diez a doce horas al día bajo el nivel de agua, vigilando cuadrantes, solo. Allí aprendió el silencio. Lo practicó por horas, días y meses, hasta que se hizo un experto. Cuando regresaba a nosotros, se le hacía difícil conversar y le molestaba el ruido normal de la vida.

Durante la crisis de los misiles en Cuba no supimos de Rafael durante meses. Ramona todavía recibía un cheque mensual de la marina, pero no recibía cartas, ninguna señal de vida. Esta fue mi iniciación como su intérprete. Durante semanas fuimos de oficina en oficina de la Cruz Roja, donde nos trataban como víctimas de un desastre natural, nos daban refrescos en vasos de plástico y nos pedían que esperáramos. Algunas veces yo completaba formularios por mi madre. Pero nunca había ninguna respuesta verdadera. Sí, él estaba en un barco. No, no era posible la comunicación, por favor, regrese a su casa y espere, Mrs. Santacruz. En esa época aprendí lo que era esperar, la principal ocupación de una mujer. Observaba a mi madre fumar cigarrillos y beber café y esperar. Nunca discutía sus temores conmigo. Sólo me decía lo que yo debía hacer.

Un día, después de que habíamos visto al presidente Kennedy dar su discurso en la pantalla granosa de nuestro televisor, Rafael se apareció a la puerta con su bolsa de lona. Estaba tan delgado que parecía un niño con un vestido de marinero que le quedaba grande. Estaba pálido y febril. Ramona lo llevó al cuarto y cuando salió al día siguiente era, más que nunca, un desconocido para nosotros.

Se quedó más tiempo que nunca, recuperándose del cansancio de medio año en el mar. ¿Haciendo qué? "Contando los días", le oí decirle a Ramona tarde en la noche con una voz monótona. El cuarto que yo compartía con mi hermano, Gabriel, daba a la cocinita, donde Ramona se sentaba con sus cigarrillos y su café a hablar con las vecinas y a esperar a Rafael, y a leer las cartas de la Isla. Aquí Rafael y Ramona se ponían al día sobre la vida de cada uno. Sus conversaciones eran mayormente preguntas de él, fraseadas delicadamente, y respuestas de ella, cargadas de emoción. Evidentemente preocupada, esta vez Ramona insistió en que le diera detalles de su ausencia.

—Yo era el intérprete del capitán— por fin admitió —el único a bordo que sabía español, y ayudé—. Nada más. O estaba bajo mandato militar de guardar silencio sobre la crisis cubana, o simplemente no quería hablar del asunto; por la razón que fuera, escogió no explicar con más detalles su participación en él. Ramona cambió el tema y volvió a caer en el papel de la entrevistada en su interminable interrogatorio. Era como si, por no poder compartir nuestra vida, necesitara un informe completo de todas nuestras actividades, incluso las más triviales: vivir nuestros días indirectamente, tomar decisiones, después de que todo hubiera pasado. Escuchando desde nuestro cuarto, yo le guardaba resentimiento por su intromisión en nuestra vida y sentía que mi intimidad había sido violada, como cuando había tenido que completar todos aquellos formularios para desconocidos. Una noche, dieron por sentado que estaba dormida y hablaron de mí.

—Marisol es una señorita ahora, Rafael. Estoy segura de que le llegará la menstruación pronto.

—Tú no eras mucho mayor que ella cuando nos casamos, Ramona. Tenemos que tener mucho cuidado con ella. ¿La has visto con algún muchacho? No quiero que se junte con los vagos que hay en este lugar—. Esto, desde luego, llevaba a un tema habitual de mis padres: mudarnos de El Building. Pero yo me moría de la vergüenza debajo de las sábanas de mi estrecha cama. ¿Cómo se atrevía ella a mencionarle asuntos tan privados? A cuatro pies de donde yo estaba, mi hermano roncaba bajito.

Rafael trató de demostrarnos que se preocupaba por nosotros. Para ello llevaba a Gabriel a pasear por la ciudad, excursiones que mi hermano detestaba porque era un niño obeso y estudioso, cuya idea de pasarlo bien era leer un libro de aventuras mientras consumía un paquete completo de dos hileras de galletas de higo. Era blanco favorito para los abusadores de El Building y por esa razón, una vez que se encontraba a salvo en el apartamentito, prefería quedarse en él. La escuela era otro asunto: allí su maestra del quinto grado había identificado en él un cociente de inteligencia sorprendentemente alto y la bien intencionada monja lo había adoptado como privilegiado conejillo de indias, la base de su tesis de maestría. Como tenía poco de qué hablar con Rafael, éste tenía que recurrir a interrogarlo. Siempre nos hablaba en inglés: un perfecto inglés de libro, con un acento muy marcado pero que no se podía identificar como puertorriqueño. Una vez mencionó que la mayor parte de sus compañeros de barco creían que era alemán.

—¿Por qué tiene que seguirme a la escuela? —le pregunté a Ramona. Rafael había empezado esta costumbre después que se enteró de que un día unos muchachos negros nos habían amenazado a gritos. Lo que él no sabía era que esto no era poco común. Nos atacaban de ambos lados. Con el uniforme y el gorrito de escuela católica éramos blanco fácil de todos los muchachos de escuela pública. Hacía rato que habíamos aprendido la utilidad de la resistencia pacífica. A menos que nos atacaran físicamente, fingíamos que no habíamos oído. El que Rafael nos protegiera sólo aumentaba nuestra humillación.

—Sólo quiere asegurarse de que ustedes llegan a la escuela sanos y salvos—. Ramona entendía perfectamente mi resentimiento, pero nunca le llevaría la contraria a su esposo ante nosotros. —No causes problemas, Marisol.

—Casi tengo catorce años, Mamá, puedo caminar sola a la escuela.

—Creo que debes irte a tu cuarto y hacer tu tarea escolar ahora.

186

Las dos habíamos escuchado el sonido inconfundible de las pisadas de Rafael cuando venía subiendo por las escaleras. Siempre calzaba los pesados zapatos de marino, de suela de goma ancha, que producían un sonido muy diferente al de los zapatos de las otras personas de El Building.

—No tengo tarea. Son las vacaciones de Navidad, ¿recuerdas? Hoy fue el último día de clases—. Él estaba a la puerta, escuchamos el tintín de las llaves. Era evidente que Ramona no quería una confrontación.

—Hay una canasta de ropa sucia en el baño. Llévala a El Basement.

—Está casi oscureciendo—. Le estaba haciendo lo más difícil posible el que se librara de mí. Había un acuerdo entre las amas de casa de El Building de que las mujeres no lavaban la ropa en el sótano después de oscurecer. Todos los inquilinos sabían que algunos de los hombres usaban el lugar para jugar por la noche y que los adolescentes se reunían allí para fumar y pasar el rato.

—Todavía hay tiempo. Acaba y empieza a lavar. Haré que tu padre vaya a buscarla después. ¡Camina!

Esperé a que mis padres se fueran al cuarto y salí para el sótano. A través de la ventana al final del pasillo pude ver la espalda de mi hermano. Estaba sentado en la salida de emergencia, leyendo. Bien arropado con su grueso abrigo de invierno, sombrero y guantes, parecía más un montón de ropa que un niñito, a no ser porque se movía cuando volvía las páginas y se acomodaba en su sitio. Este era su lugar privado. La escalera era oscura, iluminada por una bombilla amarilla en cada descanso. Yo podía oír los sonidos de la gente en cada apartamento según pasaba, preparándose para la comida de la tarde; olía el aroma espeso de amarillos fritos, de las habichuelas hirvientes y del arroz blanco, que siempre estaba presente en la mesa. Me preguntaba si la Isla de mi madre olía como El Building a la hora de la comida.

Pero el pensamiento que ocupaba mi mente la mayor parte del tiempo era el de Frank, el muchacho de la escuela superior del cual estaba perdidamente enamorada. Era italiano. Su padre era el dueño del supermercado que estaba cerca de mi escuela. No se había dado cuenta en lo absoluto de mi existencia. ¿Por qué iba a fijarse en una flaca estudiante puertorriqueña de primer año en Saint Jerome, cuando podía escoger a cualquiera de las muchachas hermosas y bien desarrolladas de su propia clase?

Preocupada por estos pensamientos, entré en el sótano húmedo y mal iluminado. En seguida tuve la sensación de que no estaba sola, pero al principio lo único que escuchaba era el silbido de la tubería de vapor. Puse la cesta en el piso y aguanté la respiración. No tenía miedo —la lavadora de mi madre estaba cerca de la salida y podía correr hacia la puerta si veía a alguien saliendo del oscuro laberinto de las máquinas y las columnas de cemento. Entonces oí un sonido como el de un gato atrapado en una máquina. Había pasado antes; los muchachos malos a veces metían un animal callejero en la lavadora para asustar a las mujeres. Probablemente era lo único que podía haberme hecho vagar hacia el extremo más lejano de El Basement, cada vez más oscuro y peligroso. Según me acercaba de puntillas hacia el sonido, se hizo evidente que o había una camada completa de gatos o no había ningún animal. Era definitivamente una voz humana haciendo ruiditos de animales en español, una mujer la que hablaba:

—Este piso está frío. Espera... espera... —Entonces más gemidos.

Me agaché detrás de una secadora, que estaba tibia como si la hubieran usado recientemente. Con cautela me asomé por la esquina. Había dos personas en el piso justo en frente de la máquina. Estaban prácticamente desnudos, aunque el hombre todavía llevaba los pantalones, sólo que le llegaban a las rodillas y no a la cintura.

Reconocí al marido de una de las amigas de mi madre que venían a tomar café a la casa. No conocía a la mujer desnuda, pero no era la esposa del vecino. Tenía el pelo rojo brillante. Su piel era oscura pero no era negra. Los senos, eran los más grandes que yo había visto, le colgaban sobre el vientre como dos globos desinflados. Ella seguía quejándose de la frialdad del piso.

—Esto no va a funcionar, José.

El sólo seguía diciendo "sí, sí..." y tratando de subirse encima de ella. Era flaco y estoy segura de que ella se habría podido deshacer de él si hubiera querido. Cuando por fin se las arregló para treparse encima de ella, ella le enroscó las piernas gordas alrededor de las nalgas flacas y ambos empezaron a mecerse y a gemir juntos. Parecía que a ella se le había olvidado la incomodidad inicial y la frialdad del piso. Yo observaba fascinada hasta que oí la voz de Rafael que me llamaba bajito desde el otro extremo del sótano. La pareja se petrificó en medio de una de sus contorsiones y viraron la cara hacia donde venía la voz de mi padre. El terror en sus ojos era tan exagerado como las caras de los actores que había visto en las películas de horror que daban tarde por la televisión. Sus ojos estaban bien abiertos y brillosos, las bocas torcidas haciendo una mueca. Como no quería que Rafael viera esta escena absurda, fui gateando hacia la puerta.

—¿Qué estabas haciendo por allá adentro, Marisol? Podía darme cuenta de que Rafael estaba practicando su autocontrol. Su voz era grave y mantenía las manos dentro de la chaqueta de marino, pero una arruga profunda le dividía la frente. Tenía que pensar de prisa.

—Se me cayó una de mis pantallas de oro—. Me llevé la mano a la oreja, que afortunadamente estaba oculta por una capa de abundante pelo negro. Él me había enviado esas pantallas desde algún lugar de Europa para mi último cumpleaños. No había sonidos excepto los silbidos de mal agüero de los tubos.

—No debías bajar después de oscurecer. Ramona debía saberlo—. Esta última oración la había dicho en voz baja. Por la noche habría otra de las acostumbradas discusiones sobre mudarnos de El Building.

—Ahora sube.

—¿Qué pasa con la ropa y mi pantalla?

—Yo traeré la ropa. Puedes lavarla mañana. Olvídate de la pantalla.

Subí corriendo las escaleras para encerrarme en mi cuarto y pensar a solas en lo que había visto. Desgraciadamente, Gabriel ya había reclamado su lado del cuarto y estaba ocupado armando maquinaria pesada con el costoso juego de construcción que Rafael le había comprado en uno de sus paseos. Me acosté y me puse una almohada sobre la cabeza para tener un poco de intimidad. Ramona entró sin tocar.

—Marisol, ¿pasa algo?. ¿Qué ocurrió allá abajo?

—Nada, Mamá. Papá bajó para buscarme. Tú sabes por qué. Tengo dolor de cabeza. ¿Puedo cerrar los ojos por unos minutos, por favor?

—Está bien, pero estás un poco extraña últimamente, jovencita. Vamos a tener que hablar muy pronto—. Tiró la puerta cuando salió del cuarto y un complicado puente que Gabriel acababa de equilibrar entre dos cajas de zapatos se partió a la mitad y se desplomó. Frunció la frente ante el desastre exactamente como Rafael había fruncido la frente ante mí. No me había fijado antes en lo mucho que se parecían—no en la apariencia, pues ni mi hermano ni yo habíamos salido rubios y blancos como Rafael, sino en la intensidad de sus ojos castaños. Mi padre siempre miraba como si estuviera tratando de descifrar un problema matemático muy difícil. Por eso apenas sonreía o hablaba. Estaba ocupado concentrándose en resolver ese problema.

La semana después del episodio de El Basement vi a José varias veces. Parecía que me estaba observando.

Me asustaba como algo emocionante el sentir sobre mí sus ojos de rata cuando yo caminaba al supermercado, pero no me preocupaba que pudiera acercarse. Había una especie de código de honor en El Building que yo entendía en una forma rudimentaria: estipulaba que se podía mirar a las esposas respetables y a sus hijas y, si iban solas, hasta se les podía hacer elogios verbales, los piropos escandalosos, poemas inventados en el momento y lanzados a las mujeres que pasan, como ramos de flores desde las ventanas abiertas, los portales, las esquinas de la calle, dondequiera que estuvieran holgazaneando los hombres latinos. Ese era el precio que se debía pagar por salir sin chaperona. Pero estaba estrictamente prohibido tocar; si se violaba esa regla no escrita, la venganza era por lo general rápida. El marido ofendido o su representante podía empezar una venganza que a menudo terminaba haciendo que el violador se fuera de El Building. Por supuesto, como mínimo nunca se le invitaría a un hogar decente otra vez. En parte por esto Ramona se sentía segura en El Building. Yo empezaba a darme cuenta de los efectos que su belleza tenía en los hombres cuando íbamos juntas a algún sitio. La incivilidad de los hombres de El Building era la razón principal que Rafael traía a colación cuando insistía en que antes de que yo creciera más teníamos que mudarnos del lugar. Sabía que José tenía miedo de que lo delatara. Él no podía saber que yo no iba a compartir mi secreto más terrible con mis padres.

Según se acercaba el día de Navidad, El Building empezó a llenarse con los parientes de los inquilinos que venían de la Isla. Sus voces llenaban los pasillos con risas, exclamaciones por el frío glacial, por los televisores, o porque los muchachos habían crecido tanto desde la última vez. Parecía que todas las mujeres estaban cocinando a la vez, saturando el lugar del olor a dulce de coco y a pasteles que las más afortunadas habían recibido de las madres y las abuelas al otro lado del charco, venían congelados y envueltos cuidadosamente en hojas de plátano y papel de aluminio, y escondidos en las profundidades de una bolsa. El festejo duraría hasta el Día de Reyes, el 6 de enero, cuando los niños recibían los regalos.

En nuestra casa íbamos de compras a Sears y a Penney's. Teníamos un árbol de Navidad con regalos debajo que abriríamos el veinticinco de diciembre. Me habían dado permiso para aceptar una invitación para una fiesta en la casa de mi amiga en Nochebuena. Era la hija del médico y Rafael dio su aprobación. Le dio a Ramona dinero para que me comprara un vestido. Me pidió un taxi. El conductor se veía nervioso cuando se acercó a El Building y me di cuenta de que tuvo que estirarse para quitarle el seguro a la puerta.

—¿A qué hora dijiste que regresarías?

Miré a Rafael, molesta. Ya me había hecho la misma pregunta varias veces. "Lo único que sé es que comen a las siete. ¿Quieres que vuelva inmediatamente después de que termine de comer?"

—No. Quédate un poco más. Aquí tienes el número del taxi.

—Oiga, ¿me va a decir por fin adónde va? —Era el taxista.

Mi padre le dio una de sus miradas de ceño fruncido y me dijo adiós con la mano. Se quedó parado en la nieve sucia de la calle frente a El Building todo el tiempo que estuvimos detenidos frente al semáforo y mientras podía ver el carro y yo lo podía ver a él.

Esa noche, Nochebuena, mientras yo estaba sentada en un comedor del tamaño de la mitad de nuestro apartamento, sentada a una mesa de ocho comensales con un inmenso candelabro sobre ella, perpleja frente a un pavo grande, mi tío Guzmán se apareció por El Building.

La velada en casa de mi amiga había empezado de manera casi perfecta. Me había sentado en su cama y había hablado con ella mientras sus padres recibían a los invitados a la cena. Su cuarto estaba decorado con colores neutrales: paredes blancas brillosas y cortinas y colcha que hacían juego en el color de rosa más pálido. Todo en el cuarto era de ella. No tenía que compartir el cuarto con nadie. Su hermano tenía dieciocho años y era estudiante de primer año en Princeton. Era tan guapo y tan refinado, con el mismo aire italiano de Frank, el objeto de mi amor. Los padres de Letitia eran cuidadosamente corteses conmigo. En una ocasión, durante la cena noté que Mrs. Roselli estaba mirando fijamente mis manos. Yo había estado comiendo arroz con una cuchara: todos los demás, supuse en seguida, usaban un tenedor. Ella atrajo mi atención y sonrió rápidamente, pero yo estaba bastante avergonzada como para pedir que me excusaran de la mesa y correr al baño. Tenía los ojos llenos de lágrimas tontas cuando fui a caer en los brazos del hermano, quien salía de su cuarto. Me habían dicho que tenía una cita con la estudiante más bonita del último año en Saint Jerome. Por la razón que fuera, nos abrazamos. Me haló hacia su cuarto a oscuras y apretó sus labios contra los míos. Instintivamente le correspondí hasta que trató de meter su lengua en mi boca. Aunque pude haberme desmayado por las sensaciones tibias de placer que corrían por todo mi cuerpo, de repente me entró pánico. Lo empujé y salí corriendo del cuarto. En el espejo del baño vi mi rostro veteado por las lágrimas, tenía las mejillas enrojecidas. Me dolía el estómago. Algo no me había caído bien. Y entonces —sin aviso— la cena que acababa de disfrutar regresó en espasmos. Ansiosa, Mrs. Roselli tocó a la puerta y me acosó con preguntas.

Terminé la cena, incluso me las arreglé para levantar mi copa con los otros, era la primera vez que probaba el vino. El médico me llevó a casa. Estaba empezando a nevar y Paterson me parecía hermoso por primera vez. Las exhibiciones de las vitrinas de Main Street se veían menos a través del velo delgado de la nieve. Los nombres de las tiendas por las que pasábamos parpadeaban como palabras de una canción sin sentido: Franklin's, Woolworth's, Quackenbush.

—¿Qué?

—¿Perdón?

—Creí que habías dicho algo. ¿Te sientes bien?— El Doctor Roselli alargó el brazo y me puso la mano en la frente. —Estás caliente. Toma aspirina tan pronto llegues—. Su tono era muy profesional y noté que su preocupación era automática, pero, más que nada, lo que yo quería era creer que gente como los Roselli me aceptaría como a uno de los suyos.

Nos estábamos acercando a El Building. Yo deseaba poder pedirle que me dejara una cuadra antes. Podía ver que había una multitud de hombres y muchachos reunidos en los escalones de la entrada, probablemente bebiendo. Uno de ellos tenía un radio a todo volumen: resonaba la música de salsa. El médico se pegó a la acera. Dio la vuelta para abrirme la puerta y una bola de nieve que alguien tiró del callejón al lado de El Building lo golpeó justo en la parte de atrás de la cabeza. Por poco pierde el equilibrio y tuvo que aguantarse del carro. Traté de agarrarlo por el brazo, pero él dio un tirón con rabia.

—Acaba y entra. ¿Tus padres están en casa?

—Sí—. Me sentía tan humillada. Del grupo de hombres venían risas. Habría comentarios para mí cuando pasara frente a ellos. Los odiaba a todos. Empecé a caminar hacia la puerta mientras el carro del Doctor Roselli se alejaba de El Building, las gomas chillaron por la prisa que llevaba para alejarse.

Me estaba sintiendo mareada mientras subía los cinco pisos de escaleras hasta nuestro apartamento . Cuando Ramona abrió la puerta la miré como si estuviera en un tiovivo. Ella me metió de un tirón en nuestra diminuta sala. Los ojos le brillaban de la emoción.

—Marisol, ven. ¡Mira! Tu tío Guzmán está aquí.

Un hombre bajito y oscuro dio un paso adelante. Estaba vestido de negro. Su cara me pareció familiar, de una manera curiosamente perturbadora, era como si estuviera mirándome al espejo en un cuarto ensombrecido.

—¿Marisol?— La voz de mi madre había adquirido un tono de preocupación. Guzmán avanzó, abrió los brazos como para un abrazo y yo caí en ellos desmayada.

CAPÍTULO OCHO

Hablaban sentados a la mesa de la cocina y yo escuchaba. Estuve en cama, enferma de adolescencia durante días. El viaje a medianoche a la sala de emergencia del hospital en Nochebuena no había revelado más que unas cuantas gotas de sangre en mi ropa interior. El médico, con los ojos brillosos por la celebración en el cuarto de los suministros, sugirió en un tono condescendiente que se mantuviera el licor fuera del alcance de los niños y que mi madre me explicara sobre los bebés. Había silencio en el taxi de regreso a casa, excepto que Guzmán tarareaba bajito los villancicos navideños que estaban tocando por radio. Cuando regresamos al apartamento, Ramona me proveyó los voluminosos accesorios de la feminidad. Me sentía herida y débil, y me alegré cuando me arropó y me apretó contra su pecho en un abrazo tembloroso y rápido antes de ir a hacerle compañía a su hermano en la cocina. Rafael había salido un momento para comprar cigarrillos o más probablemente a dar uno de sus solitarios paseos. Solamente le quedaban unos cuantos días más de permiso antes de comenzar un viaje de servicio por Europa. No se había recuperado del todo: Ramona se quejaba a menudo de su falta de apetito. Sus silencios eran más profundos. Hambrienta de conversación, Ramona miraba a su hermano con alegre anticipación. No se habían visto en más de diez años y la última vez que habían hablado, había sido en un mundo diferente. Había tenido a Guzmán en el pensamiento siempre. El bribón de hermano, el joven atolondrado y aventurero, el mejor amigo de Rafael, y estaba aquí, frente a ella. Un hombre bajito, del color de un centavo nuevo, con la cara de un arlequín sabio.

Me asomé a través de la puerta entreabierta. Ramona nunca cerraba las puertas completamente dentro de la casa y le molestaba que otro lo hiciera. En la otra cama, mi hermano mascullaba algo acerca de un libro que había perdido. Se había resentido de que lo sacaran de la cama para ir al hospital y se había pasado la mayor parte del viaje dormido en brazos de Rafael. Olí el aroma dulce y espeso de café con leche. Ramona se estaba preparando para una velada larga. No pude oír bien el comentario de Ramona, pero la voz clara de Guzmán me llegó a través de la niebla delgada del medicamento.

–¿Toda la historia? Me llevará un montón de tiempo, Ramona–. Hablaron en español durante lo que parecieron horas. En algún momento, oí que Rafael entró. Se les unió, pero no oí su voz. Aunque yo estaba en un estado de duermevela, escuché la historia de Guzmán, o la soñé.

–Dicen que estuviste perdido en Nueva York, o muerto. Mamá Cielo lleva luto desde el año que te fuiste de la Isla. ¿Qué pasó después de que saliste de la finca, Guzmán? –Eso es lo que Ramona le habría preguntado a Guzmán. Y él le habría respondido:

–Cuando llegamos estaba oscuro y hacía frío. Todos teníamos hambre y estábamos cansados. Pensábamos que una vez que el avión aterrizara, nos darían comida y un lugar donde dormir, pero nos esperaba una guagua escolar amarilla y grande, y apenas si pudimos echarle un vistazo al aeropuerto. Me pareció tan inmenso, tan claro y lleno de gente. Era como si hubieran construido una cúpula de cristal alrededor de un parque de pelota. Traté de llegar hasta el hombre que estaba al frente, que parecía ser el encargado, pero no me hizo caso. Nos dijeron que camináramos por la terminal del aeropuerto en fila india como si fuéramos niños. Daba la impresión de que habíamos viajado durante toda la noche y cuando llegamos, todos pensamos que estábamos perdidos. No había nada alrededor, excepto un campo, y frente a nosotros, lo que parecía un campamento militar. Casetas del ejército, por docenas, y más allá, un edificio de cemento, que más tarde supimos era donde vivía el administrador y donde estaba la cocina. Hacía frío y los hombres empezaron a quejarse. Después de un rato, el administrador vino y habló con nosotros en un español terrible. Apenas podíamos entenderlo. Sólo entendimos algo inmediatamente, por lo menos yo lo entendí. Después que se fue la guagua, nos dejaron abandonados en el fin del mundo. Durante días yo ni siquiera sabía que la ciudad más cercana se llamaba Buffalo. Dormíamos en casetas. Había una estufa para quemar madera y muchos de nosotros cogimos las mantas y nos acurrucamos alrededor de ella. No podíamos creer que hiciera tanto frío a mediados de la primavera. Muchos de los hombres pensaron que estaríamos allí sólo temporeramente, que nos mudaríamos al lugar que se habían imaginado, un lugar con camas de verdad y televisores. Pero nadie nos daba explicaciones. Un negro que hablaba un poco de español nos despertaba todas las mañanas antes de que saliera el sol. Nos poníamos toda la ropa caliente que podíamos, considerando que la mayor parte de nosotros no tenía ropa de invierno, y nos dirigíamos hacia la caseta donde había mesas puestas para las comidas. Los primeros días esto era lo único que esperábamos con ansia pues habían traído a Marcelo –¿te acuerdas de él? –para que fuera el cocinero del grupo, pero estaba muy enfermo. Un día simplemente no lo volvimos a ver.

–Entonces una americana empezó a cocinar. Detestábamos los vegetales medio crudos que preparaba y la carne que siempre estaba dura y cocinada en exceso. A pesar de que hubo protestas por las largas horas que pasábamos recogiendo fresas en el frío, fue la comida malísima lo que por poco causa un motín ese primer mes. En lo que a mí se refiere, empecé a explorar el lugar por la noche. Caminaba recto por los campos fríos en la oscuridad, hasta la verja. Era del doble de la estatura de un hombre y tenía alambre de púas alrededor. Un guardián permanecía en la entrada en un pequeño cobertizo. La mayor parte de los hombres pensaba que éste era una especie de lugar para el adiestramiento, incluso después de la primera semana, cuando supimos que si necesitábamos algo, como jabón o cigarrillos, teníamos que apuntarlo en un papel y dárselo al negro, quien iba al pueblo en el camión del administrador cada tres o cuatro días. También le dábamos las cartas para que las echara al correo. Estuve tratando de hablar con ese hombre, para preguntarle por qué nos tenían como prisioneros, pero no me hizo caso y no contestó mis preguntas. Hasta traté de entrar a ver al administrador pero siempre había un hombre en la entrada y siempre decía lo mismo: "Mr. Rank no está". Yo creía que él tenía una pistola, así que no insistí. Hablé con los otros hombres, pero de los veinte que había, sólo dos o tres estaban dispuestos, por lo menos, a escucharme. Nos habían pagado un cheque ese primer sábado y se lo dimos al negro para que nos lo cambiara. No era la cantidad que esperábamos, pero era mejor que lo que cualquiera hubiera ganado después de una semana de trabajo en la Isla. La mayor parte de ellos lo enviaron directamente a su casa. Eran como autómatas, acostumbrándose lentamente a la rutina de trabajar, comer, dormir. Yo empecé a planear la huida.

–Te digo, hermana, no vas a pensar que lo que hice estaba bien, pero tenía que hacerlo. La cocinera era una señora agradable pero no podía aguantar las quejas constantes de los hombres sobre la comida que ella preparaba.

La vi tirando cosas en la parte de atrás de la caseta y hacía que las cosas se pusieran peor a los hombres. Mientras más se quejaban, peor se ponía la comida. Un día, alguien simplemente se negó a comer la carne y el repollo hervido que ella había preparado –y con razón: era como si hubiera usado aserrín como ingrediente principal para la carne y como si hubiera hervido el repollo hasta que se hiciera sopa. Un joven llamado Raymundo –¿te acuerdas de él? Era cortador junto con casi doce de sus hermanos en Salud– en fin, que él simplemente tiró el plato de lata al piso y salió de la caseta. En seguida muchos de los demás hicieron lo mismo. Estaban discutiendo acerca de hacer una huelga fuera de la caseta cuando el administrador pasó en su camión Chevrolet. Se bajó, seguido por el hombre que te dije que creía que tenía una pistola. Parecía que estaban listos para una pelea grande. Cuando por fin se aclaró la situación, el administrador anunció que la cocinera sería reemplazada. Ahí fue que vi mi oportunidad. Me abrí paso hasta el frente. "Puedo preparar la clase de comida que les gusta a estos hombres", grité. Sabía que me estaba exponiendo porque algunos de los hombres habían empezado a pensar que yo era un pendenciero, pero debían haber estado hambrientos porque me aplaudieron y le gritaron al administrador que me nombrara cocinero. Él dijo: "Ven conmigo". Me metí en el camión y fuimos al portón de entrada de la casa de cemento del administrador.

–A Rosalind, la cocinera, no la despidieron y mi trabajo era ayudarla en la cocina, pero ella me guardaba rencor y hacía todo lo posible por sacarme de allí. Al asopao de pollo que yo preparaba le decía "sopa de orangután". Se equivocaba con las provisiones que le pedía que me consiguiera. Peor, se la pasaba bebiendo de una caneca todo el santo día. Un día, cuando Joe, el negro del que ya te hablé, vino a buscarla para llevarla al colmado, la encontró inconsciente en un catre del ejército que tenía al lado de la estufa. No pudimos despertarla. Finalmente, Joe me hizo un gesto para que me metiera en la camioneta con él. El corazón se me quería salir cuando el guardián abrió el portón de la entrada para dejarnos pasar. Me aprendí de memoria cada árbol y cada peñasco que vi de camino a la ciudad. ¡La ciudad! Pensaba que era Nueva York. Edificios y calles y carros por todas partes. Nos estacionamos frente a la bodega. No podía encontrar muchos de los artículos que necesitaba. (De todos modos, yo estaba mayormente adivinando, en su mayoría eran suposiciones mías, aunque había pasado bastante tiempo en la cocina de Mamá Cielo y había aprendido unas cuantas cosas, y tú sabes que ella me hacía ir al colmado por ella.) Vagué por los pasillos durante horas, o lo que a Joe debió parecerle mucho tiempo, porque por fin me agarró por el cuello de la camisa y dijo: "Bueno, José, se acabó el paseo. Termina de una vez". "De acuerdo, Joe", le contesté, y lo vi sonreír por primera vez. Le pareció que mi inglés era gracioso. Tenía la boca llena de dientes de oro. Cuando regresamos a la finca, Rosalind se estaba revolcando como un animal herido. Había estado vomitando. Nos explicó que tenía una úlcera y se dio otro trago de la caneca. Joe me miró como diciéndome: "No va a durar mucho". Me imagino que él pensó que yo estaría encantado de que me ascendieran a cocinero. Pero, Ramona, te digo que empezaba a sentir lástima por aquella rubia desteñida. Parecía un ratón ahogado –enferma, sola y enojada con el mundo entero.

–¿Que a qué se parecía? – Ramona se había puesto de pie y por el ruido que estaba haciendo me pareció que preparaba café. Desde la cama podía decir que Rafael había abandonado el circulito otra vez. Sin embargo, no había salido del apartamento; no había oído la puerta ni sus pasos por el pasillo o bajando las escaleras. A esa hora de la noche era posible escuchar todo lo que pasaba en nuestro apartamento y a veces lo que pasaba en el contiguo. Había aprendido mucho acerca de mis padres quedándome despierta hasta tarde en la cama. Pronto vi adónde había ido Rafael. Regresó a la cocina brillantemente iluminada cargando nuestros regalos de Navidad.

–Por poco se me olvidan–. Ramona sonó avergonzada. Los tres fueron a la pequeña área al otro lado de la cocina, la parte destinada para la sala, donde estaba el árbol de navidad. Escuché sus murmullos, pero como la cocina estaba entre nosotros, no pude entender las palabras. Ya completamente despierta, estaba desesperada por que Guzmán reanudara su historia. Debo haber hecho algún ruido, porque Ramona se asomó al cuarto y por poco me sorprende con los ojos abiertos. No la escuché acercarse. Agradecí que no hubiera cerrado la puerta. El dulce olor de su café me llegó y la boca se me hizo agua. Me habría gustado ser lo suficientemente mayor como para sentarme a la mesa con ellos esa noche, pero, hasta cierto punto, la sensación deliciosa de la travesura de escucharlos sin que se dieran cuenta también me atraía. Cuando regresaron a la cocina, Ramona repitió su pregunta. A ella también le gustaba relatar y los detalles le parecían muy importantes.

–No era nada especial, Ramona– Guzmán reanudó la narración –tenía el pelo pintado de rubio, no siempre limpio, finito. Era más flaca que tu hija, pero los ojos eran algo especial –grandes como lámparas y más azules que el agua del mar. Pero de todos modos, los tenía más cerrados que abiertos cuando la conocí. Hombre, qué manera de beber la de esa mujer. Tampoco hablaba mucho. Me llevó dos semanas averiguar que era la sobrina del jefe o algo por el estilo –no del administrador, sino pariente del dueño. Su familia la había enviado a ganarse la vida después de que el hombre con el cual vivía la había abandonado y se había llevado todo lo que ella tenía. Por lo menos eso era lo que ella decía. Odiaba a su familia, gente rica y de sociedad, que quería que sus hijos fueran a la universidad a aprender a ganar dinero y nada más. Ella se había escapado de la casa con un hombre mayor después de graduarse de la escuela secundaria. Pero resultó que el tipo estaba más interesado en el dinero de la familia que en la vida de vagabunda de la inquieta muchacha. Entonces vinieron los años en la calles y el alcohol. El último tipo había sido lo suficientemente decente como para enviarles a los padres una nota anónima en la que les informaba el paradero de la hija –un cuarto de hotel infestado de cucarachas, donde la encontraron perdida en la confusión del alcohol y sin un centavo, pero todavía rebelde.

–De todo esto me enteré poco a poco, tú entiendes, de pasar días escuchando sus desahogos de alcohólica. Resulta que Rosalind también bajaba píldoras con alcohol. La señorita estaba verdaderamente metida en un lío. Aunque me daba pena, mi propia situación era insoportable. Todavía pasaba medio día recogiendo y trabajaba en la cocina la otra mitad. Habían pasado dos meses y todavía nos trataban como a prisioneros. Algunos hombres estaban empezando a alterarse. Yo quería salir de allí antes de que empezara el problema. Estaba en el aire. Yo lo sabía y el negro Joe lo sabía. Él no hablaba mucho, pero cuando íbamos al pueblo a comprar comestibles, me decía cosas como "Junio y julio son siempre los peores meses. Tendremos problemas serios". Por eso decidí irme de allí en seguida. Rosalind era mi pasaporte.

–La oportunidad me llegó inesperadamente. Rosalind tomó una sobredosis de píldoras un día y no pude despertarla. Corrí a buscar a Joe y fuimos a toda velocidad al hospital de Buffalo. Le lavaron el estómago y nos dijeron que tendría que pasar la noche allí. A Joe no le gustó ni un poquito. Me dijo que me quedara en la sala de espera, que él volvería a recogernos por la mañana.

Bueno, me colé en el cuarto de Rosalind esa noche. Estaba confundida e histérica. No quería que su familia se enterara. De alguna manera me las arreglé para preguntarle si tenía un apartamento. Ella dijo que tenía la llave de un apartamento en la ciudad de Nueva York que se suponía que ella le estuviera cuidando a una amiga. Salimos del hospital al amanecer. Ella pagó un taxi hasta la estación de guaguas. Estaba débil y durmió la mayor parte del camino, pero yo mantuve los ojos bien abiertos. Cuando llegamos a la ciudad, me sentí completamente confundido. Parecía que la gente estaba corriendo por todas partes. Quería preguntarles: "¿Dónde es el fuego?". Después de otro viaje en taxi, llegamos a un edificio de apartamentos enorme.

–El apartamento de la amiga de Rosalind era pequeñito. Había una ventana que daba a la pared de otro edificio. Parecía una celda de una cárcel, con una diferencia –yo podía entrar y salir siempre que quería. Lo primero que quiso Rosalind fue un trago.

–Aquí tienes.– Me tiró la billetera. Había dinero adentro. Más del que yo había visto junto en toda mi vida.

–"Búscame algo de comer", me dijo. La dejé durmiendo y me fui a vagar por las calles. Me sentí pequeño rodeado de aquellos edificios. Me seguía preguntando cómo me iba a hacer entender en la tienda con mi inglés deficiente. Me abstuve de entrar a los supermercados grandes y fui a una tiendita que anunciaba cerveza en español. Me sorprendí al saber que el dueño era de la Isla. Nos pusimos a hablar y resultó que él había visitado Salud muchas veces durante las fiestas, tú sabes. Le dije que regresaría luego. Ya empezaba a sentir que había hecho bien en irme de la finca.

–Pero te diré que no era fácil vivir con Rosalind. Era una mujer exigente, acostumbrada a conseguir todo lo que quería. Con la precisión de un reloj, recibía un cheque de sus viejos en un banco de la ciudad. Parece que lo único que querían era mantenerla alejada. Pero ella seguía hablando de un hombre que se había desaparecido, como si esperara que regresara.

–"Cuando se le acabe el dinero", dijo una vez, "me seguirá la pista hasta la finca. Uno de estos días se aparecerá y verá que no lo necesito".

–También era posesiva. Empezó a comprarme ropa y a vestirme como un mono. Le gustaban las cosas llamativas, tú sabes. También seguía bebiendo. Aunque traté de esconderle las botellas, siempre tenía dinero para más. Al principio, pensé que podía ayudarla, pero pronto me di cuenta de que se revolcaba en su miseria como un cerdo en el fango. Su pasatiempo favorito era llamar a sus amigos por teléfono, después de haberse pasado bebiendo todo el día, para quejarse de su vida. También alardeaba de mí, como si yo fuera su nuevo criado o un perro que estaba entrenando. Yo sabía que tenía que salir de allí pronto, o terminaría como ella. La mayor parte de los días, mientras ella dormía, me iba a vagar por el vecindario y a hacer amigos. Se me hacía difícil creer que hubiera tanta gente de la Isla viviendo en Nueva York. Pero para alguien como yo, con poco inglés y sin conexiones, era difícil encontrar trabajo. Mi amigo de la bodega dijo que conocía gente y que trataría de ayudarme. Se llamaba Gordo; tú sabes, he llegado a pensar que la mejor gente del mundo son los dueños de las tienditas de Nueva York. Son como las pulgas de un perro. Sólo tratan de sobrevivir, tú sabes, y siempre están dispuestos a ayudar a un paisano.

–En fin, que continué haciendo el papel de niñera de la loca de Rosalind. A veces estaba sobria lo suficiente como para ir al cine conmigo o para ir a comprar ropa, pero nunca por mucho tiempo. Mientras tanto, aprendí inglés, ahorré un poco del dinero suelto que ella me daba y esperé la señal. Siempre espero el momento adecuado para moverme, tú sabes, siempre pasa algo que me dice que ha llegado el momento oportuno. Un día yo estaba parado frente a la bodega con Gordo cuando vi un camión Chevrolet conocido que se paró frente a mi edificio. Salieron dos hombres, el administrador de la finca y otro hombre con el pelo hasta la cintura. La única razón por que supe que se trataba de un hombre fue porque tenía una barba que casi le llegaba a la cintura también. Inmediatamente pensé que era el antiguo amante. Supongo que tenía razón. En unos minutos, Rosalind salió del edificio del brazo del peludo y los tres se fueron en el camión. Le dije a Gordo que parecía que era buena hora para dejar a Rosalind y él estuvo de acuerdo, pero me advirtió que a veces esos administradores de fincas contrataban detectives para buscar a los obreros migrantes que se escapaban y que sería una buena idea mantenerme escondido por un tiempo. No me importa confesarte que me sentía como un presidiario que se escapa cuando fui al apartamento a recoger mis cosas y a llevarlas a la parte de atrás de la tienda de Gordo. Él me dijo que podía pasar la noche allí pero que no podía quedarme porque la Junta de Salud le cerraría la tienda si sabía que alguien estaba durmiendo en medio de los guineos verdes, los sacos de arroz y las pencas de bacalao.

—"No es que yo mismo no lo haya hecho un par de veces para escapar de mi esposa, tú sabes, hombre", Gordo se rió. Era el hombre más gordo que jamás había conocido y el más apestoso. Me imagino que sería de manosear el bacalao. Pero tenía un corazón grande.

—"Entiendo, Gordo, me iré temprano por la mañana", le dije, aunque no tenía la más mínima idea de adónde iría. Me conocía unas cuantas cuadras del vecindario, pero ni siquiera podía pronunciar los nombres de las calles en inglés. Pero Gordo me echó su apestoso brazo sobre los hombros y me aseguró que no me iba a arrojar a la calle sin un trabajo.

–"Le he hablado a uno de mis clientes acerca de ti. Es conductor en el tren subterráneo. Dijo que necesitaban a alguien que hiciera mandados, fuera de la nómina, desde luego". Debí haberle parecido desconcertado porque me sentó y me dio una conferencia, de la cual no recuerdo nada, sobre cómo sobrevivir en la ciudad, pero el mensaje estaba claro. Coge lo que te den y no hagas preguntas estúpidas.

–"Ahora recuerda, Guzmán, no le digas a nadie que estás trabajando para estos hombres. Te van a conseguir llaves y pases –o sea, si tú aceptas– y estarás a la disposición de ellos. Estos tipos trabajan turnos largos y necesitan que alguien joven y rápido como tú les compre café, cigarrillos, ese tipo de cosas. ¿Te interesa?"

–Por supuesto, le dije que me interesaba, aunque me parecía que había regresado adonde había empezado en Salud, haciendo mandados para el americano. Pero no estaba en condiciones de rechazar ayuda. A la mañana siguiente Gordo me acompañó a la entrada del tren. Se me pareció a la boca del infierno. Las últimas palabras que me dijo fueron: "Si yo fuera tú, me mantendría fuera de las calles durante el día por un tiempo. Por la noche, todos los gatos y los puertorriqueños son negros, ¿eh?". Todavía se estaba riendo de su propio chiste cuando lo perdí de vista entre la multitud.

Tarde, bien entrada la noche, la voz de mi tío me llevaba y me traía entre sueños. Le oí hablar de túneles oscuros y congestionados, donde el tren se tragaba a la gente en un lugar y los vomitaba en otro. Soñé con un tren que iba a toda velocidad en la oscuridad mientras yo, la única pasajera, era zarandeada como una muñeca sin peso por su fuerza al arrancar y al detenerse.

Por la mañana, el día de Navidad, escuché que mi hermano salía corriendo del cuarto. Escuché sus comentarios entusiasmados acerca de cada regalo que abría, pero no podía moverme. Me pesaban la espalda y las piernas, y me dolía tanto la garganta que apenas podía tragar. Ramona entró en el cuarto. Su mirada sobresaltada cuando se sentó en el lado de mi cama me dijo que debía pasarme algo muy malo. Llamó a mi padre.

–Rafael, mírale la garganta. Parece papera.

Odiaba la forma en que hablaban de mí como si fuera una niña o como si no estuviera allí.

–Mamá, ¿podrías hacerme el favor de decirme qué pasa?. Me duele la garganta–. Cuando hablé, me di cuenta de que la voz me salía apagada. Completamente despierta, salí de la cama y corrí a mirarme al espejo de la cómoda. Los dos lados de la garganta estaban monstruosamente hinchados. Me veía deforme. Grité. Ramona vino y me llevó a la cama otra vez.

–Tienes papera, Marisol. Te bajará la hinchazón. Vamos a llamar al médico, pero no es nada serio. Todo el mundo tiene papera alguna vez en la vida.

–¿Cuánto... cuánto tiempo voy a verme así?

Entonces Rafael habló. Como siempre, su voz era serena y daba tranquilidad. Pero no me tocó. Ramona, en cambio, me apretaba la mano casi al punto de causarme dolor.

–Una semana o diez días. Haré que el médico llame a la farmacia para la receta. Tendrás que quedarte en cama.

–Pero van a ser todas las vacaciones de Navidad, Mamá–. Me di cuenta de que estaba gimoteando y a punto de llorar también. En mi mente, la llegada de la menstruación y esta horrible deformidad ya estaban conectadas.

–Por lo menos no perderás clases, niña. Piensa en eso. Te traeré los regalos aquí. Acuéstate. Voy a traerte una aspirina y una taza de café. Así–. Ramona me estaba acomodando en la cama, rearreglando las almohadas. No podía evitar pensar que le gustaba hacer el papel de enfermera. Me parecía que debía estar más preocupada.

Mi hermano llamó a Rafael para que lo ayudara a descifrar las instrucciones para armar un barco de guerra. Ramona fue a la cocina. La oí hablar en voz baja con Guzmán. Para mi vergüenza, él metió la cabeza por la puerta. Yo metí la mía debajo de la ropa de cama.

–Sobrina, eso es de muy mala educación–. Se quedó de pie junto a mi cama. Me asomé y vi los pies descalzos cerca de la cama. Su piel era de un rojo cobrizo, como la de un indio.

–¿Te preocupa que pueda asustarme? He visto niñas gordas antes–. Se rió. Esperó un momento y luego empezó a salir.

–Está bien–, dije quitándome la frisa de la cara. Tenía un poco de fiebre y casi no me importaba el cuello hinchado. Tenía calambres en el estómago. Me sentía miserable.

–¿Qué? ¿Estoy viendo lágrimas? Tal vez esto te haga sentir mejor–. Me entregó una cajita chiquitita envuelta en papel plateado. –Ábrela –dijo.

Era una delicada cadena de oro con un crucifijo. Mi primer regalo de adulta. Hasta ese año, hasta él, todos habían sido muñecas y ropa.

–Gracias –susurré, y la cabeza me latía.

–¿Quieres probártela?– Dije que sí con la cabeza y me incliné hacia adelante. Guzmán se sentó en el lado de la cama. Podía oler su colonia –un olor extraño y pesado. Rafael ya no usaba perfume; siempre olía a jabón. Mi tío me levantó la pesada y larga melena y trató de abrocharme el collar. No llegaba alrededor de las glándulas hinchadas del cuello. Me sentí tan avergonzada que empecé a llorar sin consuelo. Guzmán me abrazó fuertemente como lo hacía Ramona. Tanto su cariño como su rabia siempre me dejaban una marca temporera en la piel.

Si no hubiera sido por la compañía de Guzmán, esos días miserables de la enfermedad habrían sido completamente insoportables. El permiso de Rafael se acabó y él empezó los preparativos para un viaje largo al extranjero. Me sorprendió escucharlo pedirle a Guzmán que se quedara con nosotros todo el tiempo que pudiera. Había notado un entusiasmo poco común, una vivacidad en mi padre desde que Guzmán había llegado. Nunca había visto dos personas de apariencia tan diferente. La palidez de Rafael y su silencio contrastaban de forma marcada con la apariencia de indio salvaje de mi tío. Guzmán no podía quedarse quieto por mucho tiempo, y el diminuto apartamento parecía estar repleto de pronto con este hombre nervioso que iba de un cuarto a otro, ayudando a Ramona a pelar las papas en la cocina, llevando incluso a mi lento hermanito a un frenesí de actividad planeando un proyecto imposible con su juego de construcción, o metiéndose en algún complicado juego de barajas. Ramona estaba evidentemente encantada. Hasta Rafael cayó bajo el hechizo de Guzmán.

Después del primer día, Guzmán no permanecía en la casa por mucho tiempo. Pero era como si todos estuviéramos en un estado de animación suspendida mientras estaba fuera. "Conociendo un poco la ciudad", decía él. Con la excepción de Ramona, éramos una familia tranquila, especialmente cuando Rafael estaba en casa. Mi padre detestaba la bien merecida reputación de ruidoso que tenía nuestro grupo étnico. Cualquier noche de la semana se podía celebrar una fiesta, una pelea o una reunión de espiritistas en El Building.

Mi hermano y yo leíamos mucho. Desafiábamos la peor sección de la ciudad todos los sábados para ir a la biblioteca pública –un templo griego que contrastaba con el lugar en que estaba situado, la sección más decrépita de la ciudad. Había dos leones de cemento de tamaño natural a la entrada. Una vez entraba, el edificio se transformaba, de la intimidación de su exterior de tribunal de justicia, al calor humano de una biblioteca muy frecuentada. Siempre iba directo a mi anaquel favorito –cuentos de hadas de todas partes del mundo. Había leído China, España y África, sin seguir un orden en especial, y había descubierto en el camino que en cada país siempre había una muchacha pobre pero hermosa, destinada a que un príncipe la descubriera. Mi hermano escogía libros que mostraban cómo hacer algo o cómo funcionaba algo. Durante las largas temporadas en que nuestro padre estaba ausente, leíamos y leíamos. Ahora Guzmán nos había metido el gusano de la aventura en el cerebro. Ya le había prometido a mi hermano una bicicleta, algo que Rafael nos había prohibido terminantemente, puesto que las calles de Paterson apenas si daban para la gente, qué se iba a dejar para niños en bicicleta.

Unos días antes de que Rafael tuviera que ir a coger la guagua para Brooklyn Yard, él y Guzmán hablaron sentados a la mesa de la cocina. Ramona había salido con Gabriel, tal vez de compras al centro. Se suponía que yo estuviera descansando, pero creo que los dos hombres simplemente olvidaron que yo estaba en el cuarto a unos cuantos pies de donde ellos estaban. Rafael le ofreció una cerveza a Guzmán y se sentaron a la mesa de la cocina. De pronto, Rafael preguntó: "¿Llegaste a saber qué fue de tu amiga Rosa?".

–La busqué, tú sabes. Todavía pienso que la veo a veces, en la guagua, en las calles, pero siempre es otra persona.

–No pudo haber desaparecido simplemente, hombre. Su hija todavía está en Salud, tú sabes. Tu hermana se entera de todos los chismes en las cartas.

–Sí, alguien que acaba de llegar de la Isla me dijo que Sarita vive ahora en la casa al lado del río–. Hubo silencio, como si estuvieran recordando algo. Entonces Guzmán prosiguió.

–A menudo me he preguntado adónde fue después de que salió de Salud, después de que aquellas putas envidiosas la sacaran de Salud. Quiero decir que ahora entiendo mi error, y sé que Mamá Cielo pasó las de Caín por mi culpa. Pero yo amaba a Rosa de veras –creo que hasta me habría casado con ella si nadie se hubiera metido por el medio. No me mires así, hermano, sé lo que ella era, sé lo que hacía para ganarse la vida. Pero era y sigue siendo la mujer más interesante que jamás he conocido. Era dos veces más inteligente que todas las demás. En todos esos meses que pasé escondido, subiendo a aquellos trenes sin rumbo fijo, comiendo de pie, durmiendo en bancos, soñé que un día miraría hacia arriba y allí estaría Rosa. Eso me dio ánimo para seguir adelante por largo tiempo, tú sabes. Suena tonto ahora, pero era joven y estúpido entonces. Ahora sé que tanto el esconderme como los sueños fueron una pérdida de tiempo. Nadie me estaba buscando. ¿A quién le importa si falta otro trabajador? De nuevo, de lo único que me arrepiento es de haber hecho sufrir a la familia en la Isla. No escribí durante meses, por temor a que ellos –la gente de Buffalo– se pusieran en contacto con Mamá y Papá y los obligaran a revelarles mi paradero. Estúpido, muy estúpido. Pero el tren subterráneo fue mi escuela. Aunque viví como un prófugo por varios meses, así fue que aprendí lo que hace falta para sobrevivir en este lugar. No siempre fue malo; conocí a la gente.

–Pero todos estos años, hombre –dijo Rafael– ¿por qué no nos buscaste? La mayor parte del tiempo sabíamos que estabas vivo, pero únicamente porque tu padre nos escribía que había sabido de ti por carta.

–Los años pasan rápidamente cuando no se cuentan los días. Estaba ocupado, hermano, tratando de ver qué hacía con mi vida. No quería regresar a la Isla, o venir a verte a ti y a Ramona, con los bolsillos vacíos. A veces estuve a punto de regresar, pero siempre pasaba algo. ¿Recuerdas la última vez que nos vimos, cuando juramos que volveríamos ricos? Y tú te ibas a hacer médico.

Hubo silencio por varios minutos. Los dos hombres estaban tal vez recordando la otra vida que habían llevado, en un lugar tan remoto de la vida actual que tal vez sólo se lo habían imaginado.

–Médico–. La risita de Rafael encerraba una vida entera de amargura. Oí que se abría la puerta de la nevera y que ponían más latas de cerveza sobre la mesa. La conversación regresó a la inminente salida de Rafael para Brooklyn Yard y luego para Europa por seis meses. Para mi deleite, oí que Guzmán aceptaba quedarse con nosotros por un tiempo. Lo otro que Rafael le pidió a Guzmán fue que lo ayudara a convencer a Ramona de que debíamos mudarnos de El Building cuando él regresara. Rafael estaba seguro de que su esposa escucharía a su hermano. Guzmán parecía reacio a prometerle esto y sólo le dijo que vería lo que podía hacer. Ya yo había notado que El Building, con su constante actividad, era el ambiente natural de Guzmán. La vida de colmena en este pueblo vertical le sentaba bien.

Cuando llegó el día de la partida de Rafael, ya me estaba sintiendo lo suficientemente bien como para aprovechar la oportunidad de caminar con él hasta la parada de guaguas. Éramos todo un desfile: Rafael, como un dignatario de visita en su uniforme azul de invierno, y nosotros, su séquito, detrás, con Guzmán que cargaba la bolsa de lona. Ramona parecía, como siempre, una reina gitana con su colorida bufanda de invierno y el abrigo rojo. Gabriel rebotaba por el camino mirando todas las vitrinas, como si estuviéramos buscando algo en particular y se nos hiciera difícil encontrarlo. Yo trataba de llevar el paso de Guzmán. La gente se nos quedaba mirando, especialmente cuando salimos de El Building, y noté que Rafael tomó a Ramona de la mano y prácticamente la arrastró al otro lado de la calle para alejarla de los hombres que ya se estaban congregando en la esquina. Por lo que todo el mundo estaba diciendo, se esperaba que el año fuera malo para los empleos. Cuando iban a despedir obreros y trabajadores de las fábricas, los primeros eran casi siempre de nuestro vecindario.

Nos habíamos adaptado a un ritmo de la vida basado en las largas ausencias de Rafael y en sus esporádicas visitas, así que todos reanudamos nuestras actividades donde las habíamos dejado, con la sensación de que habíamos pasado la inspección una vez más. Las amigas de Ramona, quienes se habían mantenido alejadas durante la estadía de Rafael (a nuestras espaldas lo llamaban "el gringo"), regresaron con los cuentos de costumbre. Había habido peleas, separaciones, reconciliaciones; el marido difunto de alguna se le estaba apareciendo en el apartamento y se estaba organizando una reunión espiritista con el entusiasmo y el ruido con que se realizan los preparativos de una gran boda. Naturalmente Guzmán se convirtió en el foco de la atención femenina. Aquí había un hombre sin ataduras, atractivo y emparentado con el gringo, quien tenía dinero. A él le encantaba la conversación y se sentía de lo mejor en medio de un grupo de admiradoras, aunque rara vez pasaba más de unas pocas horas en el apartamento. Solía venir a tomar café con Ramona por la tarde y algunas veces preparaba comidas que nos encantaban. Era creativo en la cocina y sazonaba los alimentos generosamente –el *chili* que preparaba podía hacer que el motor de un carro arrancara en medio de una tormenta de nieve. No sabíamos adónde iba, pero parecía tener dinero, y su presencia en nuestro aburrido apartamentito era un regalo.

Una tarde de frío penetrante, yo regresaba de la escuela sola, pues Gabriel se había quedado para coger un examen. Era el primer viernes de mes, cuando los estudiantes de Saint Jerome siempre asistían a misa en grupo y, según las reglas de la escuela, tenía puesto mi "uniforme de vestir": una falda azul por debajo de las rodillas, una blusa almidonada y un ridículo gorrito azul y blanco. Cuando iba por la última calle que tenía que cruzar antes de llegar a casa, sentí un empujón brutal por la espalda y caí en la nieve derretida y sucia, y los libros se desparramaron por toda la acera. Reconocí la risa mientras me resbalaba en el charco de agua congelada: eran Lorraine y sus amigas que me habían tendido una emboscada. Lorraine era una muchacha negra que había sido mi compañera de juegos en la escuela elemental, pero, en el transcurso "normal" del desarrollo de los niños negros y los puertorriqueños en Paterson, se había convertido en mi adversaria. La hostilidad no era personal; hasta los niños parecían saberlo a un nivel instintivo. Era un reflejo del sentido de competición territorial y económica de los adultos. Las conversaciones que escuchábamos en casa nos decían que los trabajos y la vivienda eran escasos para personas como nosotros, y si no peleábamos por ellos, los negros los obtendrían. Los niños llevaban este rencor a la calle. Casi siempre Gabriel iba a mi lado, estirando el cuellito como un periscopio, vigilando por si había problemas, y por lo regular podíamos evitarlo metiéndonos en una tienda o caminando detrás de los muchachos más grandes. Ese día iba distraída, pensando en otras cosas, y no logré fijarme en el grupo de muchachas robustas que buscaban una presa fácil. Humillada, calada hasta los huesos, empecé a recoger mis cosas cuando vi que se acercaban los zapatos negros puntiagudos de mi tío Guzmán. Parecía preocupado y enojado. Me levantó por los sobacos, como si fuera un paquete empapado, y me puso de pie. Entonces recogió mis libros.

–¿Las conoces?– Estaba señalando hacia donde Lorraine y su pandilla habían desaparecido, corriendo. Dije que sí con la cabeza. –¿Por qué no me dices lo que está pasando, Marisol? Mira, déjame ayudarte con los libros. Necesitas ponerte ropa seca; luego nos vamos a dar un paseo.

Estaba demasiado sorprendida para protestar, y supongo que él debía haberle dicho algo a Ramona para convencerla de que me dejara salir con él –o tal vez ella estaba tan metida en la organización de su sesión de espiritistas que no se opuso. De todos modos, estaba encantada de estar caminando por Paterson en compañía de mi tío, quien al parecer, en los pocos días que había estado con nosotros, había logrado conocer más gente de la que nosotros habíamos conocido en todos los años que vivíamos en El Building. Me hizo muchas preguntas sobre Rafael y Ramona, y sobre la escuela. Además de algunas otras extrañas, como si Rafael siempre estaba tan callado y triste como en Navidad. Le dije todo lo que se me ocurrió con algún adorno para que mi vida le pareciera menos aburrida a este hombre cuyas aventuras había escuchado durante toda la vida en tentadoras entregas.

También le dije que estaba pensando entrar en un convento cuando me graduara de escuela secundaria. Desde luego, hasta el momento en que hablé de esto, la idea sólo había sido una vaga opción que las monjas nos habían hecho creer que estaba abierta para cada una de nosotras; si teníamos vocación, se nos haría más claro a medida que creciéramos. Como era una niña tímida, con un aire de humildad arraigado por la cultura, todos los años se me había dado el privilegio de asistir a un retiro junto a otras niñas con una inclinación similar. Las hermanas nos llevaban a las afueras, lugar ideal para que se le aclarara la vocación a una niña de ciudad, porque el sitio estaba en una gran extensión de terreno boscoso donde había pájaros de verdad posados en árboles de verdad, y la creación de Dios estaba en su máximo esplendor en abril, para cuando estaba previsto el retiro.

Mi tío me miró a la cara atentamente. "No me tienes cara de monja, Marisol", dijo mientras nos acercábamos al convento. "¿Qué tú crees que las buenas hermanas están haciendo en estos momentos?"

Sólo reí tontamente ante la pregunta de Guzmán. Nunca había especulado sobre lo que las monjas hacían en su tiempo libre. Rezaban, suponía, y preparaban las lecciones. Pero Guzmán tenía intenciones de continuar con el tema. Cuando me vine a dar cuenta, me estaba levantando para colocarme sobre un zafacón para que mirara por encima de la pared del convento. Empezaba a oscurecer y esta parte de la propiedad estaba escondida por una esquina del edificio de la iglesia –sospecho que él había pensado en todo esto antes de colocarme en la percha. Tenía una vista perfecta de la cocina y de la lavandería, pero por poco me caigo cuando vi lo que estaba colgado del tendedero atado entre el balcón de atrás y el poste de la luz: ¡ropa interior!. Sostenes y pantaletas de todos los tamaños. Instintivamente me tapé los ojos con las manos, como si esperara quedarme ciega por la blasfemia. Mi tío me haló la punta del abrigo.

–¿Qué ves? Dime, muchacha–. Le describí que una monja que llevaba un delantal blanco estaba amasando pasta en un mostrador de la cocina. Podía ver que movía los labios, pero no había nadie allí con ella, y otras tomaban café o té sentadas a la mesa del comedor. Una de ellas era mi joven maestra de biología y no llevaba la cofia. Tenía pelo –pelo amarillo rizado.

Le describí sus actividades, disfrutando del sentido de teatro que me brindaba. Simulaba que observaba un drama titulado *La vida de una monja* con un amigo ciego, y mi propia habilidad de absorber los detalles y contar una historia me encantaba. Mi tío era un público agradecido, pero cuando oímos pasos que se acercaban por el callejón, me bajó fácilmente, como a una bailarina de ballet. Hablamos sobre las monjas por un rato.

Parecía que a Guzmán le interesaba todo lo que yo decía, pero no se perdía nada de lo que estaba pasando a su alrededor tampoco. Dijo que íbamos a ir al centro a comer en la pizzería debajo del puente de ferrocarril Erie Lackawanna. Yo estaba emocionada. Primero fuimos a la bodega de Cheo para comprarle una cajetilla de cigarrillos. La mujer que yo había visto en el sótano estaba allí. Vestía como si fuera a un baile, con un apretado vestido negro y zapatos de taco alto; en el cuello y en las muñecas llevaba joyería de fantasía roja. Cuando entramos, se estaba poniendo un abrigo de piel de conejo teñida de rosado, pero al parecer se le ocurrió que quería algo más del fondo de la tienda cuando Guzmán fue para allá a buscar dos botellas de Coca Cola.

–Espera aquí –me dijo. Sentía que las orejas me quemaban y me recosté contra el mostrador, fingiendo que estaba interesada en las diferentes marcas de goma de mascar y barras de dulce que estaban en exhibición. Recité los nombres en un viejo juego: "Juicy Fruit, Chiclets, Dentyne, Bazooka, Twinkies, Baby Ruth, O'Joy, M & M con maní, M & M solos, Tres Mosqueteros". Cuando la mujer salió de la tienda, sentí la ráfaga de viento frío en la espalda y reconocí el olor fuerte del perfume de los pasillos de El Building. Guzmán me entregó una Coca Cola.

–¿Te sientes bien, Marisol? –Me tocó la frente con la mano fría. –Tal vez no sea buena idea que estés afuera tanto tiempo después de haber estado tan enferma.

No dije nada; simplemente miré para abajo, al piso mugriento, con la modestia fingida que las monjas me habían enseñado. Los ojos bajos esconden rabia, desilusión, rebeldía.

–Mañana vamos al centro a comer la pizza. Quiero enseñarte algo–. Me tomó la barbilla entre la punta de los dedos y me hizo mirar a sus ojos sonrientes. –Quiero enseñarte muchas cosas, Marisol, pero tienes que aprender a esperar lo que traiga cada día. Ahora, sonríe, linda–. Y le sonreí.

El apartamento ahora estaba lleno de mujeres siempre. Venían a visitar a Ramona por la mañana, por la tarde, por la noche, y a pedirle consejo, a chismear, a pedirle cosas prestadas, pero en realidad a ver a Guzmán. Se hacía evidente en la forma en que el comportamiento de ellas cambiaba cuando él estaba en el cuarto. La voz se les ponía más aguda y más suave, se reían más, y el aire se impregnaba del perfume que se ponían, tanto que, por las tardes, tuve que ir a hacerle compañía a mi hermano en su retiro de la salida de emergencia. No se estaba mal allí, aunque la brisa helada a la cual él se había acostumbrado me atravesaba y me traía lágrimas calientes a los ojos. La sensación de estar suspendida en el aire era emocionante y podíamos mirar entre las barras y ver las cabezas de la gente abajo en la acera, como un juego de conectar los puntos en movimiento. Los libros de aventuras y de inventos de mi hermano no eran tan aburridos como yo pensaba, y empecé a leer acerca de un mundo en el cual los muchachos eran tan inteligentes como Sherlock Holmes y tan intrépidos como cualquiera de los caballeros de los cuentos de hadas que yo prefería.

A veces, con su timidez acostumbrada, Gabriel me hacía preguntas acerca de nuestro padre y yo trataba de contestarle. Quería saber si Rafael regresaría a vivir con nosotros todo el tiempo, como los otros papás, y si de veras íbamos a mudarnos a una casa de verdad, con un patio y un sótano donde él pudiera jugar. Me mostró una carta que Rafael le había escrito en inglés a él solamente. Le decía "Mi queridísimo hijo" y le decía lo orgulloso que estaba de sus notas. Rafael nunca me había escrito, aunque en las cartas que Ramona nos leía siempre decía cosas como "dile a Marisol que le enviaré una muñeca desde España, o Italia, o Grecia". Tenía muñecas vestidas en su atuendo nacional de todos los países que él había visitado. También me enviaba libros de postales. Mi favorito era uno que se desdoblaba como un acordeón:

Ricordo di Napoli. El lugar se parecía a los pueblos que me había imaginado para mis princesas y sus leales paladines, con casas preciosas, calles de adoquines, jardines cuidados por viejecitas, y leones de mármol que montaban guardia en todos los edificios públicos. Pero mi padre nunca me envió una carta que dijera "A mi queridísima hija", aunque sólo sacaba aes en la escuela también.

A veces Guzmán venía a buscarnos. Sabía que venía por el pasillo, por los pasos nerviosos, más que oírlo, podía sentirlo; era como si él tratara de contener el impulso de correr. Cuando caminábamos por la calle, la capa negra que siempre llevaba puesta le aleteaba en la espalda. "Vamos a dar un paseo mientras tu mamá prepara la cena", decía, asomando la cabeza por la ventana de la salida de emergencia. Olía la colonia con la que se rociaba el cuello y me daba cuenta de que en él no olía como cuando estaba en la botella. En su piel se volvía un olor fuerte, como el que me imaginaba que había en un invernadero de plantas tropicales. Ramona se quejaba de la ropa extravagante que llevaba y decía que no podía oler la comida que preparaba cuando Guzmán estaba en la cocina, pero sus quejas, en este momento, eran de buena fe. Estaba disfrutando de su compañía y del alivio de tener un hombre en la casa.

Un sábado por la tarde, cuando el sol se las había arreglado para irrumpir entre las nubes grises que durante la mayor parte del invierno cubrían el cielo de Paterson como una manta sucia, Guzmán llegó de lo más alegre. Le dijo a Ramona que se acababa de ganar un dinero en un juego de barajas.

—Mira—. Vació los bolsillos de la capa negra sobre la mesa de la cocina. Había billetes de veinte y de diez estrujados, y un montón de pesetas. Gabriel y yo, de camino para ir a la biblioteca, nos acercamos a mirar la pequeña fortuna. Hasta Ramona estaba asombrada.

–¿Qué vas a hacer con esto? –le preguntó, y añadió con una sonrisa– ¿Gastártelo en una novia?

–Tal vez, tal vez. Pero primero voy a llevar a un niño y a una niña que conozco a comer pizza.

Mi hermano y yo abrazamos a nuestro generoso tío y, después de poner los libros sobre la mesa de la cocina, lo ayudamos a recoger el dinero. A cada uno nos dio un par de dólares en pesetas y a Ramona le dio dos billetes de veinte. –Le mandaré uno de estos a Mamá Cielo– dijo ella. Guzmán le guiñó un ojo y nos sacó arrastrados de la mano.

Tan pronto estuvimos afuera, frente a la puerta de entrada de El Building, José se nos acercó. Despedía olor a ron y a sudor. Tenía la ropa sucia y parecía que había dormido vestido.

–Tú, hombre, quiero hablar contigo–. Apuntó su mugriento dedo a Guzmán.

–Ahora no, hombre. Tengo prisa.

–Ahora, vamos a hablar ahora. Te he estado esperando–. Se acercó tambaleándose. Guzmán nos apartó hacia la puerta y se paró frente a nosotros.

–Me reuniré contigo esta noche en la tienda de Cheo, hombre, entonces podremos hablar. ¿No ves que estoy con los hijos de mi hermana?

–Tal vez sea hora de que sepan quién es su tío, cabrón–. De repente, José se lanzó hacia adelante y Gabriel empezó a gritar y se pegó a mí. Había visto el cuchillo que el hombre tenía en la mano. Yo estaba petrificada, recordando la imagen de este animal y su mujer en El Basement, cuando él se estaba encaramando encima de ella, tenía la misma mirada de loco cuando apuñaleó a mi tío.

CAPÍTULO NUEVE

Después de la ambulancia y del pánico, Ramona cuidó a su hermano hasta que éste se restableció, pero la tensión en nuestro apartamento era tan real y perceptible como los vendajes ensangrentados que ella le cambiaba y el olor a alcohol, el que ella usaba para desinfectarle la herida y el que él bebía para ayudarse a pasar las semanas de convalecencia.

José le había clavado el cuchillo profundamente en el costado a Guzmán y éste por poco pierde un riñón. Había perdido mucha sangre y le había causado suficiente daño como para hacer que de ahí en adelante mi tío se inclinara hacia un lado, con un poco de desequilibrio; parecía una prenda de vestir mal hecha. Ramona atendía las necesidades de Guzmán hábilmente pero con las manos fuertes y la voz aguda que yo conocía tan bien. Esos dedos eran como hilos de seda que podían acariciarme el pelo hasta que toda ansiedad y todo dolor desaparecieran o, enojados, clavarse furiosamente en la carne suave de mi brazo, como si quisieran que fuera mi cuello.

La conmoción del ataque afectó a mi hermano gravemente. Las pesadillas de Gabriel llenaron algunas de nuestras noches cuando revivía la escena, la acera cubierta de sangre, las sirenas y los gritos de las mujeres —estaba impresa tan detalladamente en la imaginación del muchacho que no se acercaba por el cuarto de Guzmán y se mantenía lejos de él tanto como le era posible. Esto quería decir que nuestro apartamentito estaba dividido por la rabia, el miedo y el dolor.

Yo le llevaba las comidas a Guzmán y me sentaba en la cama a verlo fumar cigarrillos, haciendo una ligera mueca de dolor cada vez que respiraba. Con el pecho desnudo y el abundante pelo negro que le cubría las orejas, mi tío parecía un hombre salvaje. Su mirada también me asustaba cuando me miraba directamente y no me veía. Le traía el periódico en español, pero después de un tiempo empezó a hablarme —en realidad no conmigo, sino a mí. Yo sabía que lo que él decía no estaba dirigido a su sobrina de catorce años sino que únicamente era una forma de llenar el vacío de aquellas largas tardes en la cama. Leía los artículos sobre el aumento del desempleo en Paterson, los despidos de puertorriqueños que estaban creando más dependientes de la asistencia pública en nuestra comunidad. Esto lo enfurecía. Los llamaba parásitos y mendigos. Las mujeres y los niños, según él, eran las víctimas. Escupía las palabras con rabia.

—¿Sabes por qué tengo dinero? —me preguntó de repente un día.

Le dije que no con la cabeza.

—Ahorré todo lo que gané en los agujeros donde trabajé. En los dos últimos años dormía en las madrigueras de los ratones y compraba la ropa en la tienda del Salvation Army. Puse todo el dinero en un banco cuya recepcionista me miraba como si yo fuera a robar el banco cada vez que me veía. Nunca recordaba mi nombre, a pesar de que iba con mi dinero todos los días primero del mes.

Sus ojos se habían empañado, supuse que sería por el dolor. Se movió para alcanzar otro cigarrillo y noté que tenía el vendaje empapado de sangre nuevamente. No podía quitarle los ojos de encima al brillante parcho rojo.

—Ahorré el dinero. ¿Sabes por qué ahorré dinero?— En realidad no era una pregunta, no estaba dirigida a mí verdaderamente. Me quedé callada y esperé.

—Soñaba con volver a la Isla en grande. Tú sabes, mandar un carro primero. Un carro negro grande. Hacer que lo mandaran a la casa de Mamá Cielo en Salud. Entonces yo llegaría con un traje nuevo y una cartera repleta de dólares en el bolsillo. Qué estúpido, ¿verdad?. Todos los cabrones de este edificio están soñando con lo mismo en estos precisos momentos. Pero yo pensaba que era más inteligente que los demás, y lo era. Tengo dinero, niña. No una fortuna, pero lo suficiente para comprar el carro, lo suficiente para enviarlo. Lo que ya no tengo es... —Al parecer el dolor se había hecho demasiado agudo, porque se viró sobre el lado izquierdo, dándome la espalda, y dejó de hablar. La respiración era áspera, como si tuviera algo atascado en la garganta.

—¿Necesitas algo? —Esperé un buen rato, pero no hubo respuesta.

Ese invierno fue glacial en Paterson. La nieve caía blanca y seca como ralladura de coco, pero tan pronto como tocaba el pavimento sucio se convertía en una sopa de fango. Aunque llevábamos botas de goma, teníamos los pies húmedos y fríos todo el día. El viento penetrante nos traía lágrimas calientes a los ojos, pero hacía tanto frío que nunca las sentíamos bajarnos por las mejillas.

Durante la Cuaresma las monjas llevaban la cuenta de la asistencia a la misa de las siete y daban deméritos si no llevábamos a nuestra boca seca el tibio cuerpo de Cristo en la forma de una galleta que el cura sostenía en la mano. La iglesia estaba oscura a esa hora de la mañana y llena de la pesada ropa de invierno de niños traídos por madres ansiosas o, como nosotros, entumecidos después de caminar siete cuadras.

Durante la hora que duraba la misa, me descongelaba con la voz suave y melosa del joven cura italiano, quien recitaba sus oraciones por las almas de estos niños y sus maestros, por sus padres, por los vivos y los muertos, por nuestros hermanos y hermanas en necesidad, algunos de los cuales no habían encontrado consuelo en Cristo y ahora se encontraban en peligro mortal de condenarse en el fuego enfurecido del infierno. En realidad, él no decía infierno, palabra evitada cuidadosamente en nuestra liturgia: era todo insinuaciones y palabras latinas que sonaban a obscenidades. *Kyrie Eleison*, nos retaba; *Christe Eleison*, le respondíamos con énfasis, dirigidos por el vozarrón de Sister Mary Beata, nuestra hermosa maestra de salón hogar, cuyo cuerpo delgado y rasgos perfectos eran evidentes a pesar de las capas de ropa que llevaba y la cofia que le rodeaba el rostro. Era la envidia de las muchachas del primer año. En el salón de clases me sentaba al fondo, observando sus movimientos graciosos, preguntándome si tanto su serenidad y su belleza eran un don de Dios, imaginándome a mí misma en la ropa medieval de su hábito de monja.

Me sentaba en el último pupitre de la última fila del lado de las niñas, era la estudiante más bajita y más oscura de una clase llena de fornidos descendientes de los inmigrantes irlandeses y de unos cuantos italianos advenedizos añadidos recientemente a la lista. El brillante pelo rojo de Jackie O'Connell atraía mi atención, era como una llama en el centro del salón y el patrón de las pecas en su nariz me fascinaba. Era una muchacha popular entre las monjas; su padre era un abogado importante con ambiciones políticas. Donna Finney estaba bien desarrollada para su edad, un cuerpo de mujer limitado en las líneas angulares del uniforme de listas verdes y blancas que llevábamos hasta el penúltimo año, cuando se nos permitía vestirnos como señoritas con una falda verde plisada y una blusa blanca. Donna se sentaba en la fila que estaba más cerca del lado de los muchachos.

Los muchachos eran más altos y más gordos que mis amigos de El Building; llevaban corbata azul y les abrían la puerta a las muchachas con naturalidad, como si lo hicieran en su casa también. En la escuela estábamos segregados por sexo: cada salón estaba dividido en dos secciones: la de las niñas y la de los niños. Hasta en el patio había una línea imaginaria justo en la mitad, donde la monja asignada para el día montaba guardia durante el recreo y el almuerzo. Había algunas parejitas en la escuela, desde luego. Todos sabían que Donna salía con un muchacho del penúltimo año, un jugador de baloncesto llamado Mickey Salvatore, un italiano que jugaba en nuestro equipo —el Fighting Irish—y se sabía que salían en el carro de él. Después de clase algunas muchachas se reunían con sus novios en la farmacia Schulze para beber un refresco. Yo las veía camino a casa. Mi madre, siguiendo las instrucciones de Rafael, nos daba media hora para llegar a casa antes de ponerse el abrigo y los zapatos de taco alto y venir a buscarnos. Yo contaba con tiempo suficiente para buscar a mi hermano al edificio de escuela primaria al otro lado de la calle y caminar apuradamente las siete cuadras hasta casa. Para mí no había refresco con amigos en Schulze.

Ramona nos había venido a buscar un día cuando yo me había atrasado por una reunión y ese episodio me había enseñado una lección. Tenía la larga cabellera negra suelta y despeinada por el viento, zapatos negros de taco alto y estaba envuelta en un abrigo rojo y una bufanda negra cuando se apareció a la salida de la escuela. Los muchachos la miraban como si fuera una atracción de circo y las monjas se mostraban dudosas, tal vez pensando si debían pedirle a la gitana que saliera de los terrenos de la escuela. Un muchacho dijo algo sobre ella que hizo que el rubor caliente de la vergüenza me subiera por el cuello y me quemara las mejillas. No sabían —no podían saberlo— que era mi madre, porque Rafael se ocupaba de todo lo relacionado con la escuela todos los años y explicaba que su esposa no hablaba inglés y, por consiguiente, no asistiría a las reuniones de padres y maestros, etcétera. Mi madre no se parecía a ninguna de las otras madres de la escuela y me alegraba de que no participara en las actividades escolares. Hasta los domingos iba a la misa en español mientras nosotros asistíamos a un servicio aparte para niños. Mi madre gitana me avergonzaba por su belleza salvaje. Quería que se cortara el pelo, que le echara laca, que se hiciera uno de los peinados esculturales de las otras señoras; quería que llevara las faldas y las chaquetas hechas a la medida, como Jackie Kennedy; hasta me molestaba su juventud, que la hacía parecer mi hermana mayor. Ella era lo que yo habría parecido si no hubiera llevado el pelo atado en una apretada trenza, si me hubiera permitido el contoneo al caminar, si me hubiera vestido de colores brillantes y si hubiera hablado solamente en español.

Empezaba a entender la causa por la que Rafael quería que nos mudáramos de El Building. Según yo iba creciendo, más vergüenza sentía de vivir en este caserío atestado de gente ruidosa que parecía tener la intención de convertirlo en un extraño facsímil de un barrio de la Isla. Pero por un tiempo mi fascinación con Guzmán pudo más que todos los otros sentimientos y cuando regresaba a casa del mundo organizado e higiénico de la escuela, me sentía atraída hacia su cuarto como un adicto al opio. Anticipaba estar allí, con el aire cargado por el olor de muchos cigarrillos y del alcohol. Poco a poco llegué a hacerme cargo del cuidado de Guzmán, tarea que a Ramona, con sus manos impacientes, le hacía poca gracia. Estaba acostumbrada a niños que se ponían bien pronto y a un marido ausente. La herida sangrante de Guzmán y sus movimientos cuidadosos ponían a prueba su paciencia.

Y entonces fue que mi tío y yo empezamos a conversar. Guzmán me contó de su niñez en la Isla en términos generales, dejando fuera cosas que él creía que yo no iba a entender, pero sus silencios y omisiones eran combustible para mi imaginación y yo me imaginaba los detalles. Le pregunté por su amiga Rosa, cuyo nombre surgía cada vez que empezaba a describir la Isla. Era como si ella fuera la personificación de todo lo que era hermoso, extraño y seductor de su patria. Me contó de sus asombrosos conocimientos de las plantas y las hierbas, de cómo sabía lo que las personas necesitaban al hablar con ellas. Una vez le pedí que me la describiera. Mientras hablaba, tenía los ojos cerrados, viéndola, supongo; pero los abrió como aquel que sale lentamente de un sueño y me miró. Yo estaba sentada al lado de su cama. Llevaba el uniforme azul y blanco del primer viernes y tenía el pelo recogido en un moño apretado.

—Suéltate el pelo —dijo.

Me llevé la mano al moño y me quité las largas horquillas negras de mi abundante cabellera, dejándola caer sobre los hombros. Era bastante larga y nunca la llevaba suelta.

—Ella tenía el pelo negro y largo como el tuyo —dijo incorporándose para mirarme fijamente a la cara como si me viera por primera vez. Noté que los nudillos se le ponían blancos por el esfuerzo. —Y tenía la piel clara como tú—. Se dejó caer sobre la almohada gimiendo un poco. Ramona entró en ese momento con vendajes frescos y me dio una mirada extraña al verme sentada allí con el pelo suelto, pero no dijo nada. Le ordenó a Guzmán que se volteara y le cambió el vendaje apuradamente.

—Necesito que vayas a la bodega por mí, Marisol —dijo sin mirarme. Detestaba ir a la lúgubre tiendita española de víveres por el olor a pescado y los vagabundos que siempre tenían algo impertinente que decirles a las mujeres.

—¿Por qué no puedes mandar a Gabriel? —le pregunté con arrogancia, sintiendo otra vez la tirantez que se desarrollaba entre mi madre y yo y que seguía impidiendo todos los intentos de comunicación. Ella se negaba a reconocer el hecho de que yo estaba creciendo muy rápidamente para que me estuviera dando órdenes.

—Está haciendo su tarea—. Metió la sábana alrededor de su hermano como si fuera otro niño y se volvió hacia mí. —Haz lo que te digo, niña, y no discutas ni contestes. Me parece que vamos a tener una seria discusión con tu padre cuando vuelva—. Me miró fijamente.

Cuando salió del cuarto me hice una trenza lentamente. Habíamos llegado a otro callejón sin salida. La obedecería pero me tomaría mi tiempo, empujándola a una rabia que la iba quemando persistentemente y de la cual ya no podía liberarse por medio de la conocida rutina de palizas, lágrimas, reconciliación. Era una contienda entre su voluntad y la mía, y yo sabía que ninguna de las dos iba a ganar, pero Ramona todavía tenía la esperanza de que Rafael supiera ser el mediador. Él imponía la disciplina aunque estaba ausente —Salomón, el juez sabio, la promesa y la amenaza que se cernía sobre nosotros día tras día en su constante "cuando tu padre regrese".

No podía entender por qué ella seguía tratándome como a una niña si ella no era mucho mayor que yo cuando se casó con Rafael. Si estuviera en la Isla, se me respetaría por ser una joven de edad casadera. Había escuchado a Ramona hablando con sus amigas sobre los quince años de una muchacha, la fiesta de quinceañera, cuando todo cambia para ella. Ya no juega con los niños; se viste como una mujer y se reúne con las mujeres a la hora del café de la tarde; ya no se le exige que asista a la escuela si se le necesita en la casa o si está comprometida. Tenía casi quince años —todavía llevaba mi estúpido uniforme, con todo y medias cortas; todavía no me permitían socializar con mis amigos, y vivía en un limbo, a medias entre dos culturas. Nadie en la escuela me preguntaba por qué no participaba en las innumerables actividades de la parroquia. Todos entendían que Marisol era *diferente*.

Al hablar con mi tío, al oír los cuentos de su vida en la Isla y al escuchar las constantes alabanzas de Ramona para ese paraíso tropical —todo se confabulaba para hacerme sentir desgraciada. Debía haber crecido allí. Debía haber podido jugar en pastos verde esmeralda, comer los guineos dulces directamente de la mata, aprender sobre la vida de las mujeres que eran fuertes y sabias como la legendaria Mamá Cielo. ¿Cómo era posible que ella fuera la madre de Ramona? Ramona, quien no podía tomar una decisión sin invocar el nombre de nuestro padre, cuyo juicio esperábamos como la Segunda Venida.

Cuando me disponía a abrir la puerta para salir del cuarto de Guzmán, él se movió.

—Rosa —dijo, atontado por el medicamento.

—¿Necesitas algo?— Estaba temblando.

Alerta ahora, señaló la cómoda que estaba contra la pared. "Coge mi cartera de la primera gaveta y tráeme una caja de L & M cuando vayas a la bodega". Volvió a cerrar los ojos y susurró: "Gracias, niña".

Cogí la cartera pero no quise hacer más ruido rebuscando el dinero. Ramona estaba en la cocina lavando los platos en el fregadero, de espaldas a mí, pero se daba cuenta de que yo estaba allí, y se le notaba la ira en la postura. De repente recordé lo mucho que se reía cuando estaba con sus amigas.

—La lista y el dinero están sobre la mesa, Marisol. No te tardes. Necesito empezar a cocinar pronto.

Me puse el abrigo y salí del apartamento. El olor a habichuelas hirviendo en una docena de casas me asaltó la nariz. Arroz y habichuelas, la comida básica y reflejo de la falta de imaginación de todas estas personas que repetían todos los días las mismas rutinas que habían seguido en la casa de su mamá hacía tanto tiempo. Sin embargo, allí en Paterson, en los apartamentos de cuartos fríos, construidos sobre la tierra congelada, los olores y los sonidos de un estilo de vida perdido únicamente podían ser una parodia.

En lugar de salir a la calle por la puerta del frente, un impulso llevó a mis pies a bajar otro piso, hasta El Basement. A esta hora, cuando todo el mundo se estaba preparando para comer, solía estar desierto. Me senté en el escalón más bajo y miré a mi alrededor en el cuarto cavernoso. Una luz amarilla colgaba sobre mi cabeza. Saqué la cartera de Guzmán del bolsillo del abrigo. Me la acerqué a la cara y olí el cuero viejo. Con cuidado la desdoblé en la falda. Había varias fotografías en el plástico. Sobre todas ellas había una mujer oscura de apariencia india cuyas facciones me parecían conocidas. Los ojos oscuros y almendrados eran exactamente iguales a los de Ramona, pero la piel oscura y los pómulos prominentes eran los de Guzmán. Me imaginé que era una foto de mi abuela, Mamá Cielo, cuando era joven. Detrás había una de dos muchachos adolescentes, uno oscuro, otro rubio. Sonreían ampliamente con el brazo echado sobre el hombro. En el fondo había una luna de mentira, como la que usan en los puestos de fotografía durante una verbena. Aunque la foto estaba doblada —sólo se veían las cabezas de los muchachos y era de mala calidad, los reconocí: eran Guzmán y Rafael. La miré por un buen rato, especialmente la cara de mi padre, casi irreconocible por su mirada de gozo inocente desconocida para mí. Tal vez habían estado bebiendo esa noche. A menudo había oído hablar a Ramona de las fiestas dedicadas a Nuestra Señora de Salud, la famosa Virgen sonriente. Quizás se habían sacado la foto entonces. ¿Fue ésta la noche en que Guzmán había visto a Rosa vestida de gitana en la verbena? Había oído contar ese cuento en la cocina de mi madre, entrada la noche, cuando escuchaba furtivamente mientras fingía que dormía. ¿Conocía Rafael a Ramona ya para entonces? ¿Estaba feliz porque estaba enamorado de la hermosa hermana de catorce años de su mejor amigo?

En una de las ventanitas de plástico había un recorte de periódico, amarillo y roto, de una actriz española, con la cabellera negra despeinada como una tormenta violenta alrededor de la cara y maquillada para lucir atractiva: pestañas negras espesas, labios brillosos entreabiertos en una franca invitación. Era hermosa. Había visto su cara a menudo en las revistas que mi madre compraba en la bodega, pero ¿por qué llevaba Guzmán la fotografía de esta mujer a todas partes? ¿Era que Rosa se parecía a ella, o era sólo su ilusión?

Profundamente absorta en mi actividad secreta de repasar la cartera de mi tío, me sobresalté al oír voces de hombres que se acercaban al descanso de la escalera. Me quedé quieta esperando que subieran, pero por el contrario, bajaron. Había cuatro o cinco caras que reconocí en la oscuridad: eran los hombres trabajadores de El Building, los maridos jóvenes, cuyas esposas eran amigas de Ramona. No tenía miedo, pero escondí la cartera en el bolsillo del abrigo y me puse de pie rápidamente. Me apresuré a inventar una excusa, aunque lo extraño era su presencia en El Basement y no la mía. Las mujeres y, en algunas circunstancias, los muchachos tenían legítimo derecho a usar el cuarto de la lavandería. Los únicos usuarios fuera de ellos, como muy bien sabía por mi encuentro con José y la mujer, eran personas que querían esconder lo que hacían.

La voz que escuché con más claridad fue la de Santiago, el único hombre en El Building que Rafael había invitado a nuestro apartamento. Hacía muchos años, después de una semana de invierno crudo, nos habíamos quedado sin calefacción hasta que este hombre fue a la alcaldía y logró que un juez obligara al superintendente del edificio a arreglar la tubería congelada de la calefacción. Rafael estaba en Europa en ese momento, pero era evidente que respetaba a Santiago.

La voz de Santiago dirigía a los otros mientras bajaban las escaleras. Uno se debía quedar arriba y esperar a los otros, el resto debía seguir a Santiago hasta el sótano. Por poco tropieza conmigo en la oscuridad porque no me vio, envuelta en el abrigo gris.

—Niña, por Dios, ¿qué estás haciendo aquí a estas horas? —Su voz era amable pero pude detectar enojo.

—A mi madre se le perdió algo aquí y me mandó a que tratara de encontrarlo—. Le di la explicación más bien rápidamente en mi torpe español formal.

Me tomó por el codo de modo paternal: "Marisol, no puedo creer que tu madre sea tan descuidada como para enviarte aquí abajo, a este lugar oscuro, a la hora de la comida y sola. Pero no le mencionaré que te vi aquí y tú debes hacer lo mismo por mí, por nosotros. Estos hombres y yo queremos tener una conversación privada. ¿Entiendes?".

—Sí —dije rápidamente, deseosa de librarme de su agarre firme —no diré nada—. Me soltó el brazo y subí las escaleras corriendo. Varios hombres habían llegado y hablaban en murmullos arriba. Me las arreglé para pescar unas cuantas oraciones mientras me escurría ante las caras sorprendidas para salir a la calle. Estaban hablando de la fábrica. Alguien había mencionado la palabra huelga. Estaban planeando una huelga.

Afuera hacía frío, pero no demasiado; un anticipo de la primavera en la brisa me refrescó las mejillas sin cortarme la piel. Por una vez me sentí orgullosa de mi padre, quien había logrado escaparse de la horrible trampa del trabajo en una fábrica, aunque pagaba un precio alto por ello. Esa noche tendría algo de qué hablar con Guzmán. La reunión secreta en el sótano y la huelga le iban a interesar.

CAPÍTULO DIEZ

A mí, casi todos los días me parecían grises, una con-
fusión entre la escuela, la iglesia y la conmoción vesper-
tina del regreso a El Building. Durante la Cuaresma,
muchos de los hombres no tenían trabajo y se reunían
en la bodega, un lugar que yo tenía que visitar a diario
porque mi madre creía en comprar los comestibles dia-
riamente. Los había escuchado mientras hablaban acerca
de los jefes y las fábricas, de cómo se les contrataba y se
les despedía caprichosamente para darles los trabajos a
los negros que se mudaban del sur o que dejaban New
York City, o peor, a los paisanos recién llegados que es-
taban desesperados por trabajar y aceptaban que les
pagaran poco y unas condiciones de trabajo humillan-
tes. Sus palabras no me interesaban, a no ser por el he-
cho de que Guzmán quería saber lo que pasaba en la
calle. Mis expediciones a la bodega se habían convertido
en misiones secretas para recoger información para él.
Ni siquiera Ramona sabía por qué mi actitud hacia el
hacerle los mandados había mejorado de repente.

Me sentía distanciada de los problemas que se esta-
ban desarrollando en El Building, aunque sabía que la
tensión estaba subiendo ya que escuchaba a las amigas
de mi madre discutiendo sus problemas de dinero conti-
nuamente en nuestra cocina. La queja más fuerte era
que los ánimos estaban caldeados en los hogares donde
la esposa todavía estaba trabajando y el marido estaba

desempleado. Los hombres, decían, no hacían nada en el apartamento, excepto desordenarlo todo, y luego esperaban que la comida estuviera preparada al instante. La libertad de las mujeres de ir de su cocina a la de la vecina se redujo porque los hombres siempre querían una explicación para esas visitas, mientras las mujeres sabían (esto era conjetura mía) que no era necesario tener una razón. Ramona, como sabía que el cheque de Rafael llegaba todos los meses sin fallar, asumió el papel de consejera y confidente en estos asuntos. Yo no podía evitar pensar que algunas de estas mujeres a quienes mi madre consideraba sus amigas íntimas le guardaban rencor y hasta se aprovechaban de ella. Nunca salían de casa con las manos vacías, pues mi madre era compulsivamente generosa.

Guzmán no dejaba de hacerme preguntas sobre lo que yo había oído que los hombres discutían, especialmente sobre la huelga, la palabra que empezaba a usarse como pronóstico de una tormenta. Su interés parecía revivirlo. Aunque la herida estaba sanando muy lentamente y parecía que se inclinaba más y más hacia el lado donde los puntos eran como una boca arrugada, por lo menos se incorporaba para leer el periódico que yo le traía. La primera vez que se levantó de la cama, me impresionó ver cuánto se había encogido en las pocas semanas de convalecencia. Casi parecía de mi estatura, un adolescente flaco con cara de mono arrugado.

El dolor por el cual había pasado había dejado huellas. Era evidente en la forma en que se sobresaltaba de vez en cuando, como si estuviera recordando algo doloroso. Desde luego, ya no se movía como un conejo rápido y a menudo caía en unos silencios largos. Cuando se levantó de la cama, empecé a perderlo. Aunque todavía no podía salir del apartamento y, por consiguiente, dependía de mí para recibir noticias del mundo, él y Ramona ya se sentaban a la mesa de la cocina y hablaban en tono confidencial. Las conversaciones duraban hasta entrada la noche y tenía que hacer un esfuerzo para oír.

Guzmán trataba de convencer a Ramona de que se acercaban problemas en El Building.

–Debes coger a los niños y mudarte a casa de los parientes de Rafael por un tiempo–. De veras sonaba serio, pero la voz de Ramona me dijo que ya no pensaba que Guzmán fuera confiable. –Guzmán, has estado en cama imaginándote todos estos peligros. Claro que hay hombres desempleados, pero encontrarán otros trabajos, siempre es así. Además, se necesitará más que la amenaza de una huelga para hacer que me mude con los Santacruz, esa partida de arrogantes. No porque nos vayan a dejar con las maletas frente a la puerta. ¿Y tú, qué, hermano? ¿Qué va a ser de tu vida cuando estés bien?

Era evidente que Ramona quería que Guzmán se fuera del apartamento y yo me resentía contra ella de veras por sus maniobras tan claras. Él también lo sabía, pero veterano sobreviviente al fin, estaba decidido a curarse antes de seguir adelante. Una noche, en respuesta a las preguntas de Ramona acerca de sus planes para el futuro, mi tío dijo algo sorprendente:

–Estoy pensando regresar a la Isla–. Hasta a Ramona le pareció increíble lo que decía. Ella, como todos los otros exiliados voluntarios en El Building, hablaba de regresar a la patria, pero se daba por entendido que no se podía regresar con las manos vacías, esto sólo en caso de que se tratara del entierro de los padres, a menos que la persona fuera basura y no le importara admitir el fracaso. Por esta firme creencia se justificaba el haber pasado quince años sin ver a sus padres. Cuando ella volviera, lo haría en grande.

–Entonces debes tener una pequeña fortuna escondida, ¿no?. Dime, ¿tienes lo suficiente como para comprar un terreno?. ¿Vas a vivir en Salud? Mamá Cielo querrá que te quedes en la casa hasta que construyas la tuya...

La capacidad que tenía Ramona para inventarse cosas daba vergüenza, incluso a mí, con los ojos bien abiertos y metida debajo de las frisas en el cuarto contiguo. Guzmán dejó que continuara por un rato, entonces habló despacio, como era su costumbre.

–He ahorrado un poco de dinero, pero sólo lo suficiente para comprar el pasaje, Ramona.

La voz de Ramona era el principio de un regaño cuando dijo: "¿Y qué tú crees que vas a hacer cuando llegues, mudarte con los viejos?".

–Solamente quiero verlos–. Sonaba cansado. –No sé qué más decirte. No tengo otros planes.

A Ramona nunca le faltaba tema de qué hablar, así que empezó a contarle a Guzmán de la sesión espiritista que se estaba organizando en El Building. Sería todo un acontecimiento que giraría en torno a la huelga de la fábrica que los hombres estaban planeando. A ella se le había pedido que organizara a las mujeres. Su voz era casi infantil por el entusiasmo. A veces, así podía entrever la soledad de mi madre. Qué tonta sonaría toda la palabrería de sesiones espiritistas si Rafael estuviera allí para hablarle de asuntos importantes.

–No lo hagas, Ramona–. La advertencia de Guzmán la cogió de sorpresa. Me daba cuenta por la forma en que puso la taza de café sobre la mesa, con tanta fuerza que pude oírla en el cuarto.

–¿Qué quieres decir, Guzmán?

–Es peligroso tener reuniones de cualquier tipo ahora mismo en este lugar. He oído decir que la policía está vigilando a ciertas personas. Saben que se está planeando una huelga. No es bueno hacer nada que parezca sospechoso ahora mismo. ¿Entiendes?– Su voz era casi un susurro y tuve que hacer un esfuerzo para oírlo. Era el dolor lo que hacía que sus movimientos fueran lentos, pero su mente estaba despierta. Sabía todo lo que estaba pasando sin salir del apartamento y yo era su ayudante, su espía secreta.

–Creo que has estado en tu lecho de enfermo por demasiado tiempo, Guzmán. Los periódicos lo exageran todo–. Ahora Ramona estaba limpiando la mesa. Despachaba a su hermano como nos despachaba a mi hermano y a mí, simplemente dando la espalda.

Escuché que Guzmán le dio las buenas noches en un susurro. No escuché que ella le contestara. Él pasó por mi cuarto. ¿Hizo una pausa frente a la puerta? Dejé que el sueño cayera sobre mí como la frisa adicional que Ramona traía a veces, las noches que hacía frío, y luego me arropaba con sus manos fuertes y nerviosas.

Recibimos cartas de Rafael con matasellos de Palermo, Nápoles, Atenas, y una caja grande de Capri que contenía dos muñecas para mí, en el atuendo griego típico, el hombre llevaba una faldita tableteada, y una caja de música para Ramona con la fotografía recortada de una cueva marina a la luz de la luna sobre la tapa. Tocaba una melodía exótica cuando se abría. Gabriel recibió libros de postales. La nota de Rafael decía que estaría en casa en junio y que entonces empezaríamos a buscar una casa. Ramona nos leyó la carta llena de planes como si fuera un cuento de hadas, sonriendo en las partes más imaginativas. Le encantaban los regalos, como a una niña, y Rafael nunca regresaba sin algo especial para ella. Tenía pijamas de seda de Corea, abanicos de España, pintados a mano y con ribete de encaje, y joyas de todas partes. Pero casi nunca usaba nada de esto en público. Decía que a sus amigas de El Building les daría vergüenza.

Ese invierno, más y más hombres quedaron fuera de las fábricas de Paterson, y El Building, por ser el lugar donde había la mayor concentración de desempleados, se convirtió en su lugar de reunión. Nunca había habido tantas peleas a puñetazos y tantas disputas domésticas, y las patrullas de policía daban vuelta por nuestra cuadra constantemente.

Yo iba a la escuela envuelta en la luz de otro mundo. Allí las monjas me mimaban y me elogiaban por las buenas notas y mi comportamiento humilde, que no era más que miedo de que descubrieran lo que yo ya sentía: que era una forastera en medio de ese ambiente de disciplina y orden. Estaba completamente inmersa en la vida de El Building, buscaba noticias para Guzmán y ayudaba a Ramona con los constantes preparativos para la sesión espiritista, la cual, según pasaban los días, se convirtió en la obsesión de las mujeres, casi una contracampaña a lo que los hombres estaban planeando en las esquinas y en el sótano. "Huelga", "huelga", "reunión", "huelga", "reunión". De tanto oír estas palabras la cabeza me zumbaba. Al parecer todo el mundo siempre estaba susurrando, planeando, escondiéndose detrás de los demás: las mujeres se escondían de los hombres para planear la sesión espiritista, los hombres se escondían de la policía para planear la huelga, y yo me colaba por todas partes pues, con el uniforme de colegio católico, nadie podía sospechar que fuera una espía doble. Así les hacía mandados a las mujeres, cumplía mi promesa a Santiago y no le decía a nadie (con la excepción de Guzmán, quien tenía que saberlo todo) que las reuniones de los hombres eran en El Basement, y fingía en la escuela que venía de un hogar normal. Todo esto lo hacía fácilmente bajo la máscara de humildad. Cuando una persona es tímida y obediente, nadie le hace preguntas ni se busca su compañía. Es *diferente*, me imaginaba que decían, y tenían razón.

Guzmán podía levantarse de la cama y caminar por el apartamento, aunque la herida no estaba sanando bien. Después de varias semanas, todavía sangraba y manchaba los vendajes livianos que ahora llevaba. La piel estaba tan tirante que Guzmán se inclinaba de forma muy evidente para sobrellevar el dolor. Se movía y hablaba con lentitud, y la nerviosa actividad de Ramona, su cháchara constante, contrastaban profundamente con el silencio reciente de él. Sin embargo, me parecía que estaba inquieto por dentro; pues, ¿acaso no era él el mismo hombre de los cuentos de mi madre, el hombre que había escandalizado un pueblo entero y que había venido a los Estados Unidos para encontrarse prisionero en un campo de trabajo y tener que escapar en el sistema de trenes subterráneos de New York City? ¿Acaso no era la oveja negra de la familia que me había imaginado como el Zorro, saltando de aventura en aventura? Aunque mi tío no parecía estar hecho para el papel que yo le había asignado por todos los años de oír cuentos de adultos, todavía era Guzmán, en el centro de mi imaginación, capaz de cualquier cosa. Hasta que recobrara la fuerza, sería su ayudante y aprendería de él los gajes del oficio: cómo rebelarse, cómo prepararse para escapar, cómo no temerle a nada ni a nadie.

Mientras Ramona y Guzmán discutían en la cocina del apartamento, pues ninguno de los dos se atrevía a salir mucho, en las calles las cosas estaban alcanzando el límite. En una misma tarde llamaron dos veces a la policía porque hubo peleas. Una había sido arreglada, todo el mundo podía darse cuenta de esto, o por lo menos fue lo que les oí decir a los hombres en la bodega. José había insultado en público a Santiago, el líder de los hombres que querían organizar una huelga en la fábrica. Era evidente que José, un drogadicto, se había vendido. La idea era registrar a Santiago en la estación de la policía para que fuera fácil arrestarlo cuando llegara el momento oportuno. La otra pelea había sido entre un adolescente negro y un muchacho puertorriqueño. Había sido verdaderamente un espectáculo, en el cual los adultos se habían arremolinado alrededor de los muchachos, habían hecho apuestas y los habían animado a que se sacaran los sesos, cosa que por poco pasa. Debidamente le informaba de todo esto a Guzmán, quien parecía ponerse muy nervioso, especialmente por lo de Santiago. Guzmán decía que éste era el comienzo de algo grande. Esa noche, mientras comíamos, hizo un anuncio que nos sorprendió a todos.

–Ramona, aquí va a haber problemas pronto. Tienes que salir de aquí con los niños.

Ramona se tragó la cucharada de asopao de pollo tranquilamente y miró al hermano con sus brillantes ojos negros. "Hemos tenido esta discusión antes, Guzmán. No voy a ir a ninguna parte, especialmente cuando Rafael está por llegar de un momento a otro. Decía en su última carta que era cuestión de semanas para que el barco regresara a Nueva York. Dejaré que él decida entonces sobre estos problemas de los que tanto hablas. Además, la reunión es este sábado. Sólo quedan tres días y hay mucho que hacer."

–Escúchame, Ramona, no hay tiempo para esperar a Rafael ni para reuniones. Este asunto del espiritismo es un disparate enorme. ¿No entiendes? La policía está vigilando este lugar, esperando que algo sospechoso suceda para poder entrar y acabar con los planes de la huelga.

Gabriel, quien había seguido la conversación con los ojos bien abiertos por el interés, intervino: "Mi maestra dijo que este edificio es como un gueto. Estábamos estudiando una lección sobre reyertas. ¿Va a haber una reyerta aquí?".

–No, Gabriel. No va a haber ninguna reyerta. Qué idea tan absurda–. Ramona se dirigía a la estufa para poder darnos la espalda. –¿Te das cuenta de lo que toda esta conversación sobre problemas nos está causando? Está haciendo que imaginemos cosas estúpidas–. Esta última frase tenía la clara intención de terminar la discusión, pero Guzmán tenía algo más que decirnos:

–Ramona, le escribí a Rafael.

Ella se dio vuelta tan abruptamente que un plato se cayó del mostrador y se rompió en el piso. Yo me agaché para recoger los pedazos a sus pies.

–¿Que hiciste qué?– Se paró frente a él temblando de la rabia. –¿Le escribiste a mi esposo sin decírmelo a mí primero?

–Tenía que hacerlo, ¿no te das cuenta? No me escuchas–. Se paró de la mesa temblando, yo no sabía si del dolor o de la rabia. Ahora él tenía la atención de ella y estaba preparado para insistir en su argumento. Mi hermano y yo nos sentamos a los extremos opuestos de la mesa de formica verde, con los ojos sobre Guzmán y Ramona, enfrentados como boxeadores en un cuadrilátero. –Este lugar va a estallar, Ramona, escúchame. Lo he visto suceder antes, en otros lugares. Así es como limpian los suburbios en Nueva York. Los periódicos siempre informan de las reyertas en los barrios y siempre empiezan así –la gente tiene reuniones secretas y terminan arrestados.

Ramona interrumpió: "¿Cómo es que sabes tanto? No has hecho más que causar problemas toda la vida y ahora eres experto en reyertas. Supongo que te crees el hombre de la casa, simplemente porque Rafael no está. Pues bien, Rafael siempre ha estado más tiempo fuera de la casa del que ha estado en la casa, y siempre me las he arreglado. Es hora de que sigas tu camino, Guzmán. Lamento decírtelo, pero Mamá Cielo tiene razón. Estás maldito. El único problema en este lugar eres tú".

–No, Mamá...– Me levanté y salí corriendo hacia donde estaba mi tío, pero mi madre me agarró con fuerza por el brazo. Sentí que sus uñas largas se enterraban en la carne suave sobre mi codo.

–No te juntes con él, Marisol. No sé qué ideas te ha metido en la cabeza, pero no le vas a hacer más mandados, ni a nadie más. Ninguno de ustedes –arrancó a Gabriel de la silla y nos dio un empujón para que fuéramos al cuarto que compartíamos. –Quédense ahí hasta que los llame.

Los oí discutir por un poco más de tiempo, aunque mantenían baja la voz para evitar que los oyéramos. En algún momento me quedé dormida, exhausta de llorar y de la rabia que sentía por la injusticia de Ramona. Gabriel trató de hacerme preguntas, pero no le hice caso y pronto se puso a leer en su propia cama, alejada de la mía todo lo más que era posible en un cuarto tan diminuto. Por un momento sentí lástima por este niñito atrapado en esta casa de locos. Era tan serio e inteligente y casi siempre estaba en las nubes. Entonces comprendí por qué a menudo se iba a su escondite fuera de la ventana, a leer o a mirar para abajo desde la escalera de emergencia. Esto aterrorizaba a Ramona y yo solía acusarlo para ganármela. Gabriel recibía una paliza, lloraba un ratito y luego volvía a salir. Me di cuenta de que este lugar era importante para él, lo suficiente como para arriesgarse a enfrentarse a la ira de nuestra madre y a sus palizas, así que empecé a proteger su privacidad mintiéndole a Ramona. Hasta me inventé un código secreto para hacer que volviera al apartamento sin que ella se diera cuenta. Me metía en el armario empotrado y golpeaba en la pared del fondo. De la forma en que el edificio estaba construido, esta pared estaba justo al lado de la ventana de la salida de emergencia. Gabriel se sentaba con la espalda contra la pared. Era tan delgada que me decía que podía sentir los golpecitos. Esto debía haberme asustado, pues quería decir que el artefacto mohoso que colgaba del costado del armazón decrépito del edificio apenas tenía soporte. Pero en muchas formas, yo todavía era una niña y en mi creciente resentimiento contra Ramona, cualquier cosa que pudiera hacer para engañarla era una pequeña victoria para mí.

Cuando me desperté, era casi mediodía y había nuevas voces en la cocina, todas de mujer. Hablaban en voz alta, hacían planes para la sesión espiritista como muchachas entusiasmadas. Me levanté y empecé a caminar como una sonámbula hacia el cuarto de Guzmán. Cuando llegué a la puerta, vi que había vuelto a ser la sala. No había huellas de él por ninguna parte. Olía a rosas y a incienso. Me sentí mareada y me acurruqué con un cojín que él se ponía en la espalda para poder mantenerse incorporado en la cama durante su larga convalecencia. Todavía conservaba su olor a almizcle. Ramona entró en el cuarto descalza y sin hacer ruido. No me di cuenta de que estaba allí hasta que se sentó a mi lado y puso mi cabeza en su regazo. Le temblaban los dedos mientras los pasaba por mi pelo largo y enredado. Traté de levantarme, pero ella me retuvo suavemente. Sus dedos olían a agua florida y, al ver que estaba descalza, supe que había estado consultando con sus amigas espiritistas. Siempre lo hacía durante una crisis. Se reunían en algún apartamento y entonces una de ellas entraba en un trance, después de mucho rezar y cantar, y le informaba a la persona en apuros del espíritu "intranquilo" que estaba molestando en su casa y de cómo apaciguarlo.

–Niña, niña –dijo bajito, acariciándome la cabeza– cuando tu padre no está, sólo nos tenemos la una a la otra. Tienes que entender que sólo se trata de nosotros tres: tu hermano, tú y yo. Nadie más. Guzmán es mi hermano y yo lo quiero...– Otra vez traté de liberarme de sus manos, pero me dio vuelta para que la mirara. Aunque ya yo estaba varias pulgadas más alta que ella, ella era más fuerte. Me miró a los ojos. Podía escuchar a las mujeres hablando en la cocina. Me preocupaba que una de ellas pudiera entrar y ver que Ramona me trataba como a una bebé. –Pero él es y siempre ha sido un buscabullas. Es bueno que se haya ido. Pero volveremos a saber de él. Guzmán es como la hierba mala:

244

nunca muere–. Se inclinó y me besó en la frente. Tenía una sonrisa brillante. Era tan hermosa y tan joven que no podía perdonarla. Tal vez si hubiera sido como las otras madres, arrugada y sabia, habría creído en su sinceridad. –Ahora ve, lávate la cara y ven a la cocina para que te tomes una taza de café. Hay algo que quiero que hagas.

A regañadientes la obedecí, pensando en todo momento en una estratagema para salir del apartamento a buscar a Guzmán. Sin darse cuenta, Ramona me proveía la mejor oportunidad para hacerlo. El plan de mi madre era mantenerme tan ocupada que me olvidara de Guzmán. Mi plan era hacer todo lo que me pedía, especialmente si implicaba salir de El Building.

Ese día, en la cocina, había dos mujeres que eran importantes dentro de la sociedad de Ramona. Las dos eran médiums espiritistas, pero de diferentes credos. Una, Elba La Negra, era santera, es decir, pertenecía a la secta de espiritistas que combinaban los símbolos y la liturgia de la religión católica con los antiguos ritos africanos para convocar espíritus y predecir y sanar. La otra mujer, a quien todos llamaban Blanquita porque era muy pálida y estaba demacrada, era una médium de mesa blanca, como el padre de Ramona, Papá Pepe. Los de mesa blanca no tenían toda la parafernalia elaborada de los santeros, sino que seguían los preceptos de los espiritistas europeos del siglo diecinueve y únicamente necesitaban una mesa y unos cuantos voluntarios para convocar a los espíritus. De hecho, los ritos y la filosofía del espiritismo eran mucho más complicados de lo que me interesaba saber. Para mí todo eso era una actividad vergonzosa a la que mi madre dedicaba demasiado tiempo. Ella era una novata a quien varias médiums bien respetadas de Paterson le habían dicho que necesitaba desarrollar sus facultades. Cada una de estas mujeres estaba tratando de descubrir cuál era el lugar de Ramona en la jerarquía espiritual.

De las dos, mi favorita era Elba, una negra escultural con una voz que rebotaba en las paredes y a quien le gustaba aplastar en un poderoso abrazo a todo el que ella creyera que lo necesitaba. Tenía sentido del humor y entendía instintivamente mi actitud condescendiente hacia el espiritismo. Sus guiñadas de complicidad a menudo me habían salvado de meterme en discusiones inútiles. Sus ojos lo absorbían todo: mi resentimiento, la soledad de mi madre, el orgullo que nos separaba –y ella distribuía a cada una de nosotras por igual su cariño desprovisto de toda crítica, tal y como lo hacía con todo el mundo en El Building. Su apartamento era el refugio de los turbados y siempre estaba lleno de niños descuidados y mujeres víctimas del abuso. Después de las peleas, el esposo o el padre arrepentido sabían adónde ir. Para que le devolvieran al ser querido, había que pagar un precio: aceptar aconsejarse con Elba. Elba sermoneaba en un tono santurrón y con una voz tan alta que se podía oír en varios pisos. Se sabía que había amenazado a un hombre hecho y derecho con darle una paliza por delitos que no estaba dispuesta a divulgar. Hasta la policía de Paterson sabía a quién preguntarle si necesitaba encontrar a alguien que no mandaba el dinero para mantener a los hijos o a un adolescente que había huido de su casa.

Cuando entré a la cocina, dirigida por Ramona, evité la mirada de Blanquita bajando la cabeza. Esta mujer se parecía a un cadáver que llevaba una semana de muerto: piel amarilla, dientes echados para afuera, huesos que se salían por todas partes y una voz áspera que contaba la historia de su vida miserable a la menor provocación. Dos hombres la habían abandonado –por no tener hijos, decía ella, suplicando compasión con los ojos húmedos y saltones mientras lo decía, y por su habilidad de adivinar futuras infidelidades y su disposición a castigar las transgresiones antes de que ocurrieran. No

tenía muchos amigos íntimos, pero tenía muchos segui-
dores. Su récord de predecir discordias maritales era mis-
terioso. No bien identificaba a un mujeriego, la pareja
atravesaba por una prueba, que fortalecería o destrui-
ría el matrimonio. Nuevamente se requerían los servi-
cios de Blanquita pues sólo sus intensas sesiones de ora-
ción podían convocar a las guías espirituales que condu-
cirían otra vez a la pareja en apuros por el camino de la
reconciliación. Su tarifa era módica y el porciento de
éxitos, respetable. Era una de las mujeres a quienes
Ramona no podía ver cuando Rafael estaba en casa. Él
la despreciaba por su hipocresía. A menudo decía que
Blanquita era una amargada, llena de odio hacia los
hombres y hacia todas las mujeres que tenían lo que
ella siempre había querido –un marido y niños. Desde
luego, esto sólo conseguía que Ramona estuviera más
deseosa de asociarse con Blanquita. Ella se daba cuenta
de que Rafael no creía en el espiritismo y sentía que los
poderes de Blanquita eran la verdadera razón de que
ella le cayera mal. Sorprendentemente, Rafael no le po-
nía reparos a la amistad de Ramona y Elba, a quien con-
sideraba "buena gente". A lo que sí se oponía, sin embar-
go, era a que alguno de nosotros visitara su apartamen-
to cuando se estaba celebrando una de esas sesiones de
abracadabra. Desgraciadamente, esto era la mayor par-
te del tiempo, pues a Elba La Negra le gustaba tener
compañía y pasarlo bien. Su Centro estaba lleno de gen-
te casi toda la semana, especialmente durante sus se-
siones de los martes y los viernes, cuando se vestía con
el atuendo de su *orisha*, Changó, una deidad africana a
la que le gustan el ron y el color rojo. Elba se ponía un
vestido largo rojo y una capa de raso, y bailaba descalza,
pisando fuerte al compás de tambores africanos. En su
papel de Changó, les servía vino a sus seguidores y reci-
taba oraciones en una lengua que se inventaba a medi-
da que se metía más y más en el trance. Changó es un

alma agresiva; se dice que era un hermafrodita cuando gobernaba la tierra. Y Elba se volvía altanera y seductora, como una enorme reina africana, o despótica y cruel, y ordenaba que hombres hechos y derechos se pusieran de rodillas ante ella o gatearan por el cuarto como bebés. Todo esto se hacía con la mayor seriedad, pues en algún momento en la velada habría un despojo en masa, un exorcismo en grupo dirigido por Elba en su papel de Changó. Ella exhortaría a los devotos, quienes se encontraban en distintas etapas de trances autoinducidos, a hablar abiertamente sobre sus problemas. Todos a la vez empezarían a hablar de sus penas en español, en inglés, o en una lengua nueva. Algunos llorarían o se agarrarían al vecino; otros se limitarían a mirar hacia el frente del cuarto, donde siempre había una mesa con una vela roja o una palangana que contenía líquido inflamable encendido porque a Changó le gustaba el fuego. Algunos fijarían los ojos en la llama y hablarían hasta caer exhaustos al suelo. Aunque Ramona casi siempre me mandaba al apartamento después de la ceremonia inicial para que me quedara con Gabriel mientras ella participaba en la confesión colectiva, por lo menos dos veces me colé en el apartamento de Elba, tarde en la noche, para presenciar el asombroso espectáculo de adultos reducidos a débiles infantes según Elba recorría las tropas como un papa de pechos grandes que dispensa bendiciones, abraza y besa a su grey, mientras ellos lloraban por la miseria de la semana.

Sentada a la mesa de mi madre, Elba se veía más gorda de lo que yo la recordaba, como si estuviera absorbiendo los problemas de todo el mundo. Estaba escribiendo algo en un bloque de papel amarillo, pero me hizo señas con un brazo enorme para que me acercara. Su abrazo fue abrumador. Me dobló contra su pecho donde respiré la dulzura de esta mujer que necesitaba hacer que todos fueran sus niños de pecho, quizás porque hacía muchos años su único hijo había desaparecido un día en New York City, mientras jugaba en la acera, y nunca se le había vuelto a ver. Ahí fue cuando se convirtió en una santera espiritista, entregándose de lleno a una forma de vida que le permitía darles a los otros lo que se le había quitado cuando le robaron el bebé. Ramona había llorado al contarme esta historia. Elba me entregó la lista que había estado escribiendo.

–Niña, ¿sabes dónde queda la botánica de Arcadio?– Su voz era grave como la de un hombre, pero la mano que me levantó la barbilla para mirarme a los ojos era más suave que la de la misma Ramona, la mujer más femenina que conocía.

–¿La tienda que vende hierbas en Market Street?– Había estado allí varias veces con Ramona. Era el lugar donde comprábamos el incienso y las velas que ella prendía todos los sábados. Ramona me haló hacia ella. Retrocedí ligeramente de las uñas que nunca dejaban de arañarme, ya fuera cuando me abrazaba o cuando me pegaba.

–Ella sabe dónde es, Elba. Dale la lista y el dinero, y ella nos hará la compra. ¿Verdad, Mari? Don Arcadio o su esposa, doña Lola, la ayudarán a encontrar los artículos.

Leí la lista rápidamente. Algunos de los nombres me eran conocidos; otros no. Sabía lo que era agua florida: alcohol con olor que se usaba en mi casa para todo, desde desodorante hasta colonia; agua bendita, también la habíamos comprado antes, pero no por galón, como especificaba la lista; y velas –pedían dos docenas de velas rojas, azules, blancas y amarillas. Sabía, o podía adivinar, los usos de estos artículos comunes, pero las cantidades de cintas de los mismos colores de las velas, los imanes y las dos cajas de cigarros verdaderamente me desconcertaron. Le pedí a Elba que me explicara.

Todo lo que dijo fue: "Si no puedes traerlo todo, que Arcadio lo mande. Por la cantidad de dinero que gastamos en su tienda, puede hacernos el favorcito. Y, niña, ¿te acordarás de decirle a Lola que los esperamos en mi apartamento para la reunión del sábado? Dile que es la grande. ¿Quieres que te lo escriba?".

–No–. Me sentí algo insultada porque ella no le hizo caso a mi pregunta, pero mientras me ponía los zapatos, Elba se levantó de la silla y, después de anunciarle a Ramona que se iba para preparar el apartamento, se las arregló para salir conmigo. En el descanso de la escalera, me tomó del codo y se inclinó hacia mí para susurrarme al oído.

–Tú también estarás en mi reunión, mi amor. Allí encontrarás lo que buscas–. Colocándome un sonoro beso en la mejilla, bajó las escaleras trabajosamente delante de mí, bloqueándome el paso, así que tuve que seguirla a su paso. No me atreví a preguntarle lo que quería decir. Frente a su puerta, se volvió a mirarme con una amplia sonrisa en su cara gorda, una luna nueva iluminada de repente por una estrella fugaz. Cuando entró, percibí un olor a almizcle que me era conocido, pero como tenía tanto que comprar y me proponía pasar el menor tiempo posible en eso para poder buscar a Guzmán en unos cuantos lugares que tenía en mente, salí disparada por las escaleras hacia la calle. La primavera había llegado a Paterson como siempre, de repente la nieve vieja y sucia se derretía y hacía que las aceras se convirtieran en una pista con obstáculos, por los charcos que a veces parecían concreto hasta que se metía el pie hasta el tobillo en el agua helada. Mantenía los ojos bajos y caminaba de prisa.

De camino a la botánica pensaba en los lugares donde Guzmán podía estar. Era despabilado y podía convencer a cualquiera de que le permitiera pasar la noche allí. No estaba pelado, pero no iba a ir a un hotel, puesto que los hoteles de Paterson, o sea los buenos, no eran para negros ni para hispanos. La policía a menudo hacía redadas en las pensiones de mala muerte por órdenes directas de un alcalde que creía en "limpiar la casa". Todo esto lo supe por los periódicos que le había leído a Guzmán mientras se recuperaba de la puñalada. El periódico en español llamaba al alcalde el nuevo Hitler, afirmando que odiaba a los que no eran blancos y permitía que sus policías los persiguieran.

Yo estaba convencida de que Guzmán no se iría de la ciudad mientras pensara que estábamos en peligro. ¿Dónde podía estar? Lo busqué en la bodega. Santiago, el líder de la huelga, estaba allí, agitado, hablando con Cheo, el dueño de la bodega, y otro hombre, un americano con el pelo cortado al cepillo y zapatos de suela ancha. Guzmán me había dicho que así era que siempre se podía reconocer a un policía encubierto. Hablaban en inglés, pero cuando Santiago me vio, les hizo señas para que se callaran. Sentí que todos tenían los ojos encima de mí mientras seleccionaba un dulce. Desafiante, me tardé mi tiempo recorriendo con el dedo cada hilera de dulces en la vitrina de varias tablillas –arriba: M & M, O'Joys, Ring Ding Junior; en el medio: bizcochitos Dolly Madison (de chocolate o de coco), Baby Ruth, Ju Ju de limón y bombones de cereza; tercera fila: goma de mascar (Juicy Fruit, menta), Bazooka, Salvavidas. Escogí un rollo de Salvavidas y se lo di a Cheo mientras escarbaba en mi cartera para buscar el menudo. (Mi monedero estaba gordo por el dinero para la compra de las espiritistas, pero no lo saqué).

Oí que Santiago le dijo al policía americano que era hora de regresar a casa, añadiendo en tono sarcástico: "Como ya no tengo trabajo, puedo comer tres comidas en casa –eso, cuando hay dinero para comestibles".

El americano caminó hasta la puerta mientras Santiago hablaba. En la entrada, se volvió hacia los hombres, con las manos bien metidas en los bolsillos del impermeable negro, que tenía el cuello levantado. Era altísimo y tenía una voz grave. Parecía imitar a un policía de la televisión –el sargento de Dragnet, tal vez– porque cuando hablaba, las palabras eran breves y parecía que había ensayado: "Recuerden lo que les dije, muchachos. Y díganles a sus amigos que no cometan una estupidez. El Hermano Mayor está vigilando". Se dio vuelta rápidamente, por lo que el impermeable se le levantó por detrás como si fuera una capa.

Todos lo observamos cruzar la calle y dirigirse hacia El Building. Le di los diez centavos a Cheo y él los cogió, pero estaba distraído y se le olvidó darme los Salvavidas. Luego se acordó.

–Perdón, niña –dijo– el gringo me hizo olvidarme de lo que estaba haciendo.

Santiago salió conmigo, pero yo no quería hablar con él. Simplemente quería acabar con la compra y empezar a buscar a Guzmán. Pero aunque caminaba de prisa, él me alcanzaba. No dijo nada hasta que estábamos en la esquina de Straight Street y Market, donde yo tenía que tomar una decisión, pues la botánica quedaba a una cuadra. No quería que Santiago supiera adónde iba. El hábito de la discreción adquirido en las últimas semanas me había puesto muy paranoica. Decidí darle el frente.

–Señor, no tengo permiso para caminar con usted –le dije, con mi cara más humilde de niña de colegio católico. Lo último que quería era una confrontación con el líder de la huelga.

–Quiero hablar contigo, Marisol. No hablé porque quería asegurarme de que no nos estaban siguiendo, ¿entiendes?. ¿Adónde vas?

–A la tienda, a hacerle un mandado a mi madre–. Él miró a su alrededor. No estábamos ni remotamente cerca del colmado, ni nos dirigíamos a la sección de las tiendas del centro. De hecho, a la única tienda que podía ir en esa dirección, como cualquier hispano en Paterson sabría, era a la botánica.

–Ya veo. Las espiritistas de El Building te mandan a que les compres las provisiones para la sesión–. Le salió una sonrisa forzada. –Me sorprende que estés participando en estas cuestiones de vudú, una niña católica y decente como tú.

No le contesté pero empecé a caminar apresuradamente. Santiago me agarró por el codo. –No fue mi intención, insultarte, señorita. Te acompañaré a la tienda de don Arcadio.

–No necesito chaperón, señor–. Me zafé de su agarre.

–Pero necesitas que alguien te diga que lo que estás haciendo, que lo que tu madre está haciendo, es peligroso. ¿Te acuerdas de la noche en El Basement cuando te pedí que no le dijeras a nadie acerca de la reunión que teníamos?– Dije que sí con la cabeza. –Pues bien, el canalla de José, el mismo que hirió a tu tío, nos traicionó. Nos acusó y ahora nos vigilan. El Building es un blanco. La policía sólo está esperando que pase algo sospechoso para caernos encima como un gato a un montón de ratas acorraladas.

–¿Quiere decir que van a usar la sesión espiritista como pretexto para formar un lío?– ¡Precisamente lo que Guzmán le había venido diciendo a Ramona todo el tiempo! Sentí miedo por primera vez. Ya no era simplemente un juego. Santiago era un hombre serio. En el vecindario tenía fama de hombre honrado. Yo tenía que poner a Ramona sobre aviso.

–No sé lo que va a pasar, excepto que todo el mundo está enojado con los demás. El alcalde tiene miedo de una huelga, la policía ha recibido instrucciones de vigilar cualquier actividad en el vecindario negro y en el puertorriqueño, y los hombres desempleados no hacen más que planear problemas. Estamos sentados sobre una bomba de tiempo, niña, es todo lo que sé.

–¿Y qué va a pasar con la sesión del sábado? ¿No deberíamos prevenir a las mujeres, no deberíamos tratar de suspenderla?–Ahora estábamos frente a la botánica. Tenía los pies fríos de caminar sobre los charcos de nieve derretida. Temblaba y tenía ganas de llorar. Santiago me miró, vio que una lágrima me bajaba por la mejilla y la limpió con un dedo calloso.

–¿Podríamos suspenderla si quisiéramos, Marisol? ¿Escucharía tu madre lo que tú le dijeras, me haría caso mi mujer?– Meneó la cabeza apesadumbrado. –No, tú debes saber esto de las mujeres de la Isla, no de las americanitas como tú–sonrió para suavizar las palabras– sino de las mujeres criadas para creer que no están solas en este valle de lágrimas y miseria que es la vida humana. Creen que tenemos amigos invisibles, esos espíritus suyos, que supuestamente son leales como perros, acuden cuando se les silba y vienen a ayudarnos y a defendernos de nuestros enemigos. Tienen buenas intenciones, pero aquí, en Estados Unidos, su abracadabra sólo complica las cosas. ¿Puedes imaginarte tratar de explicarle al policía recortado a raspacoco, el que nos estaba leyendo la cartilla en la bodega de Cheo, que la reunión del sábado es para pedir ayuda de los muertos? –Santiago se rió, pero no era más que el sonido de la risa, pues sus ojos estaban tristes. También estaba tiritando. La tarde se estaba poniendo fría. Yo tenía muchísimo que hacer.

–¿Debo comprar todas estas cosas para la sesión?

–Cómpralas. Tal vez no ocurra nada. Tal vez es lo que necesitamos –una fiestecita que nos ayude a olvidar los problemas. Por si acaso, estaré allí. Mis amigos estarán estacionados en diferentes partes de El Building también. Sólo para estar seguros, ¿entiendes?. Cuídate, Marisol. Te estás poniendo muy bonita y hay sinvergüenzas en cada esquina–. Me dio una palmada en el hombro y empezó a despedirse, pero yo le tenía que hacer una pregunta más:

–Don Santiago, ¿usted ha visto a mi tío Guzmán por aquí hoy?.

Santiago parecía sorprendido. "¿No está viviendo con ustedes, Marisol? Lo vi esta mañana donde siempre lo veo, fumando un cigarrillo en la escalera de emergencia de El Building, donde tu hermanito acostumbra sentarse. Por cierto, debes decirle que es un lugar peligroso. Dile a tu madre que les diga que no vayan allí. Adiós."

Mi corazón saltó del lugar oscuro donde había caído. ¡Guzmán todavía estaba en el edificio! Me apresuré a entrar en la botánica y le leí la lista al sobresaltado don Arcadio, un viejito que tenía las manos deformes por la artritis. Con un dedo torcido señalaba dónde estaba cada artículo en un anaquel, y yo lo colocaba frente a él sobre el mostrador. "Es para la sesión del sábado", le expliqué. "Elba dice que usted y su esposa están invitados."

—Sí, señorita, agradezco la invitación y que usted venga a hacer sus compras aquí, pero mi esposa está enferma con la gripe. No vamos a poder asistir. Pero mire —fue adonde estaban las velas grandes organizadas por colores en un anaquel, y seleccionó una azul. —Por favor, dígale a doña Elba que le dedique ésta a La Milagrosa por la salud de mi esposa.

—Gracias, señor. Se lo diré.

—Dios la bendiga, niña.

Casi no sentía el peso de la bolsa llena de los exóticos artículos que llevaba a casa ese día. Tenía la mente en otro misterio: ¿en qué parte de El Building se escondía Guzmán?

CAPÍTULO ONCE

Llevé a Gabriel a la biblioteca el sábado por la mañana, el día de la gran reunión, porque Ramona no quería que estuviéramos allí. En el camino hacia la biblioteca, me fijé que hasta a los pocos árboles flacos que se habían afincado de los montoncitos de tierra entre los edificios les estaban saliendo unas cuantas hojas verdes. Pronto sería la Pascua. En Saint Jerome, las monjas se habían estado volviendo locas preparándonos para un espectáculo. Aunque había mantenido las buenas notas, había descuidado mis amistades, rechazando invitaciones de Letitia, quien se las había arreglado para convencer a sus padres de que me aceptaran de nuevo en la casa después del encuentro del doctor Roselli con los atorrantes de El Building en Nochebuena. Hasta el muchacho del que yo estaba perdidamente enamorada, Frank, me parecía insignificante y aburrido en esos días. Aun sin quererlo, estaba completamente inmersa en la vida de El Building. Me daba prisa para llegar a casa después de la escuela para beber café con mi madre y sus amigas, aunque lo que deseaba escuchar eran las noticias sobre Guzmán, pues me interesaban poco los problemas domésticos y los feudos entre ellas. Esa mañana ya yo tenía una idea bastante clara de dónde Guzmán pasaba su tiempo, aunque las mujeres no hablaban de él directamente, especialmente frente a Ramona, quien nunca admitiría que estaba ansiosa por saber si Guzmán estaba bien.

–¿Cuándo regresa papá? –preguntó Gabriel por millonésima vez esa semana. Podía darme cuenta de que estaba cansado de estar con Ramona y conmigo todo el tiempo. Como Guzmán se había ido, no tenía con quién jugar. Era un niñito tranquilo que no encajaba en lo más mínimo con los muchachos callejeros, despabilados y buscabullas, que vivían en El Building, y vivíamos muy lejos de la mayor parte de nuestros compañeros, así que no tenía otros amigos.

–Pronto, Gabriel. Rafael –es decir, Papá– regresará de Europa en unas semanas.

–¿Antes de Pascua?– Quería saber.

–No sé cuándo exactamente. ¿Por qué es tan importante?

–Estoy en una representación en la escuela. Quiero que él venga. Mamá no vendrá, tú lo sabes.

Sí, lo sabía. Ramona se ocupaba de nuestras necesidades físicas, pero a menos que fuera una emergencia, evitaba enterarse de lo que hacíamos fuera de El Building. Se aseguraba de que sacáramos buenas notas porque tenía que rendirle cuentas a Rafael. Nos compraba los uniformes y firmaba las excusas que yo misma escribía cuando estábamos enfermos. Aparte de esto, nada. Las reuniones de padres y maestros, y las ventas de bizcochos no eran parte de su realidad. Rafael comprendía su timidez y le hacía la vida fácil ocupándose de la matrícula y de otros asuntos de antemano, mientras estaba en casa durante el permiso. A veces me preguntaba lo que sería de nosotros si Rafael muriera o desapareciera en el mar. Pero aun así sabía nuestras opciones. Yo reemplazaría a Rafael como mediador entre Ramona y el mundo o volveríamos a la Isla. Por lo menos una vez le oí decir a Ramona que Mamá Cielo siempre tenía un lugar para nosotros bajo su techo. Esto se lo dijo a Rafael durante una discusión una vez y él le había hecho recordar gentilmente que Mamá Cielo se estaba poniendo vieja y que no podría encargarse de sus hijos siempre. Ramona se había pasado llorando todo el día y Rafael nunca volvió a decir nada sobre la anciana legendaria cuya memoria parecía mantener a Ramona esperanzada.

Cuando regresamos a El Building, en los pasillos había más gente que nunca. Muchos apartamentos tenían las puertas abiertas de par en par y las mujeres iban y venían con platos de comida de un lado para otro y hablando en voz alta. Alguien estaba tocando un disco de salsa a todo volumen y varios hombres parados en el descanso de la escalera cantaban a coro. Todos tenían latas de cerveza Corona en la mano. Uno hizo un comentario en voz baja cuando pasé frente a él, otro me tiró un beso. Mi hermano subió las escaleras corriendo antes que yo y gritándome que iba a leer sus libros "tú sabes dónde".

–¿Y qué pasa si Mamá quiere saber dónde estás?

–Ella no va a querer saberlo.

Otra vez tenía razón. Qué inteligente. Ramona estaba en su puesto de control en la cocina dándoles instrucciones a las mujeres que entraban y salían con sus ofrendas para la gran sesión. La cocina estaba llena de flores. Había rosas rojas para los seguidores de Santa Bárbara, cuyo color favorito es el rojo; claveles blancos y azules para la gentil Señora de las Mercedes; follaje en vasos llenos de agua del color del santo o de la deidad cuyo favor se pedía. Las mujeres también venían a comprar cintas de su color especial y dejaban un donativo en una caja de cigarros. Sobre la mesa de la cocina resaltaban un balde nuevo de aluminio y varias latas con un líquido inflamable. Recordé el baile de Elba La Negra alrededor de las llamas, con la esperanza de que Ramona omitiera esta parte de la ceremonia. Ella me vio tratando de escabullirme a mi cuarto y me hizo un gesto para que fuera adonde estaba vaciando el contenido de unos frascos que decían "agua bendita" en una escudilla de cerámica. Su larga cabellera negra le caía sobre los hombros mientras trabajaba. Era una mujer pequeñita, no medía ni cinco pies, y aunque parecía sensual, tenía las caderas y las piernas delgadas como una adolescente. Sin embargo, a mi edad se había comprometido con Rafael, y se convirtió en mujer casada y en madre poco después. No había sido una niña por mucho tiempo, o quizás nunca dejó de serlo. Yo sentía lástima por ella, tan metida en el tonto juego del espiritismo.

—Necesito que nos ayudes, a Blanquita y a mí, a llevar estas cosas al apartamento de Elba dentro de poco. ¿Dónde está tu hermano?

—Leyendo. ¿Va a ser allí la sesión de esta noche? ¿En casa de Elba?– dije sintiéndome algo aliviada de que nuestro apartamento no iba a ser invadido por los vivos y los muertos en unas cuantas horas.

—Por supuesto. Su apartamento es más grande, o por lo menos parece ser más grande porque vive sola, y lo tiene preparado para sesiones. Tú lo sabes, Marisol, ¿qué te pasa? Pareces tan distraída últimamente. ¿Estás enamorada o algo por el estilo?

Blanquita escuchó el último comentario y acercó una silla adonde yo estaba. "Déjame ver tu mano. Te puedo decir el futuro. Ya es bastante mayor como para saber algunas cosas, ¿verdad, Ramona?". Aunque estaba molesta por su entremetimiento, tenía curiosidad por saber lo que esta mujer esquelética veía en la palma de mi mano.

Blanquita puso mi mano hacia arriba sobre la mesa, me separó los dedos y los mantuvo aplastados sobre la mesa con los suyos. "Una vida larga", dijo, "y muchos amores. Pero mira, Ramona, ¿ves esa línea profunda que le corta la palma en dos?. ¿Sabes lo que es?" Sin esperar respuesta dijo: "Es la Línea del Sol".

Tanto mi madre como Blanquita miraron fijamente mi palma abierta. Mi madre trazó la línea a través de mi mano con una uña larga, haciéndome cerrar la mano involuntariamente. Me estaba poniendo nerviosa, pero todavía tenía curiosidad. "¿Qué quiere decir? ¿Qué es la Línea del Sol?"

Con una mirada de concentración casi cómica en la cara cadavérica, Blanquita se inclinó sobre mi mano abierta. Trazó varias líneas en ella, incluyendo las tres que atraviesan mi muñeca como heridas de navaja. Hablaba con Ramona, quien estaba sentada al otro lado. "Su Línea del Sol es profunda y clara. ¿Ves cómo empieza precisamente dentro de su Línea de la Vida, justo en frente del Monte de Venus y el Monte de la Luna? Lo interesante es que cruza la Línea del Destino justo en este punto." Clavó su uña roja en la suave elevación que había llamado Monte de Venus. Cansada del juego, retiré la mano de un tirón. "¿Quieres una interpretación de la lectura, jovencita?" El tono de Blanquita era de burla. "No todos los días hago esto gratis, pero tienes una mano interesante."

Ramona se puso de pie abruptamente. "Marisol no cree en nada de esto, Blanquita. Bastante ha hecho por nosotras hoy. Vamos a dejar que regrese a sus libros." Mi madre parecía ansiosa por sacarme del cuarto, lo cual despertó mi curiosidad. Le ofrecí la palma a Blanquita desde el otro lado de la mesa.

–¿Qué quiere decir?– Ramona se fue para el fregadero donde había flores en vasos de agua que necesitaba arreglar.

Blanquita sonrió misteriosamente, respiró hondo y me agarró la mano, con bastante rudeza, pensé. "¿Ves lo gordito que es tu Monte de Venus? Esta parte aquí mismo. Esto quiere decir que eres una mujer apasionada..."

–Blanquita, no tenemos mucho tiempo antes de la sesión esta noche y no puedo hacerlo todo yo sola–. La actividad de Ramona en el fregadero se estaba poniendo más ruidosa pues tiraba las cosas y abría y cerraba las puertas de los gabinetes.

Blanquita no le hizo caso a mi madre y continuó recorriendo la parte carnosa de mi mano con su uña. "Tendrás muchos amores en tu vida. Mira las estrellas que salen cuando te aprieto la mano. Cada una representa una gran pasión en tu futuro. Pero también habrá decepción. Cuando hay una línea que te atraviesa el Monte de Venus, eso quiere decir que hay intromisión, casi siempre de la familia. ¿Estás enamorada de alguien a quien tus padres no aprueban, Marisol?" Estaba atrapada en su juego ahora, y a pesar de que sabía que Ramona lo interrumpiría pronto, quería oír más.

–Blanquita, ¿no te parece que ya es suficiente?– Ramona se paró detrás de mí y me colocó las manos frías sobre los hombros. Estaba tratando de obligarme a salir de la cocina haciéndome sentir incómoda por su proximidad, enviándome mensajes urgentes en el código morse de sus dedos duros. Pero entonces yo quería que me dijeran la suerte. Abrí la mano bien abierta para Blanquita.

Ella se sonrió con una sonrisa sarcástica y continuó hablando con un tono medio en serio, medio en broma, como un médico que le explica el diagnóstico a un paciente ignorante. "Tu Línea del Destino empieza aquí, en la base del tercer dedo, ¿la ves? Si es lisa y profunda, que atraviesa la palma, quiere decir una vida buena, sin tragedias, ni decepción, ni desgracias –la tuya no es así, aunque cuando finalmente sale, aquí en la Línea de la Vida, se hace más clara y más fuerte; hasta ahí es un lío. Lo que esto quiere decir es que aquellos más cercanos a ti te harán difícil alcanzar lo que tú quieres de la vida. Tienes dones naturales, esto lo indica tu Línea del Sol. Aquí, ¿ves de dónde sale? De la Línea de la Vida; esto significa que tienes alma de artista. Tal vez por eso te gustan tanto los libros. ¿Verdad, niña? Pero tendrás que luchar para tener éxito en esa área. Hay muchas líneas de interferencia allí; incluso puede que fracases porque tendrás amores que te distraerán."

–Ya está bien, Blanquita. Es tarde y tenemos que llevar todas estas cosas al apartamento de Elba.– Era Ramona que ahora me halaba la silla. –Marisol, tú te quedas aquí con Gabriel esta noche mientras voy a la sesión.

–No es justo. Ayudé con todo el trabajo, así que ¿por qué no puedo ir contigo?– Estaba furiosa. Este era el comportamiento típico de mi madre: me metía en sus actividades hasta que llegaba el momento de la diversión. Entonces me dejaba fuera, siempre con la excusa de que yo era demasiado joven o de que a Rafael no le gustaría.

–Marisol, trata de comprender. Nunca te han gustado esas sesiones; tú misma lo has dicho muchas veces. Además, alguien tiene que cuidar a Gabriel esta noche.

–Si no hubieras botado a tu hermano de la casa, tendrías a más gente aquí para servirte–. Le grité esto en la cara, viendo con el rabo del ojo que Blanquita sonreía con regocijo demoníaco ante nuestra discusión. Ramona me abofeteó con toda la fuerza de su rabia. Su mano delgada estalló como un látigo en mi cara. Aturdida, corrí a mi cuarto y cerré la puerta con llave. Gabriel corrió hacia mí. Evidentemente se había colado a hurtadillas durante la lectura de la mano. Me agarró por la cintura y enterró su cabeza en mi pecho. La violencia de nuestra madre había asustado a mi gentil hermano más de lo que me había ofendido a mí. Estuvimos de pie así, abrazándonos el uno al otro por un tiempo, entonces yo me tranquilicé por el bien de él, aunque todavía temblaba del odio feroz que sólo una adolescente puede sentir hacia una madre. Le leí a Gabriel y practiqué sus parlamentos para la representación de Pascua, mostrándole cómo lavarse las manos de culpa convincentemente, ya que él tenía el papel de Poncio Pilatos.

Cuando cayó la noche, había muchísima animación en El Building. La noticia de la sesión espiritista había llegado a los parientes y amigos en Nueva York, y empezaron a llegar carros desde temprano, de los cuales salían mujeres vestidas de los colores incendiarios de sus santos patrones y hombres que llevaban bolsas con comida y licor para socializar antes y después del espectáculo de Elba La Negra. Duante todo este tiempo, Ramona había permanecido en el centro de control, nuestro apartamento, dirigiendo el flujo del tráfico y organizando la corriente de provisiones que habían convertido nuestra cocina en una botánica, con velas de todos los colores y tamaños alineadas sobre el mostrador, flores en el fregadero, galones de agua florida, así como varias latas de líquido inflamable para la llama que les daría luz a los espíritus intranquilos esa noche.

Me quedé en mi cuarto con Gabriel, quien estaba muy intranquilo por toda la actividad fuera de lo normal en la casa. Quería ir a leer en la salida de emergencia, pero no dejé que lo hiciera porque había demasiada actividad en los pasillos de El Building. Le prometí que lo llevaría a pasear esa noche, un verdadero lujo para él ya que nunca había tenido la oportunidad de ver la ciudad por la noche desde su puesto de observación.

Ramona nos trajo una bandeja con dos escudillas de espagueti Franco American. Era lo que almorzábamos cuando ella no tenía tiempo para cocinar los platos de arroz que solía hacernos. Llevaba un vestido rojo tomate que le quedaba ceñido alrededor de los senos y de la cintura y se ensanchaba en las piernas como el atuendo de una bailarina. Su larga cabellera negra estaba suelta sobre los hombros. Se veía radiante y hermosa. Los dos miramos fijamente a nuestra madre, quien podía transformarse de esta manera con el color. En la casa casi siempre llevaba una bata y por lo general tenía el pelo recogido austeramente en un moño. La única vez que se vestía así era cuando estábamos esperando a Rafael. Por supuesto, Gabriel se animó inmediatamente.

–¿Va a venir Papá esta noche?– Quería saber.

La pregunta cogió a Ramona desprevenida. Se sentó en el borde de la cama de Gabriel donde había puesto la bandeja para nosotros. Suavemente le pasó las largas uñas por el pelo. "Tu papi regresará en unos días, mi amor. ¿No te lo dijo en la última carta que te escribió?" Lo besó en la frente y, como para evitar más preguntas, volvió los ojos hacia mí, que estaba sentada en la cama, al otro lado del cuarto, con las piernas cruzadas. Hacía que leía uno de los libros de Gabriel. "Marisol, tú sabes donde voy a estar esta noche. Probablemente no regrese hasta entrada la madrugada porque tengo que ayudar a limpiar después de la reunión. Si hay algún problema..." Veía que yo la escuchaba, aunque no levantaba los ojos del libro. Todavía me ardía la mejilla por su bofetada. Sabía que ella estaba dispuesta a tener algún gesto de reconciliación, pero yo no. Me miró por unos minutos más, dándome la oportunidad de hablar, pero mantuve los ojos en el catecismo ilustrado que había cogido a prisa cuando ella entró en el cuarto. *No debes* hacer esto y *No debes* hacer lo otro. Me preguntaba si alguna vez Mamá Cielo había hecho que Guzmán aprendiera de memoria todas las reglas que nosotros habíamos tenido que aprender. Finalmente, Ramona se dio por vencida, dejó de tratar de obligarme a responderle y besó a Gabriel en la mejilla. "Ponte el pijama pronto. Si necesitas algo, díselo a tu hermana." Salió del cuarto con sus zapatos negros de taco alto, dejando un rastro de Tabú, el perfume que Guzmán le había regalado en Navidad. Cuando salió, Gabriel y yo fuimos a la cocina para prepararnos un refresco mezclado con mantecado. Todas las flores, el incienso, las velas y demás "cuestiones mágicas", como decía Gabriel, habían desaparecido, dejando sólo la extraña mezcla de olores que me imaginaba era como el olor de una sala de funeraria. Abrí la ventana para que entrara aire fresco. Había gente que hablaba en voz alta en la acera. De hecho, le gritaban a un carro de la policía que pasaba. Al oír claramente las obscenidades, Gabriel vino corriendo adonde yo estaba junto a la ventana.

—¿Es una pelea?— preguntó con un tono casi de esperanza.

—Todavía no— contesté, al recordar la advertencia de Santiago y las palabras de Guzmán. Convencí a Gabriel de volver a nuestro cuarto con la promesa de leerle algo de la colección de *Popular Mechanics* que tenía Rafael. Como sabía lo que pasaría si Gabriel ponía sus entusiastas manos sobre ellas, Rafael las tenía guardadas en la tablilla alta del ropero que compartía con Ramona.

—¿Pero cuándo vamos a salir? —insistió.

—Cuando haya empezado la sesión, Gabriel. Entonces te llevaré. No quieres que nadie nos encuentre por fuera, ¿verdad?. Tú sabes lo que haría Mamá—. Tenía la esperanza de que se olvidara de ir a la salida de emergencia. Esa noche había un montón de desconocidos que subían y bajaban las escaleras de El Building. Calculé que podía hacer que se durmiera después de leerle por un rato.

—Síííí—bostezó. Ya estaba acurrucado a mi lado, aunque apenas había espacio para los dos en mi cama. Escogió una revista con una foto de un hombre y un muchacho, evidentemente el hijo, que trabajaban en un área de juego en un patio. Desde la ventana de la cocina, una mujer bonita, vestida de rosa y con un delantal blanco, los saludaba con la mano y tenía una gran sonrisa en la cara.

—Léeme éste—. Mi hermano cerró los ojos y se estiró a mi lado, listo para soñar, mientras yo leía las listas de los materiales necesarios para un Stanley Backyard Gym Set. No tardamos mucho en quedarnos dormidos. Las últimas palabras que recuerdo haber leído eran una advertencia de que si se iba a dejar que un niño ayudara con la construcción, había que asegurarse de que no manejara ninguna de las herramientas eléctricas. Me desperté por el sonido de una llave que

abría la cerradura de la puerta de entrada. Pensé que a
Ramona se le debía haber olvidado algo, pero las pisa-
das que escuché entrando en el apartamento no eran el
golpecito agudo de sus tacos. Tuve un momento de páni-
co, seguido casi inmediatamente de alegría cuando reco-
nocí el sonido familiar de una capa de agua tirada sobre
una silla, los zapatos pesados de hombre sobre el piso de
linóleo y el aroma de un cigarrillo encendido, una marca
diferente de los mentolados que Ramona fumaba.

Me levanté despacito para no despertar a Gabriel.
Apagué la luz del cuarto y caminé a la cocina, donde
Guzmán estaba sentado a la mesa, fumando. Corrí a
abrazarlo y él me devolvió el beso que le di en la mejilla
con un ligero beso en la frente. Me haló una silla cerca
de la de él. Estaba más delgado y tenía círculos profun-
dos y púrpuras debajo de los ojos.

—Estoy sola con Gabriel —dije, sin saber qué más
decir.

—Lo sé —dijo y sonrió. Era la expresión de complicidad
que había visto a menudo en los meses pasados cuando
hacía de espía para él. —He estado quedándome en casa
de Elba, pero se empezó a llenar de gente esta noche.

—Lo sé —dije, y nos reímos. Pero volvimos a callarnos
cuando escuchamos que había gente que hablaba en el
pasillo. De repente, la música alta, con el insistente rit-
mo de tambores africanos, ahogó todo lo demás. Le si-
guieron el zapateo y las palmadas. El apartamento de
Elba debía estar tepe a tepe de gente, a juzgar por el
nivel de ruido que subía por la escalera y la vibración de
la tubería de la calefacción.

—Te iba a buscar mañana —le dije a Guzmán, quien
iba por el segundo cigarrillo en cinco minutos. Parecía
nervioso.

—Sabía que lo averiguarías, Marisol. Pero ahora tengo
un lugar donde vivir. Hoy le eché un vistazo a un cuarto
en una casa de huéspedes. Ven, te enseñaré dónde está.

Nos asomamos por la ventana de la cocina y señaló un edificio en Market Street, visible porque había dos faroles frente a él.

–¿Los ves?

Dije que sí con la cabeza. De repente la calle se había llenado de luces intermitentes azules y rojas.

–Esperan problemas –dijo Guzmán.

–¿Quieres decir aquí, esta noche? –pregunté, a pesar de que veía dos carros de policía parados frente a nuestro edificio. Los hombres salieron del carro para hablar. Hacían gestos y señalaban El Building. Los muchachos que les habían gritado antes todavía estaban vagabundeando frente a la puerta de entrada. Yo podía oír pitos y silbidos. En lugar de contestar mi pregunta, Guzmán agarró abruptamente de la silla su impermeable negro y se lo puso.

–Voy a bajar al apartamento de Elba y después doy una vuelta por aquí.

–Voy contigo.

–No es una buena idea, niña. Quédate aquí con tu hermano. Voy a tratar de convencer a tu madre de salir de aquí mientras todavía hay tiempo. Quédate vestida y asegúrate de que Gabriel también esté listo.

–Guzmán–. Era la primera vez que lo llamaba por su nombre en lugar de tío, pero estaba enojada. –No soy una niña y estoy cansada de que todo el mundo me esté diciendo lo que tengo que hacer. Gabriel está a salvo aquí. El apartamento de Elba está en el próximo piso. Voy a ir a esa sesión, contigo o sola.

En ese momento hubo una conmoción en la calle, el sonido de carreras y luego disparos. Los dos corrimos a la ventana. Uno de los policías que habíamos visto antes había agarrado a un joven por el brazo y lo arrastraba hacia la patrulla que estaba estacionada en el medio de la calle. Su compañero hablaba por el micrófono del radio del carro mientras vigilaba a los otros hombres. Guzmán levantó la ventana hasta arriba y pudimos oír las obscenidades que estaban gritando en español. El amigo tenía los brazos y las piernas extendidas contra la patrulla y el oficial lo estaba cacheando no muy delicadamente. Oímos las sirenas a la distancia. Guzmán cerró la ventana y dijo: "Vamos a buscar a tu madre; volveremos aquí por ahora. ¿Gabriel está durmiendo?".

Nos asomamos al cuarto y Gabriel no se había movido. Completamente vestido, estaba acurrucado en una almohada en mi cama, con las revistas de Rafael a su lado.

Aun desde lo alto del descanso olíamos el humo, perfumado fuertemente de incienso, que salía del apartamento de Elba La Negra. Cuando llegamos a la puerta, vimos que el humo se estaba colando por los lados de la puerta. Había un murmullo fuerte como el de muchas personas que rezan juntas en voz baja. Tratamos de abrir la puerta y no estaba cerrada con llave aunque había gente apretujada alrededor. El humo era impenetrable y por poco tropezamos con el montón de zapatos que había en el pasillo. Se me había olvidado que, al entrar a una sesión de santería, la gente se quita los zapatos pues se cree que las influencias espirituales entran en el cuerpo por la cabeza y salen por los pies. Los zapatos entorpecen el fluido, la fuerza espiritual benéfica, que pasa por el creyente absorbiendo todo lo que no es bueno. Guzmán me susurró que no me quitara los míos.

Escasamente podía verlo a través del impenetrable humo aunque estaba justo a mi lado. El olor a humo de cigarro era abrumador. Todos los participantes de la sesión que no estaban observando o acompañando a alguien habían encendido cigarros y estaban fumando, incluso cuando estaban recitando las invocaciones a los espíritus buenos. Elba estaba sentada como una reina africana en medio de ellos. Distinguí su gran bulto, con un vestido largo y una capa roja brillante, y una bufanda púrpura anudada alrededor de la cabeza. Ya estaba en medio de un ligero trance pues tenía los ojos cerrados y los labios se movían en la oración que recitaba. Las manos revoloteaban sobre los muslos, como pájaros castaños. Pronto se empezó a abanicar. Era la forma de atraer a la mente a los espíritus con los que iba a trabajar. Podíamos observar a Elba en el cuarto congestionado porque su silla estaba levantada en una plataforma por encima del nivel de la multitud. El oxígeno del cuarto se empezaba a reducir por la gente que fumaba los cigarros desenfrenadamente. Yo me estaba sintiendo mareada y ligeramente desorientada.

Guzmán estiraba el cuello tratando de encontrar a Ramona entre tantas mujeres de pelo negro vestidas de rojo esa noche. Santa Bárbara era el guía favorito de las mujeres jóvenes por su naturaleza dinámica. Mientras se encontraba en trance bajo la influencia de Santa Bárbara, Elba les había dado una buena reprimenda a muchos esposos descarriados. Pero había otros santos y deidades representadas en las vestiduras de la congregación: la apacible Señora de las Mercedes con los colores de la Virgen, azul y blanco; y San Carlos, también conocido por su nombre africano, Candelo, en su vestidura roja, color de cardenal. Además de los colores, durante una sesión el protegido del santo asume el comportamiento de su guía espiritual. Una vez había ido a una reunión de la cual se habían apoderado los seguidores de San Expedito, el patrón de los borrachos y los jugadores, quienes habían llevado a la congregación a tumultuosos juegos de azar. (Ramona me había sacado arrastrada de ésa.) También había estado presente en otra sesión dirigida por el piadoso lisiado San Lázaro, cuyos fieles caminan en muletas y recitan oraciones para los enfermos. Mis favoritas eran las ocasiones cuando las mujeres se convertían en Santa Bárbara, quien en su manifestación africana es Changó, el espíritu del fuego. Incluso cuando su anfitriona terrenal era una mujer tímida, Santa Bárbara hacía que se pavoneara de un lado a otro de un cuarto fumando un cigarro, pidiendo a menudo un palo de ron que se bebía de un trago. Esa sesión terminaba en baile y todo el mundo se pavoneaba por el cuarto siguiendo sus órdenes.

Todos estaban aquí en sus disfraces, listos para comenzar los juegos y la oración, guiados por la sacerdotisa, Elba. Recuerdo que pensé que no era tan diferente de las representaciones teatrales en las que Gabriel y yo participábamos, excepto que esta gente tomaba todo esto muy en serio. ¿De veras creían que había espíritus y demonios en la oscuridad que los ayudaban o que les ponían trabas? ¿O sólo se trataba de crear una ilusión, un escape del ciclo monótono del trabajo en la fábrica, la vida del caserío, el ser ciudadanos de segunda clase? Tal vez pensaba en esto cuando Guzmán me llevaba de la mano a través del gentío apretujado en el apartamento de Elba. Borrachos o hipnotizados, eran como ganado, todos amontonados en un cuarto lleno de humo.

Elba se levantó de la tarima y, con un gemido extraño, le pidió a un hombre llamado Pito que viniera al frente. Los ayudantes de Elba, una de los cuales era Blanquita, nuevamente relegada a un segundo lugar, lo guiaron al frente. Él parecía indeciso. Era un buscabullas conocido en El Building, uno de los primeros que había perdido el trabajo. Se había desquitado la mala suerte con la esposa y los hijos, quienes finalmente habían regresado a la Isla, escapando por medio de la intercesión de Elba, como todos sabían. Pito bebía demasiado y hasta los otros hombres desconfiaban de él porque le gustaba fomentar problemas con la policía, burlándose de ellos cuando patrullaban alrededor de El Building. Había permanecido de pie contra una pared al fondo del cuarto y se necesitaron muchas manos para halarlo y conducirlo a los brazos de Elba. Era un hombre pequeño, delgado y se veía enfermo. Ramona siempre decía que tenía la apariencia de un huérfano o de un niño abandonado, especialmente desde que su familia se había ido y él había dependido de la caridad de los vecinos para vivir.

Nos habíamos ido acercando poco a poco hacia el frente, donde las personas estaban paradas codo con codo, susurrando oraciones y balanceándose como si estuvieran borrachos. Yo estaba casi sofocada entre ellos. El humo era denso como niebla. Guzmán me puso un brazo alrededor de los hombros y me recosté de él. Él me susurró al oído:

—Es mejor que esperemos a que se acabe este despojo para buscar a Ramona. Veo que está en el otro lado–. Señaló el balde junto a Elba en la tarima. Detrás de él estaba sentada mi madre. Ella sería la encargada de encender el fósforo en el momento oportuno. Creía que me iba a marear de un momento a otro.

Elba sacudió a Pito como a un muñeco. Ella tenía los ojos cerrados en un trance. Entonces lo soltó y empezó a mover los brazos para atrás y para adelante como un abanico entre la cabeza de él y la de ella. Se estaba apoderando de los espíritus de Pito, despojándolo, exorcizándolo de las malas influencias. Algunas personas del público se sacudieron violentamente y gritaron como si estuvieran participando físicamente en el proceso. Otros sólo se balanceaban en una ola que ponía el cuarto completo en movimiento. Tenía miedo de que esta serpiente de muchas cabezas me fuera a tragar. Me agarré a Guzmán y observé que Elba rezaba sobre el hombre, quien estaba llorando abiertamente y pidiendo la misericordia de Dios. Elba lo mecía en los brazos como un bebé. Finalmente abrió los ojos, sentó a Pito en su silla, le dio la cara a la multitud y declaró que estaba libre de todo mal. Dijo que su guía protector se le había revelado durante el trance como Las Mercedes, el gentil Obatalá, padre de los dioses africanos, quien lo haría un hombre nuevo. Era débil como un recién nacido ahora. "Ayúdenlo a crecer", gritó, "ayúdenlo a crecer en bondad". La multitud repitió el sonsonete mientras muchos brazos ayudaban a Pito a bajar de la tarima. Atravesó la multitud aturdido. Muchos lo abrazaron y le dijeron palabras de estímulo.

Guzmán dijo "ahora" y empezamos a avanzar lentamente a través de la multitud hacia el otro lado del cuarto. Elba se había trepado en la tarima y había pedido silencio. Cuando tenía la atención de todos, le hizo una señal a mi madre y las luces se apagaron. El balde con el líquido inflamable estalló en llamas, al parecer espontáneamente. De pie frente a las llamas, Elba levantó los brazos y bendijo a la multitud. Entonces se levantó la falda por sobre las rodillas y con asombrosa agilidad para una mujer tan grande, saltó sobre el balde en llamas cuatro veces, invocando el nombre de un santo cada vez. Primero iba de un lado al otro en una dirección y luego en la dirección opuesta. A través de la niebla que se estaba haciendo más espesa en el cuarto y en mi cabeza, finalmente distinguí que estaba haciendo la señal de la cruz. El humo en el cuarto se estaba haciendo verdaderamente insoportable, así que cuando pasamos frente a una ventana en la parte de atrás del cuarto le hice señas a Guzmán para parar un minuto.

—¿Qué pasa, Marisol, te sientes mal? —preguntó acercando bien su cara a la mía en la oscuridad. Lo halé hacia la ventana. Las luces amarillas le daban un resplandor a su cara. Me dio miedo. Parecía la cabeza de un muerto.

—Me siento mareada, pero se me pasará con un poco de aire —dije. —¿Puedes ayudarme a abrir esta ventana?

—Si abrimos una ventana todo el humo va a salir—. Parecía estar pensando qué hacer. —Pero puede que sea la única forma de hacer que toda esta gente salga de aquí. ¡Mira!– Señaló la calle abajo. Había varias patrullas estacionadas casi al frente de El Building.

–¿Qué están buscando? –pregunté, ya empezando a sentirme verdaderamente asustada.

–Problemas –contestó.

–Vamos a buscar a Mamá y salgamos de aquí, ahora, por favor –dije, mientras las lágrimas me bajaban por la cara a causa del humo, que había aumentado porque Elba estaba trayendo a las personas, una a una, hasta el fuego, donde abanicaba la llama y rezaba sobre ellos. Algunos estaban tan agitados que se caían a sus pies, sacudiéndose violentamente. Por cada uno, ella decía una oración especial, que la multitud contestaba antes de acoger a la persona purificada como si fuera el Hijo Pródigo que acababa de regresar a casa. Vi que mi madre hacía fila con los pecadores. Se veía radiante por el resplandor del fuego. Guzmán también la vio.

–Escucha, Marisol. Esto es lo que vamos a hacer. Tú vas a buscar a Ramona mientras yo abro la ventana. Dile lo que sea con tal de sacarla de aquí.

–¿Cómo qué? –le pregunté con desesperación, a sabiendas de lo furiosa que se pondría Ramona de verme allí a esas horas de la noche.

–Dile que Gabriel está enfermo y que la necesita –dijo. –Me encontraré con ustedes en el apartamento y se lo explicaré todo. Ahora vete.

A empujones, empecé a abrirme paso entre los cuerpos de las personas como si fueran un hato de vacas sumisas, sin poder verlas claramente por el humo espeso. Mantenía la vista fija en la figura iluminada de mi madre que se acercaba a la pira de Elba. La escena se estaba empezando a deformar como en un sueño. Alrededor de la cabeza de Ramona había un halo dorado. Los labios estaban entreabiertos en una sonrisa beatífica que yo reconocía de una lámina barata de Nuestra Señora de Salud que colgaba sobre la cama de mis padres. Ella revoloteaba sobre la multitud y se le hinchaba el vestido largo. Sacudí la cabeza para aclararla y traté de respirar profundamente, pero eso hizo que mi estado se empeorara porque ya había muy poco oxígeno en el aire. Todas las personas a mi alrededor se balanceaban en círculos concéntricos y cada uno recitaba su propia oración. Al fondo sonaba la música africana con un *crescendo* de tambores. Elba llamaba a cada persona por su nombre con los ojos cerrados en un trance. Yo estaba lo suficientemente cerca como para tocar a mi madre cuando oí un estrépito al fondo del cuarto donde había dejado a Guzmán tratando de abrir la ventana con una palanca. Era el sonido de vidrio que se hace añicos, así que supuse que había recurrido a un método drástico para conseguir que el aire entrara en el cuarto. Lo que sobrevino fue el caos.

Sobresaltada, fuera del letargo causado por el humo, la gente gritó. Agarré a mi madre por el brazo y empecé a arrastrarla hacia la puerta. Mientras pasaba frente a la tarima, vi a una anciana balanceándose, iluminada por la luz del balde en llamas. Tenía la cara distorsionada por el miedo y la confusión, y trataba de agarrar el brazo de Blanquita. Evidentemente era la próxima en la fila para el despojo y ahora no sabía adónde ir, pues cuando el humo salió del cuarto por la ventana rota al fondo, la gente empezó a empujar para todas partes, como ganado asustado por un disparo. Vi que Blanquita empujó a la anciana hacia Elba, quien le pedía a todo el mundo que se tranquilizara.

Lo que pasó después no está claro, pero Ramona, aturdida como estaba, se las arregló para darle la vuelta a la situación, de modo que era ella la que me sacaba a rastras del cuarto. Me pareció haber visto que Elba tropezó con el balde en llamas cuando la anciana le cayó en los brazos. Hubo gritos cuando el líquido inflamable se esparció por la plataforma de madera, que se prendió en fuego inmediatamente. Lo último que vi, mientras Ramona literalmente se abría paso a empujones contra la corriente de personas histéricas y conmigo a cuestas, fue a Elba, surgiendo de las llamas como un enorme pájaro negro, el vestido en llamas, los brazos levantados como si todavía tratara de bendecir a la gente. Su rostro era una máscara de agonía.

Grité con histerismo. Lo que me vino a la garganta cuando llegamos al pasillo fue el nombre de mi tío. Ramona me estaba diciendo algo que no podía oír por mis propios gritos. Me abofeteó con fuerza y me sacudió por los hombros. Me estaba diciendo que saliera corriendo y llamara al departamento de bomberos. Ella iba a buscar a Gabriel. En ese momento lo que parecía un ejército de policías empezó a subir las escaleras y a sacar a la gente arrastrada por la fuerza. Todos los que estaban en el pasillo salieron primero. Vi a mi diminuta madre luchando como una fiera cuando un negro robusto la levantó como a un niño. Ella gritaba el nombre de mi hermano con una angustia tal que su voz me atravesó el corazón como un cuchillo. Me tranquilicé lo suficiente como para atraer la atención del hombre que me estaba empujando escaleras abajo:

–Oficial, por favor, escúcheme–. Me empujó con fuerza y bajé dos o tres escalones. Todavía podía oír los gritos de mi madre. El calor se hacía insoportable. Me tumbé contra la pared y le grité al hombre que estaba parado como un gigante azul frente a mí, listo para cogerme en sus brazos.

–Mi hermano está durmiendo en el apartamento del piso de arriba. ¡El cinco B, está en el cinco B! ¡Por favor, búsquelo!

El policía –lo recuerdo claramente, un hombre de mediana edad con pelo rojo y ojos azules muy claros– me miró amablemente antes de levantarme en sus brazos. Me habló al oído, porque los gritos de la gente que se precipitaba de cabeza por la escalera para abajo eran ensordecedores.

–Todavía hay muchas personas en esos apartamentos, niña. Los bomberos vienen de camino. Ellos sacarán a tu hermano–. Me aflojé en sus brazos. Debí haberme desmayado. Cuando volví en mí, estaba tirada en la acera frente a El Building. Ramona estaba de pie a mi lado. Su vestido estaba rasgado en varios lugares y estaba descalza. Le gritaba a un hombre vestido de traje. Estaba diciendo en español que iba a entrar al edificio para buscar a su hijito. Él le gritaba que iban a levantar una barricada alrededor del edificio para que los bomberos pudieran entrar. Vi la chapa en su solapa. Me incorporé y le grité a mi madre. Ella corrió hacia mí y me abrazó con violencia.

–Dile a este hombre que me deje buscar a mi hijo, Marisol, dile que nos deje buscar a Gabriel, por Dios, por Dios–. Apreté su cuerpo tembloroso por un minuto, pero cuando nos volvimos el detective se había ido y un círculo de policías uniformados protegía una barricada alrededor de El Building, que para entonces arrojaba llamas por varias ventanas abiertas. Ramona cayó de rodillas y miraba hacia nuestro apartamento, que estaba en el piso encima del de Elba.

Me senté en la acera al lado de ella. Pensé en mi hermano dormido en mi cama, ajeno a que las llamas estaban lamiendo la puerta y que pronto lo hundirían en un infierno del tipo que nos hablaban a menudo en la clase de catecismo: "el otro lugar", como decían las monjas. ¿Y Guzmán, dónde estaba? ¿Estaba atrapado al fondo de la sala de Elba mientras hacía lo que yo le había pedido que hiciera?

La histeria que nos rodeaba iba en aumento. La gente gritaba los nombres de hijos, esposas, esposos, vecinos, que todavía estaban dentro de El Building. Muchos trataban de atravesar la barricada de policías. Los carros de bomberos llegaban sonando la sirena y hombres con capas colgaban de los costados. Colocaron las largas escaleras y comenzaron a sacar a la gente por las ventanas. Parecían muñecos de trapo sacados de un cajón de juguetes, con el colorido vestido ya rasgado y manchado. Estos eran los afortunados que habían llegado a una salida de emergencia en un pasillo. Desde donde estábamos, yo podía ver que el fuego se había esparcido a otros apartamentos en el piso de Elba.

Aunque examinaba atontada toda la escena, mis ojos volvían a mirar el piso encima del de Elba y a la derecha –nuestro apartamento. ¿Qué esperaba? ¿Que Supermán volara hasta la ventana de la cocina y rescatara a Gabriel? No lo sé, pero recé. Apreté la cabeza de mi madre a mis rodillas y podía sentir la vibración de sus gritos en mi piel. Quería evitar que se desplomara sobre el pavimento de cemento. Recé todas las oraciones que las monjas de Saint Jerome nos habían enseñado.

Por la puerta de entrada de El Building, por las ventanas, por las escaleras de emergencia, salían personas que no hacía mucho se imaginaban que tenían espíritus guardianes, que pensaban que tenían algún control sobre su vida, ahora vencidos, tristes como niños sorprendidos en un juego prohibido –patéticos en sus disfraces absurdos. Se abrazaban y gemían. "Ay bendito, ay bendito", decían una y otra vez, como si estuvieran reducidos a esta frase, mitad lamento, mitad bendición, e invocaban y culpaban al Salvador al mismo tiempo. Vi a José, el hombre que le había dado la puñalada a Guzmán, cargado en brazos de un bombero, como un muchachito. Guzmán no lo había acusado. ¿Por qué? Me imaginé que tenía que ver con la pelirroja. Vi a Blanquita bajar tranquilamente por la escalera de emergencia sin querer que la ayudaran. La vi alejarse de El Building como un fantasma con su vestido blanco, sin mirar atrás. Vi a Santiago, con los brazos y la cara ennegrecidas por el hollín, gritándole instrucciones a sus hombres, quienes trabajaban mano a mano con los policías que habían sido sus perseguidores y enemigos. Corrí hacia la barricada y le grité con todas mis fuerzas. Pensé que si podía hacerle saber que Gabriel estaba atrapado en nuestro apartamento, trataría de buscarlo. Ramona se puso de pie y vino a reunirse conmigo, pero el ruido de la multitud, las sirenas, los hombres que daban órdenes a gritos, podían más que nosotras. Santiago no nos oía.

Tanto Ramona como yo miramos hacia arriba a la misma vez y vimos que las llamas habían llegado a nuestro piso. Había gritos de "¡apártense, apártense!" mientras los bomberos retiraban las escaleras y las mangueras del lado izquierdo del edificio, perdido entre las llamas que consumían un piso tras otro. Ramona y yo nos abrazamos. Las ambulancias llegaban y recogían a los heridos. Por primera vez esa noche pensé en mi padre. Nada ni nadie hubiera podido evitar que entrara a buscar a Gabriel –de eso estaba terriblemente segura. Sentí rabia por nuestra impotencia. En ese momento hubo un estrépito y a través del humo vi una escena que me dejó atónita. Sacudí la cabeza y me froté los ojos, con la esperanza de que no me lo estaba inventando por la desesperación. El ruido había sido porque la vieja escalera de emergencia en la ventana del pasillo de nuestro edificio se había deslizado hasta el pavimento. Inmediatamente los hombres corrieron con las mangueras, pues los escalones de hierro estaban al rojo vivo. Sacudí a mi madre:

–¡Mira! ¡Mira! ¡Dios mío, mira!

Guzmán bajaba los escalones con Gabriel en los brazos, envuelto en una capa negra. Para mantener el equilibrio, se sostenía milagrosamente de las barandillas candentes. Yo podía ver que el vapor salía cuando el agua le daba al metal. ¿Cómo podía soportar el dolor? Un bombero subió lentamente y los alcanzó cuando estaban a la altura del primer piso. Cogió a Gabriel y Guzmán se desplomó. Ramona y yo gritamos su nombre, arrastrándonos desesperadamente por debajo de la barricada pero incapaces de ir más allá de donde estaba el policía que la custodiaba. Nos retuvo por el brazo. Vimos que el bombero que llevaba a Gabriel se lo entregaba a Santiago y regresaba a buscar a mi tío.

De alguna manera, Ramona se le soltó al policía y corrió a buscar a Gabriel. Parecía tembloroso pero se mantuvo en pie mientras Ramona lo abrazaba. Hasta me saludó con la mano por detrás de la espalda de Ramona con una mirada paciente en la cara tiznada. Cuando ella le quitó la capa negra en que estaba envuelto, cayeron libros y papeles. Gabriel se las había arreglado para rescatar su tarea y las revistas *Popular Mechanics* de Rafael. Todo esto lo vi en el breve momento antes de que mis ojos volvieran a la escalera de emergencia. Dos hombres sujetaban con cuidado la débil figura de Guzmán. Para mi horror vi la mancha roja que se extendía por su camisa. Tan calmadamente como pude, le expliqué al hombre que me sujetaba por el brazo que tenía que reunirme con mi familia. Él habló por su radio-teléfono y luego me escoltó hasta donde estaba mi madre. Convencida de que Gabriel estaba bien, ella también estaba observando cómo bajaban a Guzmán como si fuera un cadáver hacia los brazos de los paramédicos que lo colocaron en una camilla. Santiago vino hacia nosotros.

–¿Están bien? –preguntó con una voz de preocupación. Había entrado a El Building varias veces antes de que los bomberos se hicieran cargo y pude ver que tenía el pelo chamuscado. Tenía la cara roja e irritada, y a pesar de que ahora llevaba un traje de asbestos de bombero, podía ver que la ropa que llevaba debajo tenía agujeros donde habían caído las chispas. Le aseguramos que estábamos bien.

–Es mejor que lleven al muchacho a la sala de emergencia de todos modos. Hagan que lo examinen porque inhaló humo–. Entonces señaló hacia donde estaban amarrando a Guzmán en una camilla. –Está mal. Parece que la herida de puñal se abrió. Es mejor que alguien vaya con él al hospital.

–Yo voy –dije inmediatamente.

–Es mi hermano –la voz de Ramona estaba al borde de la histeria –yo voy. Vamos todos– y nos abrazó con tanta fuerza que Gabriel gimió. Por una vez, solamente sentí consuelo en el dolor de que sus uñas fuertes se me clavaran en la carne.

CAPÍTULO DOCE

Si un fuego destruye el lugar donde vive una persona, sus prioridades se organizan como en una lista de control, con la reacción emocional correspondiente como si fuera la definición de una palabra en un diccionario. La vida de los seres queridos viene primero, con la histeria o el terror impuestos por el cerebro que en ese momento funciona bajo presión; una vez ellos están a salvo, entonces viene la preocupación por las posesiones, acompañada por el pesar de su pérdida y la ansiedad por la necesidad de reemplazarlas –la necesidad de sobrevivir lleva al deseo inmediato de encontrar un refugio sustituto. El resultado de toda esta actividad parece ser un regodeo morboso en la idea de que uno ha sido escogido para el castigo. De todo esto me di cuenta mirando a Ramona pasar su prueba durante los primeros días después del fuego de El Building.

Los primeros días después de que los tres hubiéramos ido en ambulancia al hospital con Guzmán, nos quedamos en un refugio de la Cruz Roja. Habíamos usado el mismo número de teléfono que me había aprendido de memoria durante la crisis cubana para tratar de localizar a mi padre, y la señora amable con voz gentil y modales persistentemente condescendientes vino al rescate. Primero nos llevaron al sótano de sus cuarteles generales, donde habían instalado unos catres para alojamiento temporero. Pero cuando se hizo evidente que

Rafael tardaría varíos días en volver a casa, debido a que estaba en algún lugar en medio del océano Atlántico en un barco con rumbo a Inglaterra, nos mudaron a un hotel en el centro de Paterson. Desde allí podíamos ir caminando a Saint Joseph's Hospital, donde Guzmán recibía tratamiento por inhalación de humo, quemaduras leves y una herida infectada que tendrían que abrir y volver a suturar como una rasgadura de una prenda de vestir.

Una vez más me encontré desempeñando el papel de intérprete del mundo para mi madre, quien después de todos estos años, todavía pensaba que funcionaba como una familia extendida: en tiempos de necesidad o tragedia la gente naturalmente viene al rescate. Ella nunca entendió del todo por qué yo tenía que hacer diez llamadas telefónicas antes de conseguir una cita con el hombre de la oficina naval; negó con la cabeza con incredulidad cuando se enteró de que se necesitarían varios días para completar el papeleo y que Rafael pudiera regresar. Le dije dónde firmar y contesté la mayor parte de las preguntas sin consultarle. En esos días aprendí algo: aunque siempre llevara la herencia de mi Isla a cuestas como un caracol, pertenecía al mundo de los teléfonos, las oficinas, los edificios de concreto y el inglés. Me sentía verdaderamente victoriosa cuando entendía los motivos ocultos en mis conversaciones con adultos, cuando de repente ellos veían que yo entendía. Su reconocimiento de mi perspicacia solía estar acompañado bien de su irritación por mi osadía o de un nuevo tono de respeto en su voz.

La señora de la oficina de la Cruz Roja tenía mucha curiosidad sobre el fuego en El Building y el día en que íbamos a mudarnos del refugio al hotel me pidió que fuera sola a su oficina.

–Mi amor, ¿cómo ocurrió todo esto?. Cada vez que le preguntamos a uno de los inquilinos, tenemos una respuesta diferente–. Ella me sonreía con la sonrisa de voluntaria, la que decía *Estoy aquí por la bondad de mi*

corazón para ayudar a los desafortunados e inferiores.
Había aprendido a reconocer esta sonrisa temprano en
mi vida cuando durante semanas había tratado deses-
peradamente de obtener noticias de Rafael. Era una son-
risa agradable que también advertía: *No pidas dema-
siado o no recibirás nada.*

–Siéntate, por favor, María.

–Es Marisol –dije cortésmente.

–¿Cómo? –Todavía sonriendo, me señaló una silla
frente a su escritorio. Se llamaba Mrs. Pink y en su ofi-
cina había objetos que le hacían honor a su color favori-
to, como un óleo de rosas color de rosa que colgaba de-
trás de su escritorio. Las paredes eran de un rosado
pálido y había una regla pintada de rosado que colgaba
de un gancho en la pared y que tenía un lazo rosado
alrededor del mango. Mrs. Pink vio que yo miraba la
regla. –Soy una maestra jubilada –dijo con evidente
orgullo. –¿Por qué no te sientas, María? –Su sonrisa
iba desapareciendo según yo continuaba de pie frente a
su escritorio como si no la hubiera oído. Me miró con
severidad. –¿Sabes lo que causó el fuego? Tengo enten-
dido que había una fiesta desenfrenada en el edificio
donde tu familia y tú viven. ¿Es verdad?

–No sé nada sobre el asunto, señora. Creo que fue un
accidente lo que causó el fuego–. Hablé con los ojos ba-
jos, los brazos pegados al cuerpo, los pies juntos, en la
posición de atención respetuosa que nos habían enseña-
do las monjas de Saint Jerome.

–Había docenas de personas que bebían y se com-
portaban como suelen hacerlo en un edificio de caserío,
donde las paredes son tan delgadas como el papel, ¿y
tú no oíste nada?. ¿No sabías que había una fiesta allí
mismo? Me das la impresión de ser una niña inteligen-
te. Sabes que habrá una gran investigación. ¿Estás es-
condiendo algo? Recuerda que estamos aquí para ayu-
darte.

A través de mis párpados bajos vi que se había puesto de nuevo la sonrisa. El tono de su voz, que se había vuelto duro cuando me negué a obedecer su orden de que me sentara, era otra vez condescendiente. Sabía que sus preguntas no eran más que el producto de su curiosidad sobre nosotros y El Building. Era una mujer con tiempo de sobra y no tenía derecho a insultarme con sus preguntas.

–Lo siento, Mrs. Pink, pero le he dicho lo que sé. Estamos muy agradecidos por su ayuda y cuando mi padre regrese, le diré que venga a verla. Estoy segura de que él podrá contestarle sus preguntas después de que hable con mi madre. Le diré que usted está investigando el fuego.

Mrs. Pink se levantó de la silla tan abruptamente que un montoncito de papel para notitas color de rosa se cayó, esparciéndose por todo el suelo. Ella no le prestó atención. Yo mantuve los ojos bajos.

–No hay que contarle a nadie de nuestra conversación. Sólo quería saber un poco más sobre el caso de ustedes para poder ayudarlos mejor. Aquí tienes la dirección del hotel donde se quedarán hasta nuevo aviso–. Agitada, buscó el pedazo de papel en el escritorio, pero al parecer se había mezclado con el desorden en el suelo.

Con la cara ruborizada de un rojo furioso, Mrs. Pink se puso de rodillas, recogió los papeles esparcidos en desorden y los tiró sobre el escritorio con un golpe de enojo. –Se sabrá la verdad, es todo lo que tengo que decir –refunfuñó mientras escarbaba entre el montón. –Una ofensa para la vista eliminada de un solo golpe–. Continuaba refunfuñando como si se hubiera olvidado de mi presencia mientras se encontraba abstraída en su frenética búsqueda. Yo me había fijado en que las maestras les hacían esto a los niños. Era como si nos dejaran fuera de su percepción completamente por varios minutos.

Por fin, me miró. –¿No tienes que empacar? –dijo, como si le ofendiera que yo todavía estuviera allí. –Sé dónde encontrarte cuando esté lista.

No sé si vio cómo mi cara trataba, a duras penas, de mantenerse impasible. Tenía ganas de reírme como una histérica de esta tonta mujer. ¿Empacar? No, no teníamos mucho que empacar, a menos que se contaran las revistas que Gabriel había salvado en su terror y a las que se había agarrado en estos días como si fueran su trapito rasgado y apestoso. Quería devolvérselas al propio Rafael. Y las monjas de Saint Jerome habían cumplido mandándonos ropa y abrigos directamente de la casa de mis espigados compañeros de clase. Ramona y yo parecíamos más que nunca gitanas con nuestras faldas largas.

Desde el hotel íbamos andando unas pocas cuadras para ver a Guzmán en el hospital. Estaba en un pabellón con otros cinco o seis hombres, y pude ver que esto hacía sentir a Ramona muy incómoda. La alenté a sentarse en la sala de espera, a leer sus novelas románticas en español o a tejer, mientras yo visitaba a su hermano. Gabriel había escogido regresar a la escuela, a pesar de que sus maestros se habían ofrecido voluntariamente a ayudarnos a reponer el trabajo que habíamos perdido. Comprendieron que mi madre necesitaba mis servicios de intérprete hasta que Rafael llegara.

Guzmán había rebajado y se parecía a uno de esos niños suramericanos que aparecen en los carteles que anuncian su hambre y necesidad. En el refugio de la Cruz Roja, una noche me había despertado y había visto esos ojos hambrientos que me miraban en mi catre desde lo alto de la pared. Sentí que me había unido a su club. Guzmán, quien no era un hombre grande para empezar, se había encogido al tamaño de un niño de doce años –o era que yo había crecido. Parada al lado de su cama, sentí que, si era necesario, podría levantarlo y cargarlo. Sus ojos oscuros parecían inmensos en su rostro cadavérico. La lástima me sobrecogió. Con una sonrisa forzada me señaló la silla al lado de su cama.

–¿Puedo buscarte algo? ¿Necesitas algo? –Oí mi nueva voz de eficiencia con cierta sorpresa. Pero sentí que podía hacer cualquier cosa que me pidiera.

Muy despacio, Guzmán alcanzó con la mano la mesa de noche junto a la cama, pero no pudo halar la gaveta. Rápidamente puse mi mano sobre la suya y halé con él. Suspiró profundamente y se dejó caer sobre las almohadas. Señaló la gaveta. "Allí hay una cartera y una libreta de banco. Sácamelas".

–¿Algo más? –Hice lo que me dijo y suavemente puse los dos objetos a su alcance en la cama.

–Eso es todo lo que necesito por ahora. Acércate, Marisol, voy a pedirte que hagas algo importante por mí.

Halé la silla para estar lo más cerca posible de la cabecera de la cama y me recliné para oír mejor su débil voz. Escuché mientras Guzmán me explicaba que quería que sacara todo su dinero de un banco en Paterson. Él iba a llamarlos y a decirles que debían darme a mí o a Ramona el dinero. Como prueba de que yo era su representante me dio todos sus documentos de identificación y una nota (que escribí en inglés y él copió). Cuando hubiera obtenido el dinero, debía comprar giros postales y traérselos. No explicó de qué se trataba ni yo quería preguntar, pensando que era una señal de madurez no preguntarle a la gente cuando te pedían que hicieras un favor. Pero no pude evitar decir algo que sabía llevaría a algún tipo de aclaración:

–Tu dinero estará más seguro en el banco, Guzmán. ¿Estás seguro de que lo quieres aquí mientras estás en el hospital?

Se volvió para mirarme. En sus labios había el esbozo de una sonrisa divertida. Hasta en su sufrimiento podía saber mejor que nadie lo que yo estaba pensando.

–Te diré mi plan después que termines esta parte de tu misión–. Tocó mis dedos con los suyos. Estaba evidentemente exhausto. Me permitió que alisara las sábanas de la cama a su alrededor. Me dieron ganas de echarme a llorar cuando vi el bosquejo de su cuerpo delgado con la venda ancha en el costado.

–Volveré mañana por la mañana con el dinero–. No me oyó. Sus ojos estaban cerrados.

De regreso al hotel, Ramona y yo nos sorprendimos al encontrar los libros de Gabriel tirados en el suelo. No era hora de que estuviera de vuelta; de hecho, faltaba todavía una hora para que su guagua pasara. Ramona, cuyas emociones apenas se encontraban bajo control después del fuego, prorrumpió en llanto como una histérica. Seguramente algo malo había sucedido. ¿Qué le iba a decir a Rafael? Su autorrecriminación y sus lágrimas me ayudaron a sentirme decidida. Estaba a punto de marcar el número de la escuela para empezar el proceso que para entonces había logrado dominar: poner en práctica lo que había aprendido sobre tratar con el mundo por medio de palabras, persuasión, amenazas fraseadas con cortesía.

Entonces la puerta se abrió bruscamente y Gabriel entró corriendo y gritando con agitación. Su expresión nos dijo que era una buena noticia, la que fuera, aunque sus palabras eran confusas debido a su emoción. Rafael entró detrás de mi hermano, andando calmadamente. Llevaba el uniforme blanco de la marina y la gorra. Por primera vez en mi vida sentí una sensación de alivio al ver a mi padre. Su cara seria, su apariencia inmaculada, llenó de luz el cuarto sombrío que era nuestro refugio. Hablaba en voz baja y con palabras mesuradas saludó a Ramona, quien le echó los brazos, todavía llorando. Gabriel se mantenía agarrado de la mano de Rafael como si estuviera pegado a él. Permanecí junto al teléfono esperando mi turno, pero hablaba en serio cuando le dije mientras me besaba en la mejilla:

–Me alegro de que estés en casa, Papá.

A juzgar por la nueva posición de humildad en la que había caído Ramona, la facilidad con la que lloraba y los largos silencios en que permanecía, era obvio que había muchos asuntos que mis padres debían resolver. Rafael nos trataba a los tres con delicadeza, como si tuviera miedo de que nos fuéramos a hacer pedazos ante sus ojos. Él y Ramona se hablaban con susurros hasta tarde en la noche en la cama que estaba apenas a unos pies de la que yo compartía con Gabriel. Lo que podía oír de sus intensas conversaciones me dijo que nuestra vida nunca sería igual. Rafael maldecía El Building y a sus inquilinos, y Ramona lloraba en silencio por los amigos que había perdido: Elba había muerto, la última en ser sacada del casacarón ardiente en que El Building se había convertido rápidamente; Santiago se encontraba entre la vida y la muerte en el hospital después de apresurarse a sacar a un niño cuya madre había dejado durmiendo solo en su apartamento mientras ella estaba fuera. Nadie sabía que él estaba allí hasta que ella entró en la casa llamándolo a gritos durante las últimas fases del fuego. Tantos otros estaban heridos, abandonados en las frías calles de Paterson, sin nada más que los vestidos ridículos que llevaban esa noche. Lo que Ramona sentía, de lo que quería que la perdonaran, era su parte en la organización de la reunión que llevó al horrible desastre. Pacientemente, Rafael explicó que ella no podía haber sabido lo que sucedería esa noche, pero también le recordó que nunca debió habernos dejado solos. Ante el pensamiento de lo que pudo ocurrirle a Gabriel, ella sollozaba tan lastimosamente que en mi cama, bajo las mantas, también lloré por los que no habían tenido tanta suerte como nosotros.

El día después de su llegada, Rafael se reunió a solas con Guzmán por un largo rato. Entonces nos dijo lo que mi tío había decidido. Quería regresar a la Isla tan pronto como lo dieran de alta del hospital. Le había pedido a Ramona que lo acompañara. Rafael pensó que era una buena idea. Las vacaciones de Pascua de Resurrección se acercaban y él había decidido pasar el mes de su permiso buscando una casa para comprarla. Ramona no dijo nada. En estos días ella se encontraba demasiado triste para hablar. Ni siquiera el pensar que vería a Mamá Cielo y a Papá Pepe, después de todos estos años, parecía entusiasmarla. Sabiendo lo mucho que ella se había opuesto a la idea de una casa en las afueras, sentí lástima por ella.

—Guzmán me pidió que sacara todo su dinero del banco —dije sin que me preguntaran.

—Yo me ocuparé de eso ahora, Marisol—. Rafael miró a Ramona dulcemente. —Parte de ese dinero es para Ramona. Tu tío quiere que ella se compre algo de ropa y regalos para la familia—. Él la miró, como esperando algo, pero ella no tenía nada que decir.

Rafael era como un ángel dorado cuya presencia calmaba nuestros miedos y traía esperanza para nuestro futuro. Aunque sus silencios eran tan profundos como de costumbre, caímos en su ritmo por la forzada proximidad de aquella habitación de hotel, donde se podía oír hasta nuestra respiración. El dolor de Ramona había dado paso a un estado de tranquila melancolía. Era una tristeza que apenas podría mantener a raya por el resto de su vida. La destrucción de El Building había sido su iniciación, su rito de paso, y ella estaba aceptando lentamente el hecho de que la vida nunca sería igual.

Después de la fiesta de Pascua de Resurrección, regresé a Saint Jerome, donde las monjas y mis compañeros de clase me trataron con amabilidad. La parroquia había recogido dinero para ayudar a los que se habían quedado sin hogar por el fuego, y como Gabriel y yo éramos los únicos estudiantes afectados directamente, fuimos los beneficiados de la hospitalidad católica, lo cual tal vez nos hizo más ricos que antes en artículos de primera necesidad, como ropa y cosas para el hogar. Las monjas recogieron y almacenaron todas las contribuciones, mientras uno de los curas le dio consejos a Rafael sobre bienes raíces. Mientras tanto, Guzmán se recuperó de sus dolencias y heridas tanto como le sería posible y lo dieron de alta del hospital. Todos fuimos a buscarlo en un carro alquilado.

Tuve que hacer un esfuerzo para controlarme cuando lo vi por primera vez fuera de la cama. Estaba vestido de negro, su color favorito, pero parecía que se perdía en la ropa –un niñito, o un anciano marchito en unos pantalones que tenían dos pulgadas de más, y en una camisa de cuello ancho que parecía tragárselo. Se inclinaba visiblemente del lado donde tenía la herida de puñal. Era esta posición y todo el peso que había perdido lo que lo hacía verse tan pequeño. Vi que los ojos de Ramona se humedecieron cuando lo miró y recé para que no llorara frente a él.

Rafael le echó el brazo sobre los hombros a Guzmán y caminaron despacio por el pasillo. El oscuro y el claro. Con las cabezas juntas, hablaban. No podía oír lo que decían, pero podía imaginármelos juntos cuando eran niños, planeando escaparse a la Casa Grande del americano. Podía verlos cuchicheando como ahora en las riberas del Río Rojo donde vivía La Cabra. Los veía sosteniendo entre ambos al viejo don Juan Santacruz moribundo, y despidiéndose temprano aquella mañana cuando Guzmán cogió la guagua para el aeropuerto, cuando se habían separado, para no volver a verse por los próximos quince años –mi vida.

Guzmán había insistido en tomar un avión para Puerto Rico con Ramona el mismo día que lo dieron de alta del hospital. Fuimos en carro hasta New York en ese día brillante de primavera temprana. Los dos hombres se sentaron al frente, y Ramona se sentó entre Gabriel y yo en el asiento de atrás. Sorprendentemente, ella no nos dio interminables instrucciones ni hizo advertencias, aunque estaría fuera casi un mes. Apretaba a Gabriel contra su cuerpo y sostenía mi mano en la de ella. Sentí que temblaba. Cuando nos acercábamos a la terminal, se volvió hacia mí y dijo sencillamente: "Cuida a tu hermano como si fuera tu hijo". Le aseguré que lo haría.

Mirando a Guzmán subir la escalerilla del avión de Pan Am con Ramona siguiéndolo de cerca, sentí una extraña sensación de nostalgia. No era realmente tristeza –todavía era lo suficientemente joven para entusiasmarme con la posibilidad de mudarnos a una casa de verdad, de empezar una vida completamente nueva, pero creo que me habría gustado haber sido la que llevaba a Guzmán de vuelta a la Isla. En mi mente me había apropiado de su historia. Le había seguido los pasos a lo largo de los cuentos de mi madre, las cartas de Mamá Cielo y todas aquellas conversaciones a altas horas de la noche que les había robado a mis padres cuando me hacían durmiendo en mi cuarto. Había rellenado las lagunas con mi imaginación, hasta que Guzmán se había aparecido a nuestra puerta; entonces me había convertido en su biógrafa secreta, derivando emoción de todo lo que él representaba para mí.

Este hombre maltrecho, que se internaba paso a paso en el vientre del avión, tenía poco que ver con el niño salvaje que me había creado en la imaginación, pero también lo amaba. Era un hombre bueno y valiente, aun si al final no era el héroe de mi mito. En cierto modo, me alegraba de que no estuviera cerca para confundirme. Él y El Building se habían ido pero no los olvidaría.

Les dijimos adiós con la mano desde la terminal cuando se volvieron para mirarnos antes de entrar en el avión. Ellos también dijeron adiós con la mano, pero no creo que pudieran vernos a esa distancia.

En las próximas semanas, nuestro mundo cambió por completo. Rafael, Gabriel y yo entramos en el mundo de las urbanizaciones, primero como turistas guiados de casa en casa por cautelosos agentes de bienes raíces, evidentemente preocupados de meter a la primera familia puertorriqueña en vecindarios de italianos de clase media, al parecer el mejor arreglo al que se podía llegar. El uniforme de la marina de Rafael y sus referencias de crédito calmaron sus temores, sin embargo, y pronto nos vimos comprometidos a comprar una casita en West Paterson. Estaba rodeada de un patio que ya estaba reverdeciendo. Tenía un desván preparado para ser el cuarto de un niño o de una niña, del cual me enamoré por su aire de intimidad y por el escritorio empotrado en la pared, cuya ventana daba a un roble que también nos pertenecía. En ese momento, el árbol estaba casi pelado y sus ramas torcidas arañaban los cristales de la ventana como las manos de una anciana.

El día que nos decidimos por la casa, subí al cuarto que ya había determinado que sería mío, pero encontré que Gabriel estaba inspeccionándolo para sus propios propósitos. Era entrada la tarde y, como no había electricidad, el cuarto estuvo pronto en tinieblas. Le señalé el árbol a mi hermano y le mostré los dedos huesudos de la bruja que entraban en el cuarto como las tinieblas. Rebusqué en mi memoria todos los cuentos de hadas que había consumido y me inventé para él el cuento definitivo de la oscuridad. Concluí con una pregunta retórica: "¿Por qué crees que los dueños anteriores de esta casa estaban tratando con tanto ahínco de deshacerse de ella?".

Para cuando Rafael subió las escaleras para decirnos que estaríamos en esta casa antes de que Ramona regresara de la Isla, Gabriel estaba más que deseoso de anunciar que había escogido el cuartito frente al cuarto de nuestros padres. Desde luego, me sentía un poco avergonzada de lo que había inventado, pero en los años posteriores, mientras desde el escritorio miraba por la ventana y observaba los largos brazos de la bruja cambiar de castaño a verde a dorado, según las estaciones, me di cuenta de que sólo había hecho lo que sería mi destino – siempre ofrecería mis historias a cambio de lo que quisiera obtener de la vida.

Cuando Ramona regresó ya era plena primavera. Rafael había usado todo el tiempo de su permiso para ponerle la casa. Había comprado muebles y enseres a plazos, y me había dado la tarea de pagar las cuentas para que Ramona pudiera disfrutar de su nueva vida en una urbanización sin preocuparse de nada. Con la ayuda del catálogo de Sears, lo habíamos coordinado todo: cortinas, sábanas, alfombras y cojines, combinados con el mejor gusto de clase media norteamericana. Aunque fue un placer para mí poner la casa en los tonos suaves que nos parecían atractivos a mi padre y a mí, tenía la sensación de que Ramona se sentiría como una extraña allí. ¿Dónde estaban sus santos de yeso, los que la acompañaron cuando estaba sola, en los tiempos difíciles cuando Rafael estaba en el mar? ¿Qué había pasado con los rojos, los verdes y los amarillos brillantes que le recordaban su perdida isla-paraíso?

Por eso lo limpié y lo pulí todo con reservas y abrí las ventanas y le grité innecesariamente a Gabriel para que se mantuviera limpio el día que Mamá regresaba. Rafael llegó en el carro alquilado y cuando ella se bajó, pude ver que estaba más oscura, el canela de su piel estaba varios tonos más subido. El vestido blanco bordado que llevaba acentuaba sus brazos morenos. Supe, antes de que ella me lo dijera, que era obra de Mamá Cielo –durante toda mi vida había oído hablar del toque mágico de la anciana con su aguja. El largo pelo negro de Ramona brillaba en la luz clara del día de primavera. Llevaba sandalias y cargaba una bolsa. Para nuestros vecinos (y todos los años que vivimos allí siempre sentí que no nos quitaban los ojos de encima) debía parecer una inmigrante acabada de llegar. Aunque estaba más bonita que nunca, me dolió ver cuán fácilmente Ramona se había entregado a la Isla.

A pesar de que sonreía durante la visita de la casa, sosteniendo la mano de Gabriel con fuerza, mientras él no dejaba de hablar de sus planes para construir una casa en el árbol durante el verano y de sus amigos nuevos en el vecindario, nunca hubo efusivas exclamaciones de alegría a la menor provocación, como las que yo había oído cuando vivíamos en El Building. Nos sonreía y nos sonreía, pero no hacía planes con el resto de nosotros. Desde entonces he comprobado este hecho sobre la naturaleza humana: para vivir plenamente en el presente, la mente tiene que estar siempre concentrada en el mañana; la felicidad es la habilidad de imaginar algo mejor. Los sueños de Ramona de regresar a su patria en grande habían sido su forma de lidiar con la monótona realidad de la vida diaria en un país extranjero. En su lugar, había perdido lo poco que tenía y había regresado de su hogar verdadero a un lugar que amenazaba con encarcelarla. En esta linda casita, rodeada de silencio, sería el proverbial pájaro en jaula de oro.

Sólo después de que Rafael partió, mi madre me permitió que me le acercara. Se sentía sola y temerosa de la vida en un lugar donde cada casa era una isla, sin sonidos de vida que se colaran a través de las paredes, sin sentido de comunidad. Hasta para ir al colmado había que coger una guagua. Le aseguré que en un año podría guiar y que Rafael me había prometido un carro. La llevaría a donde ella quisiera.

–¿A través del océano también? –Sonrió ante mi confusión. –Quiero decir, ¿crees que alguna vez habrá un puente sobre el agua para llegar a mi Isla?.

Esta era la oportunidad que había estado esperando, una grieta en la pared de hielo de la cual ella se había rodeado desde su regreso.

–Mamá, ¿me dirás lo que pasó entre Guzmán y Mamá Cielo cuando ustedes llegaron allí? –Estábamos en nuestra cocinita, reluciente con una estufa nueva, mesa y sillas nuevas, y ollas y sartenes nuevos. Era sábado y Gabriel estaba en el patio, planeando su próximo proyecto. Desparramados a su alrededor había un martillo, clavos y madera –el último regalo de Rafael antes de partir hacia Brooklyn Navy Yard. Ramona se sirvió una taza de café, me sirvió otra y se sentó frente a mí. Respiró hondo y comenzó su historia.

EPÍLOGO

Tomó mucho tiempo contar la historia de Guzmán; de hecho, no está terminada ni se terminará nunca. Mi madre me contó la historia a lo largo de la primera etapa, larga y solitaria, de nuestro exilio más reciente. La contó sin prisa, durante el verano, cuando los dedos de la bruja arañaban la ventana de mi cuarto y me despertaban para ver la luna llena. Escuchaba a Ramona caminar por la casa que nunca podría sentir suya. Nos sentábamos en la cocina, bebíamos café y hablábamos de su Isla y de Guzmán. Como para animarnos a continuar con nuestras mil y una noches, las cartas de Mamá Cielo empezaron a llegar como las entregas de una biografía. Ramona me legó estas cartas años después, cuando Rafael perdió el control del carro que no estaba acostumbrado a guiar y, con su muerte, hizo posible que ella regresara a su amada Isla.

En los años que vivimos en aquella casa, sin embargo, Ramona se convirtió en Penélope: tejía sus cuentos en un magnífico tapiz mientras esperaba que su marinero regresara. Yo le sostenía los hilos. Cuando se fue –siendo todavía la reina gitana, a pesar de que se había cortado el pelo y había aprendido a vestirse de los colores más sutiles de nuestra vida lejos de El Building– su dolor por la muerte de Rafael le aplastaba los hombros como un chal pesado y me prometió que me escribiría la historia de su vida en cartas. Yo estaba en el último año de universidad entonces y Gabriel acababa de ganarse una beca para MIT, después de haber sido eximido del último año en Saint Jerome's High School. Nuestra vida estaba decidida.

En un baúl que yo tenía al pie de mi cama, guardaba la vida de Guzmán –todas las cartas, los diarios infantiles que había escrito durante los años posteriores al fuego de El Building; las páginas escritas bajo la mirada de la bruja en la ventana de mi cuarto en nuestra casa de urbanización. Un día tendría el valor de organizarlo todo, pensé: un rompecabezas que revelaría muchas cosas acerca de mi propia vida. Tal vez podía empezar la historia en el presente y retroceder, permitiéndome más y más libertad para inventar formas de contarla. Contaría cómo Mamá Cielo llevó a Guzmán a su nido –su gorrión herido– y cómo ella y Ramona lo cuidaron hasta que se pudo volver a valer por sí mismo. Contaría de lo pronto que Guzmán se hizo un personaje en Salud, con su andar de lado y su famosa herida de puñal; de cómo gastaba su dinero en la bodega de doña Amparo, ahora propiedad de Luis, el adúltero, un anciano que todavía se ganaba la mala fama que tenía.

Y contaría lo que Ramona decía de Sarita, la benefactora, quien vino a casa de Mamá Cielo a rezar por Guzmán y lo dejó en un trance. De cómo él se volvió loco de deseo por la mujer que se dice era la misma cara de su madre, La Cabra, de quien nadie había sabido nada desde que doña Tina y las damas de la Sociedad del Rosario la sacaron de Salud. De cómo las monjas criaron a Sarita, bajo la tutela de doña Tina, y ahora superaba hasta a la misma doña Tina en su fanatismo religioso, pues se había autoproclamado la nueva guardiana de los principios morales de Salud. Ramona decía que había conocido a Sarita y que de verdad era tan hermosa como todos decían, pero el pueblo nunca había visto mujer tan regañona y sermoneadora. Cuando se sabía que iba a estar en un vecindario distribuyéndoles catecismos a los niños, la gente sentía de repente la necesidad de cerrar las puertas con llave, algo que hasta entonces sólo se hacía en Salud por la noche y en época de enfermedad y tragedia. Así de pocas simpatías tenía. Dicen que hasta el nuevo cura –un joven intelectual de Madrid que por fin había sustituido al senil Padre Gonzalo cuando el viejo ya no podía recordar qué día de la semana era y decía la misa del domingo el martes, no se aparecía por la iglesia para las confesiones, o peor, se quedaba dormido mientras escuchaba la lista de pecados– trató de reglamentar las actividades misioneras de Sarita, pero su lengua y su fuego piadoso fueron demasiado para el joven tímido y estudioso. Después de un tiempo, simplemente siguió el ejemplo del pueblo y salía de la casa parroquial por la puerta de atrás siempre que escuchaba la voz aguda de la joven citándole la Sagrada Escritura al ama de llaves por la puerta del frente.

Dicen que la llegada de Guzmán puso en movimiento todos los instintos misioneros de Sarita, como si se tratara de una alarma de fuego. Este era un hombre que había que salvar. Este era un hombre que era una leyenda en Salud por sus pecados pasados (aunque nadie hablaba de eso en presencia de ella, todos suponían que ella estaba enterada de lo de su madre, La Cabra, quien les había enviado dinero a la monjas para Sarita, sin fallar, durante los quince últimos años pero cuyo paradero era un misterio). Este era el hijo pródigo que regresaba herido en cuerpo y alma, y ella sabía que cuando un pecador se encontraba más débil era que había más probabilidad de que viera la Verdad.

Dicen que no bien la anciana pero todavía fuerte Mamá Cielo había acomodado a su hijo en su propia cama de cuatro pilares y se había mudado a un catre en la sala para poder estar cerca cuando él la necesitara, Sarita se apareció a la puerta, armada de su Biblia. Ramona dice que para Guzmán fue como si le hubiera caído un rayo encima cuando la vio, porque no cabía duda de que Sarita tenía la belleza de la madre infame, aunque ni una gota de maquillaje realzaba nada de lo que el Señor le había dado, y las severas blusas de mangas largas que se ponía, las faldas sin forma y los zapatos ordinarios podían haber hecho desaparecer un cuerpo más pequeño. Pero la carne voluptuosa de Sarita no se podía subordinar a un mero pedazo de tela. Su radiante belleza era una carga para ella. Los ojos oscuros y brillantes distraían a los fieles de sus palabras sagradas, el templo de su cuerpo atraía pecadores por la admirable fachada, como una mezquita pagana. La mirada febril de Guzmán se posó en el cuerpo femenino que conocía tan bien de sus recuerdos y sus sueños. Para él, era Rosa joven y fresca, sentada junto a su cama, hablando y hablando como solía cuando él vivió con ella en el valle encantado. Mamá Cielo y Ramona intentaron ponerle fin a su fantasía, pero el amor es sordo además de ciego, y la pasión de Guzmán lo puso en pie de nuevo, más rápidamente que cualquier medicamento. Las súplicas de su madre fueron desoídas una vez más.

Dicen que la fanática y el pecador formaban una pareja bastante extraña en Salud. La hija de la puta, radiante por su conquista, y Guzmán, el muchacho salvaje que había regresado herido de vagar por el mundo. La inclinación de setenta y cinco grados le recordaba a todo el mundo a Franco el Loco, a quien habían dado sepultura hacía unos años en una fosa común. Dicen que Guzmán seguía a Sarita en sus vagabundeos misioneros por todo Salud, como un perro atado a una traílla invisible, que no hablaba pero se contentaba con estar lo suficientemente cerca de ella como para mirarla. Y en cuanto a ella, muchos piensan que lo veía como el pecado personificado y, buena misionera al fin, quería transformarlo. Desde luego, puesto que su atracción mutua tenía una base tan precaria, lo único que podían hacer era casarse.

Dicen que nadie había visto a Mamá Cielo tan enojada desde que Guzmán se fue de Salud hacía tantos años. Sus maldiciones hicieron temblar los techos de lata del vecindario e hicieron que el débil Papá Pepe fuera a la bodega de Luis, donde todavía era posible que un hombre encontrara refugio. Mamá Cielo hizo volver el espectro de La Cabra de la tumba de sus recuerdos, juró por él que nunca más volvería a poner un pie en la iglesia del pueblo (pues en Sarita había engendrado otro monstruo), y nuevamente desterró a su hijo de la casa.

La boda se celebró sin la bendición de Mamá, aunque se vio al tímido Papá Pepe en la parte de atrás de la atestada iglesia, invocando su propia bendición sobre la extraña pareja. Los curiosos llenaron la iglesia. Muchas personas habían conocido a Guzmán cuando era niño y querían ver lo que se había hecho del niño diabólico; otros habían oído del escándalo con La Cabra y estaban complacidos de ver lo bien que terminaba la historia. Algunas jovencitas habían venido a ver a la hermosa novia, quien con su modesto vestido blanco y la sencilla mantilla se veía más bella que cualquier mujer común vestida de raso y encaje. El novio, de traje negro y encorvado ante el altar, miraba a la novia fijamente durante toda la ceremonia. Dicen que se veía perdido, tan perdido por su deseo por esta mujer, que tendría que pasar mucho tiempo antes de que despertara de su sueño.

En los años siguientes llegué a la conclusión de que la única manera de entender una vida es escribirla en forma de historia, rellenando las lagunas que dejaron las circunstancias, los fallos de la memoria y la falta de comunicación. La historia de Guzmán no tuvo su punto final en el altar, como todos los cuentos de hadas y las historias de amor. Continuó en las cartas de mi madre y en mi imaginación, hasta que un día empecé a escribirla por él. Y cuando llegué a la parte cuando él llega con su hermosa esposa al valle de La Cabra, donde un botecito blanco los espera a las orillas del Río Rojo para llevarlos a la casa que será su nido de amor, cuando ella lo hace arrodillarse allí mismo, en el fango, y jurarle que nunca más volverá a pecar antes de dar otro paso para empezar la nueva vida, y cuando él, de hecho, se arrodilla y jura por el hambre que siente en el corazón –en ese preciso momento, cuando él y yo decimos nuestra mejor mentira, digo que es el final.